FANTASY

Die Shannara-Serie von Terry Brooks
als Goldmann-Taschenbücher:

Das Schwert von Shannara (23828)
Der Sohn von Shannara (23829)
Der Erbe von Shannara (23830)

Die Elfensteine von Shannara (23831)
Der Druide von Shannara (23832)
Die Dämonen von Shannara (23833)

Das Zauberlied von Shannara (23893)
Der König von Shannara (23894)
Die Erlösung von Shannara (23895)

Die Kinder von Shannara (24535)
Das Mädchen von Shannara (24536)
Der Zauber von Shannara (24537)

FANTASY

TERRY BROOKS

DER ZAUBER VON SHANNARA

THE SCIONS OF SHANNARA 3

Aus dem Amerikanischen
von Erna Tom

GOLDMANN VERLAG

Deutsche Erstveröffentlichung

Für Judine

Der Goldmann Verlag
ist ein Unternehmen der Verlagsgruppe Bertelsmann

Made in Germany · 1. Auflage · 6/91

This translation published by arrangement with Ballantine Books,
a division of Random House, Inc.

Umschlagentwurf: Design Team München
Umschlagillustration: Parkinson
Satz: IBV Satz- und Datentechnik GmbH, Berlin
Druck: Elsnerdruck, Berlin
Verlagsnummer: 24537
MV · Herstellung: Peter Papenbrok
ISBN 3-442-24537-0

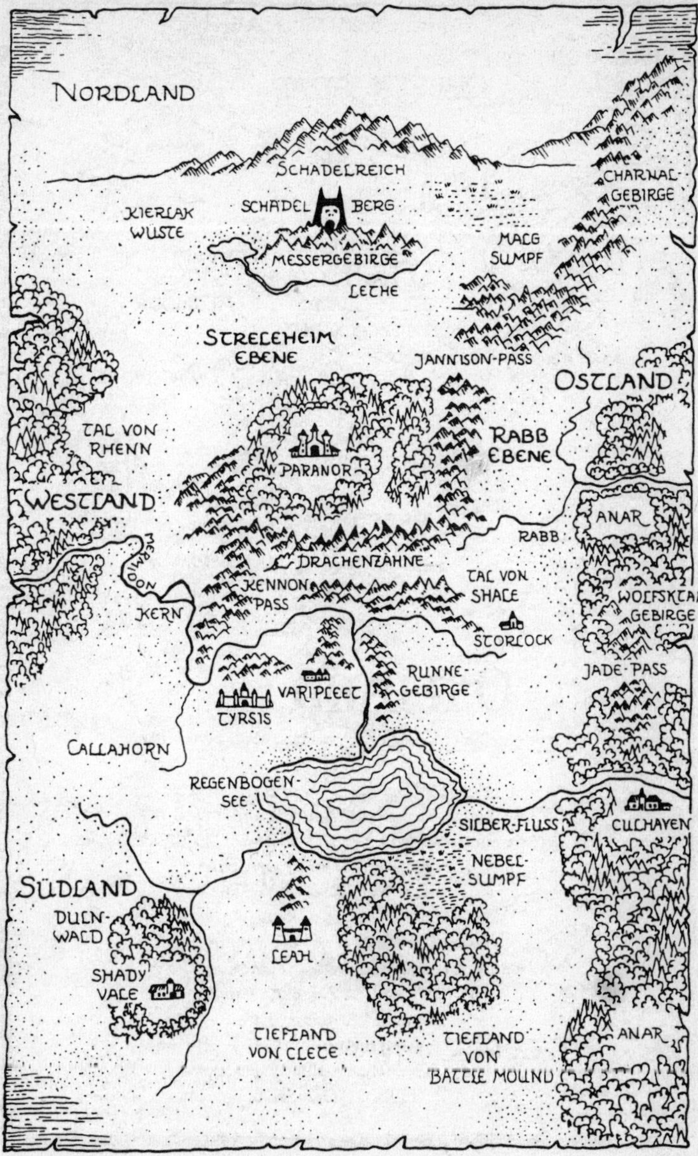

NORDLAND
SCHADELREICH
SCHADEL BERG
KIERLAK WÜSTE
CHARNAL GEBIRGE
MAEG SUMPF
MESSERGEBIRGE
LETHE
STRELEHEIM EBENE
JANNISON-PASS
OSTLAND
TAL VON RHENN
RABB EBENE
PARANOR
WESTLAND
ANAR
RABB
MERMIDON
DRACHENZÄHNE
TAL VON SHALE
KENNON PASS
WOLFSKTAAG GEBIRGE
KERN
STORLOCK
JADE-PASS
RUNNE-GEBIRGE
VARFLEET
TYRSIS
CALLAHORN
REGENBOGEN-SEE
SILBER-FLUSS
CULHAVEN
NEBEL-SUMPF
SÜDLAND
DULN-WALD
LEAH
SHADY VALE
TIEFLAND VON CLETE
TIEFLAND VON BATTLE MOUND
ANAR

CHARNALGEBIRGE
OBERER ANAR
RABB
DUNKEL-
STREIF
TOFFERKAMM
ALTMOOR
HIMMELS
BRUNNEN
STORLOCK
FINSTERWEIHER
MAELMORD
MANGOLD
FALL
JADEPASS
KAMIN
ROOKER
STATION
RABENHORN-
GEBIRGE
GRAUMARK
HOCHWARTE
WOLFSKTAAG-
GEBIRGE
DUN
FEE ARAN
OSTLAND
NOOSEPASS
CAPAAL
CILLIDELLAN
SILBERFLUSS
CULHAVEN
KEIL
UNTERER ANAR

1

Der Nachmittag neigte sich dem Abend zu. Ein leichter Regen fiel auf die Stadt Tyrsis, der den Staub auf den Straßen glitschig machte. Sturmwolken hingen tief über den Bäumen des Volksparks. Er war leer.

Dann zerstörten Fußtritte die Stille, ein Getrampel von Stiefeln, und sechs in Mäntel und Kapuzen gehüllte Föderationssoldaten traten aus dem Grau. Zwei Amseln, die sich auf einer Birke niedergelassen hatten, blickten unruhig um sich. Ein zwischen Abfall herumstreunender Hund schlich schnell davon. In einem noch trockenen Hauseingang versuchte ein elternloses Kind sich gegen die Kälte zu schützen und lugte vorsichtig aus seinem Unterschlupf hervor. Ansonsten regte sich nichts. Die Straßen waren verlassen, die Stadt hatte sich zur Ruhe begeben und in der feuchten, ungemütlichen Dunkelheit ihre Augen geschlossen.

Padishar Creel führte die kleine Gruppe über den Platz auf der Tyrsian-Allee in den Park hinein. Sie waren nicht voneinander zu unterschieden. Sie hatten den ganzen Weg vom Lagerhaus ohne Schwierigkeiten zurückgelegt und fast kein einziges lebendiges Wesen angetroffen. Alles verlief nach Plan.

Par Ohmsford beobachtete, wie die schwachen Umrisse des Wachhauses durch die Bäume sichtbar wurden. Er zog seine Schultern ein, um sich vor der Kälte des Regens zu schützen. Er wußte, daß er nahe daran war, die Gewalt über sich zu verlieren. Er hatte schon früher Angst gehabt – als Coll und er aus Varfleet geflohen waren, als sie unterhalb des Runnegebirges von der Waldfrau bedroht wurden, als Cogline ihnen erklärte, was sie zu tun hatten, als sie bei Nacht und Nebel mit Morgan den Regenbogensee überquerten, als sie in den Wäldern des Anar mit dem Riesen kämpften, als sie im Wolfsktaaggebirge dem Nager entflohen und als er von den Spinnengnomen und der Kindfrau, die in Wirklichkeit ein Schattenwesen war, gefangengenommen wurde. Er hatte Angst gehabt, als Allanon erschienen war. Aber seine Angst damals und seither war nichts im Vergleich mit dem, was er jetzt fühlte. Er verspürte Todesangst.

Er kämpfte mit der Trockenheit, die sich in seinem Hals bemerkbar machte, und versuchte sich einzureden, daß alles in Ordnung sei. Das Gefühl hatte ihn ganz plötzlich überfallen. Er hielt es für sinnlos, den anderen von dem, was er empfand, zu erzählen. Im Grunde genommen hätte er nichts sagen können, was von Bedeutung gewesen wäre – er hätte nur sagen können, daß er sich fürchtete, ja, daß er Todesängste ausstand. Und was, fragte er sich, fühlten die anderen?

Ein Windstoß schüttelte die tropfnassen Bäume und ließ die Tropfen auf ihn herunterprasseln. Er leckte sie von den Lippen ab und hieß die kühle Feuchtigkeit willkommen.

»Allanon!« Er flüsterte den Namen des Druiden wie ein Gebet. »Warum hilfst du mir nicht?« Aber ein Geist, das wußte er, konnte niemandem helfen. Hilfe boten nur die Lebenden.

Es blieb keine Zeit mehr zu denken, keine Zeit, sich ob der Entscheidungen, die nicht mehr zu ändern waren, zu quälen, und keine Zeit, die bereits getroffenen zu beklagen. Die Bäume lichteten sich, und sie standen vor dem Wachhaus. Die zwei diensttuenden Föderationssoldaten standen stramm, als sie sich näherten.

Padishar Creel zögerte niemals. Er ging schnurstracks auf sie zu, teilte ihnen Sinn und Zweck ihres Kommens mit, machte einen Witz über das Wetter und veranlaßte sie so, ihnen das Tor zu öffnen. Mit eng um sich gezogenen Umhängen eilte die kleine Gruppe ins Innere.

Die Männer der Nachtwache, sechs an der Zahl, saßen beim Kartenspiel um einen Holztisch herum und blickten bei ihrem Eintreten kaum auf. Der diensthabende Offizier war nirgendwo zu sehen.

Padishar Creel schielte über seine Schulter und forderte Morgan, Stasas und Drutt mit einem schwachen Kopfnicken auf, sich um den Tisch zu verteilen.

Als sie ihre Plätze einnahmen, blickte einer der Kartenspieler argwöhnisch auf. »Wer seid ihr?« wollte er wissen.

»Reinigungskommando«, antwortete Padishar Creel. Er trat hinter den Sprecher und beugte sich hinunter, um in seine Karten zu schauen. »Das ist ein schlechtes Blatt, mein Freund.«

»Verschwinde, du machst mich ja naß«, beschwerte sich der andere.

Padishar Creel schlug mit der Faust gegen seine Schläfe, und der Mann fiel um wie ein Stein. Ein zweiter folgte fast ebenso schnell. Die Wachen sprangen schreiend von ihren Plätzen auf, aber die Geächteten und Morgan streckten sie innerhalb von Sekunden nieder. Par und Coll begannen Seile und Tücher auszupacken.

»Schleift sie in die Schlafquartiere und fesselt und knebelt sie«, flüsterte Padishar Creel. »Sorgt dafür, daß sie nicht fliehen können.«

Sie vernahmen ein kurzes Klopfen an der Tür. Padishar Creel wartete, bis die Wachen weggeschafft waren, und öffnete dann das Guckloch. »Alles in Ordnung«, versicherte er den Wachtposten, die geglaubt hatten, ein Geräusch zu hören.

Nachdem die Männer der Nachtwache sicher in den Schlafquartieren untergebracht waren, schloß Padishar Creel die Tür und verriegelte sie. Er zögerte, bevor er befahl, die Eingangstüren ebenfalls zu verriegeln. »Es hat keinen Sinn, ein Risiko einzugehen«, erklärte er. Sie konnten niemanden zurücklassen, der dafür sorgte, daß sie nicht gestört wurden.

Die mitgebrachten Öllampen beleuchteten ihren Weg, als sie in der Dunkelheit die Treppe zu den Gewölben des Wachhauses hinabstiegen. Im unteren Stockwerk fanden sie den wachhabenden Offizier schlafend vor – einen neuen Mann, nicht denjenigen, der auf sie gewartet hatte, als sie versuchten, in die Schlucht hinabzusteigen. Diesem erging es nicht besser als den anderen. Sie überwältigten ihn mühelos und fesselten und knebelten ihn, bevor sie ihn in seinem Zimmer einschlossen.

»Laßt die Lampen hier«, befahl Padishar Creel.

Sie gingen an den Räumen des wachhabenden Offiziers vorbei zum Ende des Korridors. Dort stießen sie auf eine eisenbeschlagene Tür, die doppelt so groß war wie der Größte von ihnen, der lange Drutt. Ein riesiger Türgriff, verziert mit dem Wolfskopfabzeichen der Sucher, ragte ihnen entgegen. Padishar Creel faßte mit beiden Händen zu und drückte die Klinke nach unten. Das Schloß gab nach, und die Tür sprang auf. Dunkelheit und der Gestank von Verfall schlugen ihnen entgegen.

»Bleibt dicht beisammen«, flüsterte Padishar Creel über seine Schulter und trat in das Dunkel hinein.

Coll streckte die Hand aus und drückte Pars Schulter, bevor er dem anderen folgte.

Sie befanden sich inmitten eines Waldes aus Baumstämmen, Gestrüpp und undurchdringlichem Nebel. Das dichte, herabhängende Laubwerk der Bäume über ihnen nahm ihnen auch das letzte verbleibende Tageslicht. Schlamm blubberte in kleinen Pfützen überall, wo sie hintraten. Fliegende Kreaturen bahnten sich in zickzackförmigen Bewegungen ihren Weg durch den Dschungel – ob Vögel oder weniger angenehme Kreaturen, konnten sie nicht ausmachen. Gerüche überfielen sie, doch gleichzeitig noch Schlimmeres, etwas noch Ekelhafteres. Geräusche drangen aus dem Schlamm an ihre Ohren, unkenntlich, bedrohlich. Die Schlucht schien wie eine endlose Düsternis.

Padishar Creel bedeutete ihnen, ihm zu folgen. Drutt ging als erster, dann Coll, Par, Morgan und Stasas. Vorsichtig bahnten sie ihren Weg am Rand der Schlucht entlang und hielten sich in Richtung der Trümmer der alten Sendic-Brücke. Par und Coll trugen Greifhaken und Seile, die anderen gezogene Waffen. Par blickte nach hinten und sah, wie das Schwert von Leah schwach in Morgans Hand funkelte und der Regen auf das glänzende Metall tröpfelte.

Der Boden unter ihren Füßen war weich und nachgiebig, hielt jedoch ihrem Gewicht stand, als sie sich stetig der Düsternis näherten. Die Schlucht glich einem riesigen, wartenden Schlund, aus dem der Geruch von bereits Gegessenem drang und dessen Atem der Nebel war, der sie umhüllte. Allerlei Dinge wanden und schlängelten sich durch die stehenden Tümpel, rannen an verfaulenden Baumstümpfen herunter und huschten gleich Quecksilber durch das Gestrüpp. Die Stille war betäubend. Nur der Regen, der stetig niederging, war zu hören, als er im Schlamm versickerte.

Es schien Par, als wären sie schon sehr lang gegangen. Die Minuten dehnten sich endlos. Wie weit konnte es wohl noch bis zur verfallenen Brücke sein? fragte er sich. Mit Sicherheit hätten sie bereits dort sein müssen. Er fühlte sich in der Schlucht gefangen, die von der Wand zur Linken, den Bäumen und dem Nebel zur Rechten und der Dunkelheit und dem Regen über ihnen und um sie herum begrenzt wurde. Die schwarzen Umhänge seiner Gefährten ließen sie wie Trauernde bei einem Begräbnis erscheinen, wie Leichenträger.

Dann blieb Padishar Creel stehen und lauschte. Par hatte es ebenfalls gehört – ein Zischen, das aus dem tiefen Schlamm an sein Ohr drang, als ob Dampf aus einem Kessel entwiche. Die anderen reckten die Hälse und sahen sich um. Das Zischen verstummte, und wieder wurde die Stille nur durch ihr Atmen und den Regen durchbrochen.

Padishar Creels breites Schwert schimmerte, als er sie erneut weiterwinkte. Er führte sie jetzt schneller voran, als spüre er die heraufziehende Gefahr und die Notwendigkeit, das schnelle Vorankommen über die Vorsicht zu stellen. Riesige Baumstämme, die wie stumme Wächter schienen, tauchten vor ihnen auf, um sogleich wieder in die Finsternis einzutauchen.

Par spürte plötzlich, daß irgend etwas sie beobachtete. Seine Nackenhaare sträubten sich bei dem Gefühl der auf sie gerichteten Blicke, und er sah sich eilig um. Keine Bewegung war im Nebel auszumachen; nichts war zu sehen.

»Was ist los?« flüsterte ihm Coll ins Ohr, aber er brachte nur ein Kopfschütteln zustande.

Ganz unvermittelt erblickten sie die Steinbrocken der zerfallenen Sendic-Brücke, die wie riesige Zähne aus dem dichten Wald aufragten. Padishar Creel drängte vorwärts, die anderen folgten ihm. Sie drangen tiefer in den Wald ein. Die Schlucht schien sie mit ihrem Nebel und ihrer Dunkelheit zu verschlingen. Teile der Brücke lagen verstreut auf dem Waldboden; moosbedeckt und zerfallen, wirkten sie gespenstisch im schwachen Licht.

Par atmete tief ein. Die Legenden berichteten, daß das Schwert von Shannara mit der Klinge nach unten in einen Block aus rotem Marmor eingepflanzt und dieser im Schutz der Sendic-Brücke in einem Kuppelbau aufgestellt worden sei.

Es mußte da sein, irgendwo in der Nähe.

Er zögerte. Würde es ihm überhaupt gelingen, den Kuppelbau zu betreten?

Er ließ seinen Blick durch den Nebel schweifen. Was würde geschehen, wenn es unter den Trümmern der Brücke begraben lag? Wie sollten sie dorthin gelangen?

Die Felswände erhoben sich drohend im dichten Nebel. Er sah den westlichen Flügel des zerfallenen Palastes der Könige von Callahorn als einen dunklen Schatten zwischen den Bäumen. Er spürte, wie es ihm den Hals zuschnürte. Sie befanden sich fast an der anderen Wand der Schlucht. Wo sollten sie noch suchen?

Ich werde diesen Ort nicht ohne das Schwert von Shannara verlassen, schwor er sich stumm. Das Feuer seines Entschlusses brannte in ihm, als wolle es das Versprechen besiegeln.

Dann vernahmen sie wieder das Zischen, diesmal viel näher. Es schien, als käme es aus mehreren Richtungen gleichzeitig. Padishar Creel verlangsamte seinen Schritt, blieb stehen und drehte sich vorsichtig um. Mit Drutt und Stasas zu seiner Linken und Rechten trat er schützend vor die Talbewohner und den Hochländer und bewegte sich dann vorsichtig weiter.

Das Zischen wurde lauter. Doch es war kein Zischen mehr, sondern ein lautes Atmen.

Außer sich vor Schreck blickte sich Par in der Dunkelheit um. Irgend etwas kam ihnen entgegen, das gleiche Etwas, das Ciba Blue vernichtet hatte und all jene vor ihm, die in die Schlucht hinabgestiegen und nie wieder herausgekommen waren. Die Gewißheit erschreckte ihn zu Tode. Und trotzdem hielt er nicht wirklich nach ihrem Verfolger Ausschau. Es war der Kuppelbau, in dem sich das Schwert von Shannara befand, den er suchte. Er suchte mit der Kraft der Verzweiflung. Plötzlich sah er ihn im Geiste vor sich, so klar, als hielte ihm jemand ein Bild vor Augen.

Etwas Eigenartiges schien mit ihm zu geschehen.

Er spürte eine plötzliche Anspannung in seinem Körper, die scheinbar mit der Magie des Wunschliedes zusammenhing. Er spürte ein Ziehen und Zerren, das an Fesseln rüttelte, die er weder sah noch verstand. Er spürte einen Druck in sich, den er noch nie zuvor verspürt hatte.

Coll sah ihn an und wurde blaß. »Par?« flüsterte er ängstlich und schüttelte ihn.

Rote Lichtstrahlen tauchten aus dem Nebel um sie herum auf und brannten wie winzige Feuer in der Feuchtigkeit. Sie bewegten sich und kamen näher. Gesichter tauchten auf, kaum mehr menschlich, das Fleisch verfault und zerfressen, die Züge entstellt und abstoßend. Körper watschelten aus der Finsternis, unglaublich mißgestaltet. Die meisten gingen gebeugt; einige krochen auf allen vieren.

Sie umringten die kleine Gruppe in wenigen Sekunden. Es waren Wesen aus einem ekelerregenden Alptraum. Dunkle, körperlose Gespenster traten aus ihren Körpern heraus und wieder hinein, aus Mündern und Augen, aus den Poren der Haut und den Spitzen der Haare. Schattenwesen.

Der Druck, der auf Par Ohmsford lastete, wurde unerträglich. Er spürte, wie sich sein Magen verkrampfte. Er sah seine Träume lebendig werden, die dunkle Welt der Schattenwesen. Es war, als erfülle sich Allanons Versprechen hier und jetzt.

Er schrie, und der schrille Schrei ließ seine Gefährten erschauern. Der Schrei artikulierte sich in Worten. Er sang, und das Wunschlied zerriß die Luft gleich einer Flamme; die Magie brachte Licht in die Dunkelheit. Die Schattenwesen fuhren zurück, ihre Gesichter gleich schauerlichen Fratzen in der unerwarteten Helligkeit, die Wunden ihrer Körper gleich leuchtend roten Malen. Par versteifte sich, als er von einer Macht des Wunschliedes durchströmt wurde, wie er sie nicht für möglich gehalten hätte. Er war sich seiner Vision bewußt, der Vision des Schwertes von Shannara.

Das Licht der Magie, das zu Anfang nur eine Illusion gewesen war, wurde plötzlich Wirklichkeit. Es wurde heller, es durchbohrte die Dunkelheit auf eine Art, die Par seltsamerweise bekannt vorkam, es leuchtete strahlend, als es die Düsternis durchdrang. Es wand und drehte sich wie ein gefesselten Wesen, das zu entkommen sucht, schlängelte sich um die Trümmer der zerstörten Sendic-Brücke, sprang über Baumstämme, brannte sich durch das Gestrüpp hin zu einer alleinstehenden Steinkammer, die ungefähr hundert Meter von seinem Standort inmitten von Buschwerk und Geäst verborgen lag.

Er spürte, wie eine Woge der Erregung ihn durchströmte.

Da.

Das Wort zischte durch die weiße Stille seines Geistes, unberührt von Magie und Chaos. Er sah den verwitterten schwarzen Stein, und das Licht seiner Magie brannte sich in seine rauhe Oberfläche, durchstreifte seine Spalten und Ritze, erkannte die verschnörkelten eingemeißelten Worte: »Hier liegt Herz und Seele der Nationen, ihr Recht, freie Menschen zu sein, ihr Wunsch, in Frieden zu leben, ihr Mut...«

Plötzlich verließ ihn seine Kraft, noch bevor er zu Ende lesen konnte, und die Magie flackerte noch einmal auf, bevor sie sich ebenso schnell, wie sie gekommen war, wieder auflöste. Mit einem Aufschrei taumelte er nach hinten, und Coll fing ihn auf. Par hörte ihn nicht. Er hörte überhaupt nichts, außer dem seltsamen Klingeln, dem letzten Überbleibsel des Wunschliedes, Fragmente einer Magie, die er, wie er jetzt erkannte, noch nicht einmal begonnen hatte zu begreifen.

In seinem Geist verweilte die Vision, ein flimmerndes Bild in seinen Gedanken – das war alles, was von dem blieb, was die Magie nur wenige Minuten zuvor im Nebel und in der Dunkelheit enthüllt hatte.

Die verwitterte Steinkuppel. Die vertrauten verschnörkelten Worte. Das Schwert von Shannara.

Dann hörte das Klingeln auf, die Vision verblaßte, und er befand sich wieder in der Schlucht, all seiner Kräfte beraubt. Die Schattenwesen kamen näher, humpelten aus allen Richtungen auf sie zu, drängten sie mit dem Rücken gegen die Trümmer der Brücke. Padishar Creel, groß und furchteinflößend, trat einen Schritt vor, um es mit dem am nächsten stehenden Schattenwesen, einem riesigen bärenhaften Ding mit Krallen, aufzunehmen. Es faßte nach ihm, und er hieb mit seinem breiten Schwert darauf ein, einmal, zweimal, ein drittes Mal, mit so schnell aufeinanderfolgenden Hieben, daß Par ihnen kaum folgen konnte. Mit hängenden Gliedmaßen sackte die Kreatur zusammen, doch sie fiel nicht zu Boden. Sie schien kaum zu begreifen, was mit ihr geschehen war; ihre Augen waren starr, ihre Gesichtszüge in Pein verzerrt.

Par beobachtete das Schattenwesen. Seine Gliedmaßen fügten sich in der gleichen Weise zusammen wie die des Riesen, mit dem sie im Anar gekämpft hatten. »Padishar, das Schwert...«, begann er, aber der Anführer der Geächteten schrie ihnen bereits zu, sich auf dem gleichen Weg, wie sie gekommen waren, wieder zurückzuziehen.

»Nein!« schrie Par verzweifelt auf. Es wollte ihm nicht gelingen, die Sicherheit, die er spürte, in Worte zu fassen. Sie mußten zu dem Schwert gelangen. Er raffte sich auf, versuchte sich dem Griff Colls zu entwinden, doch sein Bruder ließ ihn nicht los, sondern schleifte ihn hinter den anderen her.

Mit der ihnen eigenen Eile griffen die Schattenwesen an. Stasas ging zu Boden und wurde von seinen Gefährten weggezerrt. Seine Kehle wurde durchschnitten, und dann fuhr etwas Dunkles in seinen Körper, während er in den letzten Zügen lag. Dieses Etwas ließ ihn hochschnellen, wirbelte ihn herum, so daß er ihnen gegenüberstand, und machte ihn zu einem weiteren Angreifer. Mit den Schwertern wild um sich schlagend, zog sich der Rest der Gruppe weiter zurück. Ciba Blue erschien, oder zumindest das, was von ihm übrig geblieben war. Mit übermenschlichen Kräften gebot er Drutts Schwert Einhalt, ergriff seine Arme und schlang sich wie eine Klette um seinen ehemaligen Gefährten. Der Geächtete schrie vor Schmerzen, als zuerst ein Arm und dann der andere aus seinem Körper gerissen wurde. Danach war es sein Kopf. Er blieb zurück, dort, wo Ciba Blues Überreste ihn gleich einem Blutegel aussaugten.

Bedrängt von allen Seiten, war Padishar Creel jetzt ganz allein. Nur seiner Schnelligkeit und seiner Stärke hatte er es zu verdanken, daß er noch am Leben war. Auf der einen Seite täuschte er einen Angriff vor, um auf der anderen Hiebe auszuteilen, und wich zugleich den Fingern aus, die nach ihm griffen. Angesichts der Überzahl der Schattenwesen blieb ihm jedoch nichts anderes übrig, als zurückzuweichen.

Schließlich war es Morgan Leah, der ihm das Leben rettete. Der Hochländer vergaß einen Augenblick seine Rolle als Beschützer von Par und Coll und eilte dem Anführer der Geächteten zu Hilfe. Sein rotes Haar flog wild durch die Luft, als er sich auf die Schattenwesen stürzte. Das Schwert von Leah fuhr in großem Bogen nach unten, und Funken stoben in die Luft, als es auftraf. Zauberkraft durchströmte die Klinge, ergoß sich in die dunklen Wesen und verbrannte sie zu Asche. Zwei lösten sich auf, dann drei, dann noch mehr. Padishar Creel kämpfte unerbittlich an seiner Seite, und schließlich gelang es ihnen gemeinsam, eine Bresche durch die sie umgebenden Augen zu schlagen, während sie Par und Coll aus Leibeskräften zuschrien, ihnen zu folgen. Die Talbewohner torkelten hinter ihnen her, wobei sie versuchten, den Schattenwesen auszuweichen, denen es gelungen war, sich hinter sie zu drängen. Par verlor alle Hoffnung, das Schwert doch noch zu erringen. Zwei von ihnen waren bereits tot, und auch die übrigen mußten ihr Leben lassen, wenn es ihnen nicht gelang, sich augenblicklich aus dem Staub zu machen.

Sie taumelten dem Abhang der Schlucht zu und versuchten gleichzeitig die Schattenwesen abzuwehren, wobei die Zauberkraft des Schwertes von Leah die Bestien in Schach hielt. Sie schienen überall zu sein, so, als wäre die Schlucht ein Nest, in dem sie sich vermehrten. Ebenso wie die Waldfrau und der Riese schienen auch ihnen herkömmliche Waffen nichts anhaben zu können. Nur Morgan konnte sie vernichten; er besaß eine Zauberkraft, der sie nicht widerstehen konnten.

Ihr Rückzug ging quälend langsam vonstatten. Morgan wurde müde, und in dem Maße, in dem seine eigene Stärke schwand, schwand auch die Macht des Schwertes von Leah. Sie rannten, wenn sie konnten, aber immer häufiger stellten sich ihnen die Schattenwesen in den Weg. Par versuchte vergeblich die Magie des Wunschliedes zu beschwören, doch sie war durch nichts zu erwecken. Er versuchte nicht daran zu denken, was dies bedeuten konnte, sondern mühte sich immer noch ab, das zu verstehen, was passiert war, zu begreifen, wie die Magie zum Leben erwacht war. Wie hatte es nur geschehen können, daß er die Gewalt darüber verloren hatte?

Irgendwie erreichten sie die Wand der Schlucht und blieben erschöpft stehen. Aus dem Park über ihnen ertönten Schreie, und Fackeln flackerten. Ihr Kampf mit den Schattenwesen hatte die Föderationswache alarmiert.

»Die Greifhaken!« keuchte Padishar Creel.

Par hatte seine verloren, doch die Colls hingen immer noch über seiner Schulter. Der Talbewohner trat zurück, wickelte das Seil ab und schwang das schwere Eisen hoch in die Luft. Es flog außer Sichtweite und hakte sich fest. Coll prüfte die Haltbarkeit und stellte fest, daß das Seil seinem Gewicht standhielt.

Padishar Creel wandte sich an Par. »Zieh dich hoch«, befahl er mit rauher Stimme. Sein Atem ging stoßweise. »Auch du, Coll. Zieht euch hoch, bis ihr oben seid, und versteckt euch dann im Park. Damson wird euch finden und euch zum Zeigefinger führen.«

»Damson«, wiederholte Par benommen.

»Vergiß deinen Verdacht und meinen auch«, flüsterte der Anführer der Geächteten schroff. Eine Spur von Traurigkeit lag in seinen harten Augen. »Vertrau ihr, mein Junge – sie ist mein besseres Selbst!«

Die Schattenwesen drangen noch einmal aus der Dunkelheit hervor; ihr Atem war ein langsames Zischen in der Nachtluft. Morgan hatte die Wand bereits verlassen, um sich ihnen entgegenzustellen. »Mach, daß du hier wegkommst, Par«, rief er über seine Schulter.

»Zieh dich hoch!« schnauzte Padishar Creel. »Jetzt!«

»Aber du…«, setzte Par an.

»Zum Teufel nochmal!« platzte der andere heraus. »Ich sorge zusammen mit dem Hochländer dafür, daß ihr fliehen könnt! Laß dir diese Gelegenheit nicht entgehen!« Unsanft packte er Par bei den Schultern. »Was auch mit uns anderen geschieht, wichtig ist, daß du lebst! Nur die Shannara-Magie kann diesen Kampf eines Tages gewinnen, und du bist derjenige, der über sie gebieten wird. Los jetzt!«

Jetzt war es Coll, der handelte, indem er Par halb schob und halb zum Seil hochhob. An den Knoten im Seil konnte er sich leicht festhalten. Er begann sich hochzuziehen, während sich seine Augen mit Tränen der Enttäuschung füllten. Coll folgte ihm und drängte ihn weiter; sein Gesicht war unter der Schweißschicht angespannt.

Par hielt nur einmal an, um nach unten zu sehen. Schattenwesen umringten Padishar Creel und Morgan Leah.

Er wandte den Blick wieder ab. Während er gegen seine Wut ankämpfte, kletterte er weiter in die Dunkelheit.

Morgan Leah wandte sich nicht um, als das Kratzen der Stiefel an der Schluchtwand langsam verklang; seine Augen blieben auf die sie umkreisenden Schattenwesen geheftet. Er war sich darüber im klaren, daß Padishar Creel zu seiner Linken stand. Die Schattenwesen kamen ihnen nicht mehr näher; wachsam verharrten sie am Rand der dichten Nebelwand. Sie hatten erfahren, wozu Morgans Schwert in der Lage war, und waren vorsichtiger geworden.

Geistlose Wesen, dachte der Hochländer bitter. Man hätte annehmen können, daß ich ein besseres Ende nehmen würde! Er täuschte einen Angriff auf das nächststehende Schattenwesen vor, und sie wichen zurück.

Seine Müdigkeit zerrte an ihm gleich schweren Ketten. Er wußte, daß die Magie dafür verantwortlich war. Ihre Kraft, eine Art inneres Feuer, das von seinem Schwert ausging, hatte ihn durchströmt, doch was zunächst wie ein aufpeitschender Sturm gewesen war, hatte sich mit der Zeit in eine verzehrende Flut verwandelt. Doch da war noch etwas. Sein Körper war auf tückische Weise an die Magie gebunden, die ihn auf eine Art süchtig machte, die er sich nicht erklären konnte. Er fürchtete sich plötzlich davor, daß er vielleicht nicht in der Lage sein würde, von ihr zu lassen, bis er zu schwach war, um etwas anderes zu tun. Oder zu tot.

Er hörte nichts mehr von Par und Coll. Padishar Creel beugte sich zu ihm herüber. »Vorwärts, Hochländer!« sagte er leise.

Sie schlichen zunächst langsam fort und dann, als die Schattenwesen ihnen nicht sofort folgten, etwas schneller. Bald danach rannten sie; in Wirklichkeit jedoch stolperten sie, denn zu mehr fehlte ihnen die Kraft. Nebel umfing sie, graue Schwaden in der Nacht. Die Bäume glitzerten im Dunst des niedergehenden Regens und schienen sich zu bewegen. Morgan hatte das Gefühl, in einen gefühllosen Halbschlaf einzutauchen.

Noch einmal griffen die Schattenwesen sie auf ihrer Flucht an, und jedesmal wurden sie mit der Magie des Schwertes von Leah zurückgeschlagen. Bizarre Körper überschlugen sich gleich langsam rollenden Felsbrocken und verwandelten sich zu Asche. Feuer brannten in der Nacht, schnell und lodernd, und Morgan hatte das Gefühl, daß bei jedem Aufleuchten ein Teil seines Selbsts verlorenging.

Er begann sich zu fragen, ob er sich, so merkwürdig dies auch schien, selbst zerstörte.

Über ihnen klangen die immer lauter werdenden Schreie wie trügerische Retter in der Not. Dort oben gab es keine Freunde, das wußte Morgan. Er stolperte und mußte all seine Kraft zusammennehmen, um wieder auf die Beine zu kommen.

Und dann kam endlich das Wachhaus in Sicht, ein verschwommener riesiger Turm, der aus den Bäumen und dem Nebel herausragte.

Morgan spürte undeutlich, daß irgend etwas nicht stimmte.

»Durch die Tür!« schrie Padishar Creel aufgeregt, während er ihn so heftig stieß, daß er beinahe fiel.

Gemeinsam rannten sie auf die Tür zu – oder zumindest in die Richtung, wo sie die Tür vermuteten, denn aus unerklärlichem Grund war sie nicht dort. Morgan spürte, wie Angst seinen Magen umdrehte.

Irgend jemand oder irgend etwas hatte ihre Flucht vereitelt!

Padishar Creel befand sich nur einen Schritt hinter ihm, als er die Wand des Wachhauses und die riesige Tür, durch die sie in die Schlucht gekommen waren, erreichte. Obwohl sie mit der Kraft der Verzweiflung an der Tür rüttelten, gab sie nicht nach. Morgans Finger tasteten den Rahmen ab und fanden zu seinem Entsetzen überall kleine Muster, die sie zuvor übersehen hatten, Runenzeichen, die blaß im grauen Nebel leuchteten und ihre Flucht zweifellos unmöglicher machten, als es jedes Schloß und jeder Schlüssel jemals vermocht hätten.

Er konnte hören, wie die Schattenwesen sich hinter ihm zusammenrotteten. Er wirbelte herum, hieb wie wahnsinnig auf sie ein und zwang sie so zur Umkehr. Padishar Creel hämmerte gegen das unsichtbare Schloß; er hatte noch nicht begriffen, daß es nicht Eisen, sondern Magie war, die ihnen den Zugang verwehrte.

Aus Morgans hagerem Gesicht sprach nichts als Zorn, als er sich umdrehte. »Bleib weg, Padishar!« schrie er. Er ging auf die Tür los, als wäre sie ein Schattenwesen, schwang das Schwert von Leah, dessen Klinge einem leuchtenden silbernen Pfeil glich, hoch in die Luft. Die Waffe fuhr wie ein Hammer hinunter – einmal, zweimal und noch einmal. Die in die eiserne Tür eingehauenen Runenzeichen nahmen jetzt eine garstige dunkelgrüne Farbe an. Funken flogen bei jedem Hieb, ein Feuerregen der Auflehnung. Wie von Sinnen heulte Morgan auf, denn die Zauberkraft des Schwertes beraubte ihn seiner letzten Kräfte.

Dann wurde alles um ihn herum in weißes Feuer getaucht, und er versank in Dunkelheit.

Par zog sich aus der düsteren Schwärze zum Rand der Schlucht hoch und kletterte über die stählernen Spitzen. Schürf- und Schnittwunden brannten auf der Haut seiner Arme und Beine. Schweiß trübte seinen Blick, und sein Atem ging stoßweise. Einen Augenblick war er wie blind; die Nacht um ihn herum wurde nur durch vereinzelte Lichtstrahlen erhellt.

Er begriff, daß die Lichtstrahlen von den Fackeln ausgingen, die am Eingang des Wachhauses brannten. Gleichzeitig vernahm er Schreie und das Hämmern auf Holz. Die Wachen, und wer sonst herbeigerufen worden war, versuchten die verriegelte Tür aufzubrechen.

Coll war jetzt ebenfalls über die Mauer gestiegen und ließ sich keuchend auf die durchweichte Erde fallen. In seinen Augen funkelte etwas, das Par nicht deuten konnte.

»Kannst du gehen?« flüsterte Coll besorgt.

Par nickte, ohne zu wissen, ob er tatsächlich gehen konnte. Mit schmerzenden Gliedern rappelten sie sich langsam hoch. Sie stolperten von der Mauer in die Schatten der Bäume hinein, blieben dann in der Finsternis stehen, um zu sehen, ob man sie entdeckt hatte, und lauschten dem allgemeinen Durcheinander, das das Wachhaus umgab.

Coll rief: »Wir müssen hier weg, Par.« Dieser sah ihn anklagend an. »Ich weiß! Aber wir können ihnen nicht mehr helfen. Wenigstens jetzt nicht. Wir müssen uns um uns selbst kümmern.« Hilflos schüttelte er den Kopf. »Bitte!«

Par klammerte sich einen Augenblick an Coll fest und legte den Kopf auf seine Schulter, bevor sie vorwärts stolperten. Sie kamen nur langsam voran, hielten sich immer im Schatten und waren sorgsam darauf bedacht, dem Weg, der zum Wachhaus führte, nicht zu nahe zu kommen. Es hatte, ohne daß sie es bemerkt hatten, aufgehört zu regnen, doch Windstöße ließen das Wasser, das sich auf den Blättern der großen Bäume gesammelt hatte, in plötzlichen Güssen auf sie niedergehen. Pars Gedanken drehten sich um die Erinnerung daran, was mit ihnen geschehen war, flüsterten ihm erneut die Warnung zu, die er schon zuvor vernommen hatte, foppten ihn mit selbstzufriedener, nutzloser Heiterkeit. Warum hatte er sie nicht beachtet? Warum war er so stur gewesen?

Die Lichter der Tyrsian-Allee drangen durch die vor ihnen liegende Dunkelheit, und wenige Augenblicke später stolperten sie zum Rand der Straße. Menschen hatten sich dort versammelt, undeutliche Gestalten in der Nacht, gesichtslose Schatten als stumme Zeugen des stattfindenden Chaos. Die meisten befanden sich in der Nähe des Parkeingangs und sahen die zwei zerlumpten Gestalten nicht, die aus dem Park heraustraten. Diejenigen, die ihrer gewahr wurden, sahen schnell weg, als sie die Föderationsuniformen erkannten.

»Wohin gehen wir jetzt?« flüsterte Par, der sich, um nicht umzufallen, an Coll anlehnte. Er war kaum mehr fähig, sich aufrecht zu halten.

Coll schüttelte stumm den Kopf und zog seinen Bruder in Richtung Straße weg von den Lichtern. Sie hatten kaum das Kopfsteinpflaster erreicht, als sich eine schlanke Gestalt aus den Schatten etwa fünfzehn Meter vor ihnen löste und geradewegs auf sie zukam. Damson, dachte Par. Er flüsterte Coll ihren Namen ins Ohr, und sie verlangsamten erwartungsvoll ihre Schritte, während sie auf sie zueilte.

»Geht weiter«, sagte sie leise, während sie sich Pars freien Arm um die Schulter legte, um Coll zu entlasten. »Wo sind die anderen?«

Pars Augen richteten sich auf Damson Rhee. Langsam schüttelte er den Kopf und bemerkte den niedergeschlagenen Ausdruck auf ihrem Gesicht.

Hinter ihnen, tief im Park, loderte ein riesiges Feuer gen Himmel. Laute des Entsetzens entrangen sich denen, die auf der Straße versammelt waren. Die darauf folgende Stille war betäubend.

»Seht euch nicht um«, flüsterte Damson Rhee kurz.

Die Talbewohner brauchten sich nicht umzusehen.

Morgan Leah lag, alle viere von sich gestreckt, auf der verbrannten Erde der Schlucht; Rauch drang aus seinen Kleidern und füllte seinen Mund und seine Nase mit einem beißenden Gestank. Irgendwie lebte er noch, das spürte er – gerade noch. Irgend etwas war ganz und gar nicht in Ordnung. Er fühlte sich zerbrochen, als wäre unter seiner Haut alles zu Brei gemahlen worden und hätte ihn als leere Hülle zurückgelassen. Er spürte einen Schmerz, wenngleich es kein körperlicher Schmerz war. Es war viel schlimmer, eine Pein, die nicht nur seinen Körper, sondern auch seinen Geist zugrunde richtete.

»Hochländer!«

Padishar Creels rauhe Stimme drang durch seinen Schmerz und ließ ihn die Augen öffnen. Flammen wanden sich ganz in seiner Nähe am Boden entlang.

»Steh auf – schnell!« Padishar Creel stellte ihn auf die Beine, und er hörte sich selbst schreien. Ein Wirrwarr von Bäumen und Steinen bewegte sich verschwommen in Nebel und Dunkelheit, um schließlich Gestalt anzunehmen.

Dann sah er, daß er immer noch das Heft des Schwertes von Leah umklammert hielt, dessen Klinge jedoch zertrümmert war.

Morgan begann zu zittern. Er konnte nicht mehr aufhören. »Was habe ich getan?« flüsterte er.

»Du hast uns das Leben gerettet, mein Freund!« sagte Padishar Creel und schleppte ihn vorwärts. Licht strömte aus einem riesigen Loch in der Wand des Wachhauses. Die Tür, die ihnen den Zutritt versperrt hatte, war verschwunden. Padishar Creels

Stimme klang heiser. »Deine Waffe hat es fertiggebracht. Deine Magie. Hat die Tür in Rauch aufgelöst! Das ist unsere Chance, das heißt, wenn wir schnell genug sind. Beeil dich jetzt! Stütz dich auf mich. Noch eine Minute...« Er schubste Morgan durch die Öffnung.

Nur verschwommen nahm Morgan den Korridor wahr, durch den sie hindurchstolperten, und die Treppe, die sie hinaufstiegen. Der Schmerz erfüllte auch weiterhin seinen Körper, so daß er, sobald er versuchte zu sprechen, nur unzusammenhängende Sätze formulieren konnte. Es gelang ihm nicht, den Blick von dem zerbrochenen Schwert abzuwenden. Sein Schwert – seine Magie – er selbst.

Schreie und heftiges Getrampel ließen ihn zusammenfahren. »Vorsicht jetzt«, warnte Padishar Creel; die Stimme des Anführers der Geächteten war ein einziges Dröhnen in Morgans Ohren, das von weit her zu ihm zu dringen schien.

Sie erreichten den Wachraum mit seinen Waffen und Geräten. Von außen wurde wie wild an die Eingangstüre gehämmert. Ihre eisernen Beschläge drohten zu brechen.

»Leg dich hin«, befahl Padishar Creel, der ihn an die eine Wand des Raumes lehnte. »Wenn sie reinkommen, sagst du gar nichts, du bleibst ganz ruhig. Komm, gib mir das.« Er streckte die Hand aus und löste Morgans kraftlose Finger, die das zerbrochene Schwert von Leah umklammerten. »Zurück in die Scheide damit, mein Junge! Wir werden uns später um die Reparatur kümmern.« Er steckte das Schwert in die Scheide zurück, tätschelte Morgans Wange und machte sich dann daran, die Tür zu öffnen.

Schwarzuniformierte Föderationssoldaten strömten schreiend in den Raum und füllten ihn mit einem erdrückenden Lärm. Padishar Creel schrie und brüllte zurück, während er sie die Treppe hinunter zu den Schlafquartieren führte. Morgan beobachtete das Geschehen, ohne irgend etwas zu verstehen oder auch nur verstehen zu wollen. Die Gleichgültigkeit, die er empfand, wurde nur durch das Gefühl des Verlustes übertroffen. Es war, als hätte sein Leben keinen Sinn und Zweck mehr, als ob ihm beides so gänzlich abhanden gekommen wäre wie die Klinge des Schwertes von Leah.

Keine Magie mehr, dachte er immer wieder. Ich habe sie verloren. Ich habe alles verloren.

Dann kam Padishar Creel zurück und führte ihn durch das Durcheinander des Wachhauses zur Eingangstür. Allerlei Gestalten drängten sich an ihnen vorbei, doch niemand hielt sie auf. »Eine schöne Bescherung, die wir mit unserer Nachtarbeit angerichtet haben«, murmelte Padishar Creel vor sich hin. »Ich hoffe nur, daß sie keine weiteren Folgen hat.« Geschwind zog er Morgan aus dem Lichtkreis des Wachhauses und in den schützenden Schatten des Parks.

Wenige Augenblicke später waren sie nicht mehr zu sehen.

2

Es war kurz nach dem Einsetzen der Morgendämmerung, als Par Ohmsford zum erstenmal erwachte. Er lag regungslos auf seinem aus Decken bestehenden Lager und versuchte seine Gedanken zu sammeln. Es dauerte eine Zeitlang, bis er begriff, wo er sich befand. Er war in einem Lagerschuppen hinter einer Gärtnerei im Zentrum von Tyrsis. Damson Rhee hatte sie letzte Nacht in dieses Versteck geführt, nachdem...

Die Erinnerung kehrte unangenehm schnell zurück, Bilder schossen ihm mit schrecklicher Klarheit durch den Kopf.

Er zwang sich, die Augen zu öffnen, und die Bilder verschwanden. Schwaches Licht drang durch die Ritzen der Fensterläden des Schuppens und verlieh den Gartengeräten, die wie

Wachsoldaten an der Wand aufgereiht waren, vage Umrisse. Der durchdringende Geruch von Erde und Gras erfüllte die Luft. Jenseits der Wände ihres Verstecks war alles ruhig, die Stadt war noch nicht erwacht.

Vorsichtig hob er den Kopf und sah sich um. Neben ihm lag Coll, der im Schlaf tief und gleichmäßig atmete. Damson Rhee war nirgendwo zu sehen.

Er legte sich noch einmal hin und lauschte der Stille. Dann stand er auf, indem er sich behutsam aus seinen Decken wickelte. Sein Körper war steif und verkrampft, und der Schmerz, der seine Gelenke durchfuhr, ließ ihn zusammenzucken. Doch er konnte ohne Hilfe umhergehen.

Coll warf sich unruhig hin und her, um dann wieder ruhig weiterzuschlafen. Par beobachtete seinen Bruder kurze Zeit und trat dann an das nächste Fenster. Er war immer noch angekleidet; nur seine Stiefel hatte man ihm ausgezogen. Die Kühle des frühen Morgens kroch aus dem Bretterfußboden in seine nur durch Socken geschützten Füße. Er lehnte sich an das Fenster und versuchte durch eine Ritze im Fensterladen hinauszuspähen. Es hatte aufgehört zu regnen, aber der Himmel war bedeckt, und die Welt sah feucht und leer aus. Nichts bewegte sich in seinem Blickfeld. Wände, Dächer, Straßen und dunkle Erker starrten ihn aus dem Nebel heraus an.

Hinter ihm ging die Tür auf, und Damson Rhee trat vollkommen geräuschlos in den Schuppen. Kleine Wassertröpfchen glitzerten auf ihren Kleidern, und ihr nasses Haar hing herunter. »Was machst du denn da?« flüsterte sie mit Unmutsfalten auf der Stirn. Eilig durchschritt sie den Raum und packte Par, als ob er im Begriff wäre hinzufallen. »Du sollst noch nicht aufstehen! Du bist noch viel zu schwach. Geh sofort wieder ins Bett!« Sie führte ihn zu seinem Lager und zwang ihn, sich wieder hinzulegen.

»Damson, hör mir zu…«, setzte er an, aber sie legte ihm schnell eine Hand auf den Mund.

»Nein, du hörst mir zu, Elfenjunge.« Sie starrte auf ihn wie auf eine wunderliche Entdeckung hinunter. »Was ist bloß mit dir los, Par Ohmsford? Hast du nicht ein bißchen gesunden Menschenverstand? Du bist letzte Nacht gerade noch mit dem Leben davongekommen, und jetzt begibst du dich schon wieder in Gefahr. Ist dir dein Leben denn gar nichts wert?«

Sie holte tief Luft, und er ertappte sich plötzlich bei dem Gedanken daran, wie warm sich ihre Hand auf seinem Gesicht anfühlte. Sie schien seine Gedanken zu lesen und nahm die Hand weg.

Er faßte sie und hielt sie fest. »Es tut mir leid. Ich konnte nicht mehr schlafen. Ich bin immer wieder von Alpträumen geplagt worden.« Ihre Hand fühlte sich in der seinen klein und leicht an. »Ich kann nicht aufhören, an Morgan und Padishar zu denken...«

Er sprach nicht weiter, weil der Gedanke zu furchtbar war, selbst jetzt noch.

Neben ihm schlug Coll die Augen auf und starrte ihn an. »Was ist los?« fragte er schläfrig.

Damson Rhees Finger hielten Pars Hand jetzt fest umklammert. »Dein Bruder scheint vor lauter Sorge um die anderen nicht schlafen zu können.«

Par blickte sie kurz an und fragte dann: »Gibt es irgendwelche Neuigkeiten, Damson?«

Sie lächelte schwach. »Ich schlage dir ein Tauschgeschäft vor. Wenn du mir versprichst, daß du versuchen wirst, noch ein Weilchen zu schlafen – oder dich wenigstens auszuruhen –, verspreche ich, daß ich versuchen werde, eine Antwort auf deine Frage zu finden. Ist das ein faires Angebot?«

Der Talbewohner nickte.

Damson Rhee warf Coll einen Blick zu. »Ich verlasse mich darauf, daß du dafür sorgst, daß er sein Wort hält.« Sie ließ Par los und stand auf. »Ich werde auch etwas zu essen mitbringen.

Verhaltet euch nur ruhig. Hier wird euch niemand stören.« Sie verschwand durch die Tür.

Schweigen erfüllte den Raum. Die Brüder sahen einander stumm an, und dann sagte Coll leise: »Sie liebt dich.«

Par errötete und schüttelte eilig den Kopf. »Nein. Sie will mich nur beschützen, sonst nichts.«

Coll lehnte sich zurück, seufzte und schloß die Augen. »So, meinst du?« Par glaubte schon, er sei wieder eingeschlafen, als er plötzlich sagte: »Was ist letzte Nacht mit dir passiert, Par?«

Par zögerte. »Du meinst das Wunschlied?«

Colls Augen weiteten sich. »Natürlich meine ich das Wunschlied.« Er warf ihm einen raschen Blick zu. »Außer dir weiß ich besser als jeder andere, wie die Magie funktioniert, und ich habe so etwas noch nie vorher erlebt. Das, was du hervorgebracht hast, war keine Illusion, sondern Wirklichkeit. Ich hätte nicht geglaubt, daß du das fertigbringst.«

»Ich auch nicht.«

»Also?«

Par schüttelte den Kopf. Was war denn nun wirklich passiert? Kurz schloß er die Augen. »Ich habe da so eine Idee«, gestand er schließlich. »Erinnerst du dich daran, wie die Magie des Wunschliedes sich zum erstenmal gezeigt hat? Wil Ohmsford setzte die Elfensteine im Kampf mit dem Raffer ein. Er mußte sie benutzen, um das Elfenmädchen Amberle zu retten. Himmel noch mal, wir haben diese Geschichte doch oft genug erzählt, oder nicht? Es war gefährlich für ihn, weil nicht genügend Elfenblut in ihm floß. Sein Tun veränderte ihn auf eine Weise, die er sich zuerst nicht erklären konnte. Erst nachdem seine Kinder, Brin und Jair, geboren worden waren, begriff er, was er getan hatte. Ein Teil der Elfenmagie der Steine war in ihn eingedrungen. Und dieser Teil wurde in Form des Wunschliedes an Brin und Jair weitergegeben.«

Er stützte sich jetzt auf einen Ellbogen; Coll tat es ihm gleich.

»Cogline hat uns bereits in der ersten Nacht gesagt, daß wir die Magie nicht verstehen. Er sagte, daß sie auf verschiedene Weise wirkt, aber daß wir sie, solange bis wir sie verstehen, nur auf eine Weise nutzen können. Und später dann, am Hadeshorn, erzählte er uns, wie die Magie sich verändert und Wellen zurückläßt wie das Wasser eines aufgewühlten Sees. Er hat eine deutliche Anspielung auf Wil Ohmsfords Vermächtnis gemacht, auf die Magie, die sich schließlich in das Wunschlied verwandelt hat.«

Er hielt inne. Im Raum war es still. Als er wieder sprach, kam ihm seine eigene Stimme fremd vor. »Nehmen wir doch nur einmal an, daß er recht hat, daß die Magie sich tatsächlich ständig verändert, sich weiterentwickelt. Genau das ist schließlich passiert, als die Magie der Elfensteine von Wil Ohmsford auf seine Kinder übergegangen ist. Was wäre also, wenn sie sich erneut verändert hätte, und zwar dieses Mal in mir?«

Coll starrte ihn an. »Was meinst du?« fragte er endlich. »Wie könnte sie sich denn verändern?«

»Nehmen wir an, daß die Magie sich wieder in das verwandelt hat, was sie ursprünglich war. Der blaue Elfenstein, den Shea Ohmsford von Allanon erhalten hat, als sie nach dem Schwert von Shannara gesucht haben, verfügte über die Macht, das sichtbar zu machen, was dem Besitzer verborgen blieb. Vergangene Nacht hat sich die Magie auf völlig neue Art und Weise gezeigt. Ich konnte ihrer kaum Herr werden. Du hast recht, Coll; ihre Wirkung war auf keinen Fall eine Illusion. Sie hat das sichtbar gemacht, was ich nicht erkannt habe, und ich glaube, daß dies deshalb geschah, weil ich es unbewußt gewollt habe.« Er sprach mit erregter Stimme. »Coll, nehmen wir an, daß die Macht, die einst der Magie der Elfensteine eigen war, jetzt der Magie, die ich besitze, eigen ist!«

Ein langes Schweigen senkte sich über sie. Ihre Gesichter waren nicht mehr als eine Handbreit voneinander entfernt, ihre Blicke aufeinandergeheftet. Colls harte Züge waren voller Anspannung; die Bedeutung dessen, was Par soeben zum Ausdruck gebracht hatte, lastete auf ihm wie ein schwerer Felsbrocken. Aus seinen Augen sprach zunächst Zweifel, dann Zustimmung, dann plötzlich Furcht. Seine Züge strafften sich. Seine rauhe Stimme klang sehr weich. »Die Elfensteine besaßen darüber hinaus noch eine weitere Eigenschaft. Sie konnten den Besitzer vor Gefahren schützen. Sie konnten eine ungeheuer wirksame Waffe sein.«

Par wartete und blieb stumm, als wisse er bereits, was folgen würde.

»Glaubst du, daß die Magie deines Wunschliedes die gleichen Kräfte besitzt?«

Pars Antwort war kaum hörbar. »Ja, Coll. Ich bin mir so gut wie sicher.«

Gegen Mittag hatte sich der Nebel aufgelöst, und die Wolken waren weitergezogen. Die Sonne schien auf Tyrsis herab, und bald herrschte glühende Hitze.

Das Gedränge an den Toren der äußeren Stadtmauer wurde immer dichter und schleppender. Die diensthabenden Föderationswachen, die man aufgrund der nächtlichen Begebenheiten verdoppelt hatte, schwitzten und waren gereizt, als der bärtige Totengräber auf sie zukam. Sowohl Reisende wie Händler traten bei seinem Herannahen zur Seite. Er war zerlumpt und ging gebeugt, und er roch, als käme er geradewegs aus einem Abwasserkanal. Er schob einen schweren Karren vor sich her; auf ihm lag ein Leichnam, der in Tücher gehüllt und mit Lederriemen verschnürt war.

Die Wachsoldaten sahen einander an.

»Heißer Tag zum Arbeiten, nicht wahr, meine Herren?« keuchte der Totengräber, und die Wachen wichen vor dem Gestank, der von ihm ausging, unwillkürlich zurück.

»Deine Papiere«, sagte einer.

»Aber ja, aber ja.« Eine schmuddelige Hand griff nach einem Papier, das aussah, als hätte es längere Zeit im Dreck gelegen. Der Totengräber deutete auf den Leichnam. »Muß ihn so schnell wie möglich begraben. Hält sich nicht lange bei diesem Wetter.«

Ein anderer der Wachsoldaten trat nahe genug heran, um den Leichnam mit der Spitze seines Schwertes zu berühren.

»Vorsicht, mein Herr«, riet ihm der Totengräber. »Selbst den Toten muß man Respekt zollen.«

Der Soldat warf ihm einen mißtrauischen Blick zu, stieß das Schwert in den Leichnam und zog es wieder heraus.

Der Totengräber lachte gackernd. »Ich würde Euch raten, Euer Schwert zu reinigen, mein Herr – da ich gesehen habe, wie dieser da am Fleckfieber gestorben ist.«

Der Soldat trat eilig zurück. Der, der die Papiere des Totengräbers in Händen hielt, reichte sie ihm geschwind und bedeutete ihm weiterzugehen.

Der Totengräber zuckte die Schultern, bückte sich nach den Griffen des Karrens und fuhr den Leichnam die lange Auffahrt hinunter zur Ebene.

Was für ein Haufen von Narren, dachte Padishar Creel verächtlich.

Als Padishar Creel die erste Reihe von Bäumen im Norden erreichte, dort, wo die Stadt Tyrsis nur noch als ferne graue Silhouette zu sehen war, ließ er den Karren stehen, schob den Leichnam, den er mitgeführt hatte, zur Seite, zog die Eisenstange heraus und begann, die Bretter des doppelten Bodens des Karrens zu lockern. Behutsam half er Morgan, sich aus seinem Versteck zu befreien.

»Nimm einen kleinen Schluck davon.« Der Anführer der Geächteten hielt Morgan den Bierschlauch hin und versuchte vergeblich, ihn nicht mißtrauisch anzuschauen. Morgan nahm das Gereichte wortlos an. Er wußte, was der andere dachte – daß er,

Morgan, seit ihrer Flucht aus der Grube nicht ganz bei Sinnen war.

Sie ließen den Karren mit dem Leichnam stehen und wanderten ungefähr eine Meile bis zu einem Fluß, wo sie sich waschen konnten. Sie badeten, zogen die sauberen Kleider an, die Padishar Creel mit Morgan im doppelten Boden des Karrens versteckt hatte, und setzten sich, um zu essen.

Die Mahlzeit verlief schweigend, bis Padishar Creel, der sich nicht mehr länger beherrschen konnte, sagte: »Wir werden uns später darum kümmern, daß die Klinge wieder in Ordnung gebracht wird, Hochländer. Möglicherweise ist die Magie nicht verlorengegangen.«

Morgan schüttelte nur den Kopf. »Es handelt sich nicht um eine Klinge, die man wieder in Ordnung bringen kann«, erwiderte er mit monotoner Stimme.

»Nein? Nenn mir einen Grund. Erzähl mir, wie das Schwert funktioniert.« Padishar Creel war nicht geneigt, die Sache auf sich beruhen zu lassen.

Morgan tat wie geheißen, aber nicht, weil er besonders daran interessiert war, sondern weil dies der einfachste Weg war, um Padishar Creel zum Schweigen zu bringen. Er erzählte ihm, wie das Schwert von Leah zu seiner Zauberkraft gekommen war, wie Allanon die Klinge in die Wasser des Hadeshorns getaucht hatte, damit Rone Leah eine Waffe hatte, um Brin Ohmsford zu beschützen. »Die Zauberkraft lag in der Klinge, Padishar«, endete er. Es fiel ihm schwer, noch mehr Geduld zu zeigen. »Einmal zerstört, kann sie nicht wieder instand gesetzt werden. Die Zauberkraft ist verloren.«

Padishar Creel runzelte zweifelnd die Stirn und zuckte dann die Schultern. »Tja, sie hat dafür einen guten Zweck erfüllt, Hochländer. Schließlich hat sie uns das Leben gerettet.«

Morgan sah ihn mit gepeinigtem Blick an. »Du verstehst nichts. Es gab eine besondere Verbindung zwischen dem

Schwert und mir. Als das Schwert zerstört wurde, schien es, als ob das Gleiche mit mir passierte. Ich weiß, daß das keinen Sinn ergibt – aber es ist trotzdem so. Als die Zauberkraft verlorenging, ging auch ein Teil von mir verloren.«

»Aber das glaubst du doch nur jetzt, mein Junge. Wie kann man denn wissen, daß sich das nicht noch ändert?« Padishar Creel lächelte ihm aufmunternd zu. »Laß dir etwas Zeit. Laß die Wunde heilen, wie man so schön sagt.«

Morgan, dem der Appetit vergangen war, hörte auf zu essen. Er dachte über die Erkenntnis nach, daß alles, was sie seit ihrer Entscheidung, in der Schlucht nach dem verschwundenen Schwert von Shannara zu suchen, schiefgegangen war.

Gereizt zog Padishar Creel die Augenbrauen in die Höhe. »Wir müssen gehen«, verkündete er unvermittelt und stand auf. Als Morgan keine Anstalten machte aufzustehen, sagte er: »Jetzt hör mir mal zu, Hochländer. Wir sind noch am Leben und wollen es auch bleiben. Schwert hin, Schwert her, ich lasse nicht zu, daß du dich weiterhin wie ein Hampelmann aufführst...«

»Genug, Padishar! Ich brauche deine Anteilnahme nicht!« Morgans Stimme klang härter als beabsichtigt, aber er konnte den Zorn, den er empfand, nicht verhehlen. Sein Zorn fand rasch eine Zielscheibe. »Warum kümmerst du dich nicht um Par und Coll? Hast du vielleicht eine Idee, was mit ihnen passiert sein könnte? Warum haben wir sie einfach zurückgelassen?«

»Ah, darüber zerbrichst du dir den Kopf! Nun, Hochländer, den Talbewohnern geht es höchstwahrscheinlich sehr viel besser als uns. Die Föderation ist nicht so dumm, daß sie den Bericht von den Ereignissen wie auch die Tatsache, daß zwei der sogenannten Wachen verschwunden sind, einfach übersieht. Sie haben unsere Beschreibung. Wenn wir nicht sofort aus der Stadt herausgekommen wären, wären wir wahrscheinlich niemals herausgekommen!« Er stieß Morgan mit dem Finger an. »Die Talbewohner dagegen hat keiner gesehen. Niemand wird ihre Gesichter wiedererkennen. Außerdem befinden sie sich sicherlich schon in der Obhut von Damson. Sie weiß, wie sie sie zum Zeigefinger führt. Sie wird sie, sobald sich eine Gelegenheit bietet, aus Tyrsis herausschleusen.«

Mit störrischer Miene schüttelte Morgan den Kopf. »Vielleicht. Vielleicht auch nicht. Du warst dir auch sicher, daß es uns gelingen würde, das Schwert von Shannara zu holen, und du siehst, was passiert ist.«

Padishar Creel errötete vor Zorn. »Die Risiken, die wir eingegangen sind, waren beileibe kein Geheimnis.«

»Erzähl das mal Stasas und Drutt und Ciba Blue!«

Der große Mann packte Morgan. Seine Augen waren voller Zorn. »Die Männer, die dort gestorben sind, waren meine Freunde, Hochländer, und nicht deine. Das brauchst du mir nicht unter die Nase zu reiben! Was ich getan habe, habe ich für uns alle getan. Wir brauchen das Schwert von Shannara! Früher oder später müssen wir uns noch einmal hineinwagen – Schattenwesen hin oder her! Das weißt du so gut wie ich! Was die Talbewohner anbetrifft, behagt mir der Gedanke daran, daß wir sie zurücklassen, keineswegs besser als dir! Aber uns blieb, verdammt nochmal, keine andere Wahl!«

Morgan versuchte vergeblich, sich aus seinem Griff zu befreien. »Du hättest wenigstens nach ihnen suchen können!«

»Wo? Wo hätte ich suchen sollen? Glaubst du, sie verstecken sich an einem Ort, wo wir sie hätten finden können? Damson ist keine Närrin! Sie hat sie im hintersten Winkel von Tyrsis versteckt. Himmel nochmal, Hochländer! Begreifst du nicht, was dort vor sich geht? Wir haben ein Geheimnis gelüftet, das die Föderation mit allen Mitteln verbergen wollte. Ich bin mir nicht sicher, daß irgend jemand wirklich weiß, was all das zu bedeuten hat, aber es reicht, daß die Föderation glaubt, daß wir es wissen. Dafür wollen sie unseren Kopf… Ich habe, als wir durch die Tore gingen, einen Blick auf die kommenden Ereignisse geworfen. Die Föderationsregierung gibt sich nicht mehr damit zufrieden, nur die Wachen zu verdoppeln und die Patrouillen zu verstärken. Sie hat ihre gesamten Truppen mobilisiert! Wenn ich nicht vollkommen daneben liege, dann haben sie beschlossen, uns ein für allemal zu eliminieren – dich und mich und jedes andere Mitglied der Bewegung, das sie zu fassen kriegen. Wir sind für sie zu einer echten Bedrohung geworden, denn zum erstenmal fangen wir an zu begreifen, was es mit der Föderation wirklich auf sich hat – und genau das kann sie sich nicht leisten... Sie werden uns jagen, und wir sollten uns deshalb dorthin begeben, wo sie uns nicht finden.« Er stieß den Hochländer von sich weg und holte tief Luft. »Auf jeden Fall möchte ich darüber mit dir nicht streiten. Ich bin der Anführer. Du hast dich in der Grube tapfer geschlagen, aber das gibt dir noch lange nicht das Recht, meine Befehle in Frage zu stellen. Ich beherrsche die Kunst des Überlebens sehr viel besser als du, und du tätest gut daran, das nicht zu vergessen.«

Morgans Gesicht war weiß vor Zorn, aber er nahm sich zusammen. Er wußte, daß es keinen Sinn hatte, weiter zu streiten; der große Mann war nicht gewillt, seine Meinung zu ändern. Er wußte außerdem, wußte es tief im Inneren, wo er es sich eingestehen konnte, daß das, was Padishar Creel über die Suche nach Par und Coll gesagt hatte, die Wahrheit war. Er wandte sich von ihm ab und strich sorgfältig seine Kleider glatt. »Ich wollte nur sicher sein, daß wir uns darüber einig sind, daß die beiden nicht vergessen werden.«

Ein kurzes und hartes Lächeln überzog Padishar Creels Gesicht. »Keinen Augenblick, wenigstens nicht von mir. Du kannst tun und lassen, was du willst.« Dann drehte er sich um und verschwand zwischen den Bäumen.

Nach kurzem Zögern schluckte Morgan seinen Zorn und seinen Stolz hinunter und folgte ihm.

Als Par zum zweitenmal aufwachte, war es bereits mitten am Nachmittag. Der Geruch von heißer Suppe durchzog ihre enge Behausung. Er blinzelte und setzte sich langsam auf. Damson Rhee stand neben einer kleinen Bank, wo sie die dampfende Suppe in Schüsseln schöpfte. Sie warf dem Talbewohner einen Blick zu und lächelte. Ihr leuchtendes Haar glänzte hell im spärlichen Sonnenlicht, das durch die Ritzen der Fensterläden drang, und Par verspürte ein fast unwiderstehliches Bedürfnis, seine Hand auszustrecken und es zu berühren.

Damson Rhee reichte den Talbewohnern die Suppe, danach frisches Obst, Brot und Milch, und Par hielt das Mahl für das köstlichste, das er je genossen hatte. Da sowohl Par als auch Coll hungriger waren, als sie dies für möglich gehalten hatten, aßen sie alles auf, was Damson Rhee ihnen gab. Par staunte, daß er noch einmal eingeschlafen war, doch zweifellos hatte er gut daran getan, denn sein Körper fühlte sich ausgeruht und fast frei von Schmerzen. Da sie während des Mahles nur wenig redeten, hatte er Gelegenheit nachzudenken. Fast unverzüglich nach dem Erwachen hatte es in seinem Kopf angefangen zu arbeiten; seine Gedanken waren schnell von der Erinnerung an die Schrecken der vergangenen Nacht zu dem, was vor ihm lag, vorausgeeilt – er würde die Informationen, die er gesammelt hatte, auswerten, würde das, was er vermutete, sorgfältig abwägen, würde Pläne schmieden für das, was er glaubte tun zu müssen.

Der Gedanke daran machte ihn schaudern. Ihm wurde klar, daß er Gefallen fand an der Möglichkeit, das Undenkbare anzustreben.

Als sie gegessen hatten, wuschen sie sich in einer Wanne mit frischem Wasser. Nachdem sie anschließend auf Wunsch von Damson Rhee wieder Platz genommen hatten, erfuhren sie, was mit Padishar Creel und Morgan geschehen war.

»Sie sind geflohen«, begann sie ohne Umschweife. In ihren grünen Augen spiegelten sich Freude und Bewunderung. »Ich habe keine Ahnung, wie sie es angestellt haben, aber es ist ihnen gelungen. Es hat eine Weile gedauert, bis ich die Bestätigung hatte, daß sie wirklich entkommen sind, aber ich wollte sichergehen, daß ich keinem Gerücht aufgesessen bin.«

Par lächelte seinen Bruder voller Erleichterung an.

Coll zuckte die Schultern. »Wie ich die beiden kenne, haben sie sich wahrscheinlich einfach herausgeredet«, antwortete er.

»Wo sind sie jetzt?« fragte Par. Er fühlte sich, als wären ihm Jahre seines Lebens wiedergeschenkt worden. Padishar Creel und Morgan waren entkommen – das waren die besten Neuigkeiten, die er sich vorstellen konnte.

»Das weiß ich nicht«, erwiderte Damson Rhee. »Sie scheinen einfach verschwunden. Entweder haben sie in der Stadt ein Versteck gefunden, oder – und das scheint mir wahrscheinlicher – sie haben die Stadt verlassen und sind jetzt auf dem Weg zum Zeigefinger. Das Letztere scheint mir einleuchtender, weil die gesamten Truppen der Föderation mobilisiert sind, und es gibt dafür nur einen einzigen Grund. Sie haben die Absicht, im Parmakeil nach Padishar und seinen Männern zu suchen. Offensichtlich hat sie das, was er und ihr letzte Nacht angestellt habt, furchtbar erzürnt. Alle möglichen Gerüchte machen derzeit die Runde. Manche besagen, daß Dutzende von Föderationssoldaten am Wachhaus von Monstern getötet worden sind. Andere besagen, daß die Monster immer noch frei in der Stadt herumlaufen. Wie auch immer, Padishar hat sich seinen Reim darauf gemacht genau wie ich. Er wird die Stadt bereits verlassen haben und auf dem Weg nach Norden sein.«

»Bist du sicher, daß die Föderation ihn nicht doch gefangengenommen hat?« Par war noch immer in Sorge.

Damson Rhee schüttelte den Kopf. »Das hätte ich gehört. Aber jetzt bist du dran. Erzähl mir, was passiert ist, Par. Was habt ihr in der Schlucht gefunden?«

Mit Unterstützung von Coll erzählte er, was ihnen widerfahren war, und während er erzählte, beschloß er, Damson Rhee ebenso zu vertrauen, wie er dem Anführer der Geächteten vertraut hatte. Folglich berichtete er nicht nur von ihrem Zusammentreffen mit den Schattenwesen, sondern ebenfalls davon, auf welch unerwartete Weise seine Magie sich gezeigt hatte.

Als er alles berichtet hatte, sahen sie einander schweigend an, während sich jeder seine eigenen Gedanken darüber machte, was das Eindringen in die Schlucht ans Licht gebracht hatte und welche Bedeutung all dem beizumessen war.

Coll ergriff als erster das Wort. »Mir scheint, als hätten wir jetzt noch mehr offene Fragen als vorher.«

»Aber wir haben auch einiges erfahren«, widersprach Par. Ungeduldig beugte er sich vor. »Wir wissen, daß irgendeine Beziehung zwischen der Föderation und den Schattenwesen besteht. Die Föderation muß wissen, was sie dort unten hält; sie kann sich der Wahrheit nicht verschließen. Vielleicht hat sie sogar zum Entstehen dieser Monster beigetragen. So viel wir wissen, könnte es sich um Gefangene der Föderation handeln, die man genau wie Ciba Blue in die Schlucht geworfen hat, wo sie sich dann in das verwandelt haben, was wir vorgefunden haben. Und warum sind sie immer noch dort unten, wenn die Föderation sie nicht dort gefangen hält? Wären sie nicht schon längst geflohen, wenn sie die Möglichkeit dazu gehabt hätten?«

»Du siehst, mehr Fragen als Antworten, genau wie ich gesagt habe«, erklärte Coll.

Damson Rhee schüttelte den Kopf. »Irgend etwas stört mich an der Sache. Warum sollte die Föderation sich mit den Schattenwesen einlassen? Die Schattenwesen stehen für all das, was die Föderation bekämpft – Magie, die alten Bräuche, die Zerstörung des Südlandes und seiner Menschen. Wie kann die Föderation solch eine Beziehung überhaupt herstellen? Sie kann sich gegen die Magie der Schattenwesen nicht verteidigen. Wie sollte sie sich selbst schützen?«

»Vielleicht muß sie das gar nicht«, warf Coll ein. »Vielleicht liefert die Föderation den Schattenwesen andere Wesen als Nahrung, Wesen, für die die Föderation nichts übrig hat. Vielleicht ist es den Elfen so ergangen.« Er hielt inne. »Vielleicht ergeht es jetzt den Zwergen so.«

Sie blieben stumm, während sie über diese Möglichkeit nachdachten. Par hatte schon länger nicht mehr an die Zwerge gedacht, er hatte den Gedanken an die Schrecken von Culhaven und seine Bewohner in den vergangenen Wochen verdrängt. Jetzt erinnerte er sich wieder an das, was er dort gesehen hatte – an die Armut, an die Not und Unterdrückung. Die Zwerge wurden ausgerottet aus Gründen, die im Unklaren blieben. War es möglich, daß Coll recht hatte? War es möglich, daß die Föderation die Zwerge den Schattenwesen als Nahrung lieferte, weil dies Teil eines scheußlichen Handels zwischen ihnen war?

In seinem Gesicht spiegelte sich das Entsetzen wider. »Aber was könnte die Föderation als Gegenleistung erhalten?«

»Macht«, antwortete Damson Rhee auf der Stelle. Ihr Gesicht war leichenblaß.

»Macht über alle Rassen, über die Vier Länder«, pflichtete Coll mit einem Nicken bei. »Das ergibt einen Sinn, Par.«

Par schüttelte langsam den Kopf. »Aber was passiert, wenn nur noch die Föderation übrig ist? Ich bin sicher, daß sie auch daran gedacht haben. Was sollte die Schattenwesen davon abhalten, sich auch an ihnen gütlich zu tun?«

Keiner antwortete.

»Irgend etwas fehlt da noch«, sagte Par leise. »Etwas Wichtiges.« Er erhob sich, wanderte zum anderen Ende des Raumes, starrte eine Weile in die Luft, schüttelte endlich den Kopf, drehte sich um und kam zurück. Sein Gesicht drückte Entschlossenheit aus, als er sich wieder setzte. »Laßt uns noch mal zu den Schattenwesen in der Schlucht zurückkehren«, erklärte er, »denn das ist ein Rätsel, das wir vielleicht lösen können.« Er sah von einem zum anderen und sagte: »Ich glaube, daß der Grund, warum sie dort unten sind, der ist, daß sie jeden davon abhalten sollen, dem Schwert von Shannara zu nahe zu kommen.«

»Par!« versuchte Coll einzuwerfen, doch sein Bruder wies ihn mit einem Kopfschütteln zurück.

»Denk darüber nach, Coll. Padishar hatte recht. Warum sollte die Föderation sich die Mühe machen, den Volkspark und die Sendic-Brücke neu aufzubauen? Warum sollte sie die Überreste des alten Parks und der Brücke in dieser Schlucht verstecken, wenn nicht, um das Schwert zu verbergen? Und wir haben den Kuppelbau gesehen, Coll! Wir haben ihn gesehen!«

»Den Kuppelbau, ja, aber nicht das Schwert«, stellte Damson Rhee fest. Ihre grünen Augen leuchteten, als sich ihr Blick mit dem der Talbewohner kreuzte.

»Aber wenn nicht auch das Schwert in der Schlucht ist, warum sind dann die Schattenwesen dort?« fragte Par sogleich. »Sicherlich nicht, um einen leeren Kuppelbau zu bewachen. Nein, das Schwert ist immer noch dort, wo es schon vor dreihundert Jahren war. Deshalb hat Allanon mich auf die Suche geschickt – er wußte, daß es dort ist und nur darauf wartet, gefunden zu werden.«

»Er hätte uns viel Zeit und Ärger ersparen können, wenn er uns nur so viel gesagt hätte«, meinte Coll.

Par schüttelte den Kopf. »Nein, Coll. Allanon handelt nicht auf diese Weise. Denk an die Geschichte des Schwertes. Bremen hat es vor mehr als tausend Jahren Jerle Shannara gegeben, um damit den Dämonenlord zu vernichten, und der Elfenkönig konnte nicht damit umgehen, weil er nicht darauf vorbereitet war, das, was es von ihm forderte, auszuführen. Als Allanon Shea Ohmsford auswählte, damit er diese Aufgabe fünfhundert Jahre später vollbringe, beschloß er, daß sich der Talbewohner erst beweisen sollte. Sollte er nicht gewillt sein, sich ganz und gar der Aufgabe zu verschreiben, die mit der Suche verbunden war, dann war die Macht des Schwertes von Shannara auch für ihn zu stark. Und wenn dies eintreten würde, würde der Dämonenlord wieder einmal entkommen können.«

»Und er glaubt, daß es sich mit dir ebenso verhält«, schloß Damson Rhee. Sie sah Par auf eine Weise an, als sähe sie ihn zum allerersten Mal. »Wenn du nicht stark genug bist, wenn du nicht gewillt bist, genug von dir selbst zu geben, wird dir das Schwert von Shannara nichts nützen. Die Schattenwesen werden weiterhin ihr Unwesen treiben.«

Pars Nicken war kaum wahrzunehmen.

»Aber warum sollten die Schattenwesen oder die Föderation das Schwert all diese Jahre in der Schlucht lassen?« fragte Coll. »Warum haben sie es nicht einfach fortgeschafft, oder besser noch, warum haben sie es nicht zerstört?«

Par antwortete: »Ich glaube, daß weder die Föderation noch die Schattenwesen es zerstören können – keiner kann ein magisches Symbol, das so viel Macht besitzt, zerstören. Ich zweifle daran, daß die Schattenwesen es überhaupt berühren können. Der Dämonenlord konnte es nicht. Was ich nicht verstehe, ist, warum die Föderation es nicht an einer anderen Stelle versteckt hat... Aber das tut nichts zur Sache. Tatsache ist, daß das Schwert immer noch dort ist, immer noch im Kuppelbau.« Er hielt inne, blickte gerade aus. »Und auf uns wartet.«

Coll starrte ihn an, weil er zum erstenmal wirklich begriff, was Par damit andeutete. Einen Augenblick verschlug es ihm die Sprache. »Das kann nicht dein Ernst sein, Par«, brachte er schließlich ungläubig heraus. »Nach dem, was letzte Nacht passiert ist? Nachdem wir gesehen haben...« Er brach ab, um dann herauszuplatzen: »Du würdest keine zwei Minuten überleben.«

»Doch, das würde ich«, erwiderte Par. Aus seinen Augen sprach wilde Entschlossenheit. »Ich weiß, daß ich es könnte. So viel hat mir Allanon gesagt. Er sagte, daß wir die Kraft besitzen, unsere Aufgabe zu bewältigen – Walker, Wren und ich. Erinnerst du dich? Ich glaube, daß er in meinem Fall vom Wunschlied gesprochen hat. Ich glaube, er hat gemeint, daß die Magie des Wunschliedes mich beschützen wird.«

»Bis jetzt hat sie aber nicht viel genützt!« rief Coll.

»Ich hatte noch nicht begriffen, wozu sie in der Lage ist. Ich glaube, daß ich es jetzt begreife.«

»Du glaubst? Lieber Himmel, Par!«

Par blieb ruhig. »Was können wir denn sonst tun? Zum Zeigefinger zurücklaufen? Oder nach Hause? Sollen wir uns für den Rest unserer Tage verstecken?« Seine Hände zitterten. »Coll, mir bleibt keine andere Wahl. Ich muß es versuchen.«

In Colls Gesicht spiegelte sich ein Widerwille. Er wandte sich Damson Rhee zu, aber sie hielt ihren Blick fest auf Par gerichtet.

Coll knischte mit den Zähnen. »Das heißt also, daß du in die Schlucht zurückkehren würdest aufgrund eines unbewiesenen und ungeprüften Glaubens. Du würdest dein Leben aufs Spiel setzen, nur weil du annimmst, daß das Wunschlied – eine Magie, die dich im Kampf mit den Schattenwesen bereits dreimal im Stich gelassen hat – dich schützen wird.« Langsam sog er die Luft ein. »Ich kann einfach nicht glauben, daß du so etwas tun könntest, etwas so... Dummes, um es milde auszudrücken!«

»Coll...«

»Nein, ich will nichts mehr hören! Ich habe dich überall hin begleitet, bin dir überall hin gefolgt, habe dich unterstützt, habe alles getan, um dich zu beschützen – und jetzt willst du dich so in Gefahr bringen! Einfach dein Leben wegwerfen! Begreifst du, was du da tust, Par? Du opferst dich! Du glaubst immer noch, daß du diese besondere Fähigkeit hast zu erkennen, was richtig ist. Du bist besessen!« Coll hielt Par die geballte Faust unter die Nase. Die Falten auf seiner Stirn und sein harter Gesichtsausdruck zeigten, wie sehr er mit sich kämpfte, um nicht zu schreien. »Jeder andere würde abwarten, würde alles noch einmal überdenken und dann nach Hilfe Ausschau halten. Aber du hast keine Geduld. Du hast dich bereits entschieden. Vergessen sind Padishar und Morgan oder sonst jemand. Du willst das Schwert haben! Du würdest sogar dein Leben dafür geben, um es zu besitzen, habe ich recht?«

»Ich bin nicht so blind...«

»Damson, rede du mit ihm!« unterbrach ihn Coll verzweifelt. »Ich weiß, daß du ihn magst; sag ihm, was für ein Narr er ist!«

Aber Damson Rhee schüttelte den Kopf. »Nein. Das werde ich nicht tun.«

Coll starrte sie entgeistert an.

»Ich habe nicht das Recht dazu«, schloß sie leise.

Coll verstummte. Keiner sprach. Das Tageslicht erhellte jetzt nur noch den äußersten Winkel des Schuppens, während die Schatten immer länger wurden. Vereinzelte Stimmen drangen von der Straße zu ihnen herauf, um dann wieder zu verstummen.

Der Vorwurf auf dem Gesicht seines Bruders tat Par weh. Aber er konnte nichts dagegen tun. Es gab nur eines, was Par hätte sagen können, um die Dinge zu ändern, und er hatte nicht die Absicht, es zu sagen. »Ich habe einen Plan«, erklärte er statt dessen. Er wartete, bis Coll die Augen hob. »Ich weiß, was du denkst, aber ich habe nicht die Absicht, mehr Risiken einzugehen als unbedingt notwendig.« Coll warf ihm einen ungläubigen Blick zu, ohne irgend etwas zu sagen. »Der Kuppelbau befindet sich unter den Mauern des alten Palastes. Wenn ich von der anderen Seite in die Schlucht hineinkäme, müßte ich nur eine kurze Entfernung zurücklegen. Wenn ich das Schwert erst einmal in der Hand hätte, könnten mir die Schattenwesen nichts mehr anhaben.« Er schluckte. »Der kleine Weg vom Wachhaus zum alten Palast ist eine gute Abkürzung.«

Coll schlug die Hände über dem Kopf zusammen. »Du hast wirklich vor, dich ein drittes Mal in das Wachhaus hineinzubegeben?« rief er aus.

»Alles, was ich brauche, ist eine List, mit der ich sie ablenken…«

»Hast du den Verstand verloren? Sie werden dich in weniger als zwei Minuten aufspüren…«

»Coll!« Par konnte sich nicht mehr beherrschen.

»Er hat recht«, sagte Damson Rhee ruhig.

Par wandte sich wütend zu ihr um, fing sich jedoch wieder. »Dann muß ich mir eben eine andere Möglichkeit ausdenken.«

Coll sah plötzlich erschöpft aus. »Die Wahrheit ist, daß es keine andere Möglichkeit gibt.«

»Vielleicht doch«, sagte Damson Rhee. »Als zu Zeiten Balinor Buckhannahs die Truppen des Dämonenlords Tyrsis belagerten, gelang es ihnen zweimal, in die Stadt zu gelangen – einmal durch die vorderen Tore und das andere Mal durch die Stollen, die hinter dem alten Palast verliefen. Möglicherweise existieren diese Stollen immer noch und ermöglichen den Zugang zur Schlucht vom Palast aus.«

Mit einem Ausdruck von Ekel wandte sich Coll ab. Alles, nur nicht das, hatte er von Damson Rhee erwartet.

Par zögerte, um dann vorsichtig zu sagen: »Das ist alles vor mehr als vierhundert Jahren geschehen. Ich hatte diese Stollen vollkommen vergessen – obwohl ich die Geschichten so oft erzähle. Weißt du irgend etwas darüber – wo sie sind, wie man hineinkommt, ob sie überhaupt noch begehbar sind?«

Damson Rhee schüttelte den Kopf. »Aber ich kenne jemanden, der es wissen könnte. Vorausgesetzt, daß er mit uns redet.« Dann begegnete sie Colls Blick. Der plötzliche weiche Ausdruck auf ihrem Gesicht überraschte Par. »Wir alle haben das Recht, für uns selbst zu entscheiden«, sagte sie leise.

Colls Blick war gespenstisch. Par betrachtete seinen Bruder einen Augenblick, während er überlegte, ob er irgend etwas zu ihm sagen sollte, drehte sich dann jedoch zu Damson Rhee um. »Kannst du mich zu dieser Person führen – heute abend?«

Sie stand auf, und die Talbewohner erhoben sich ebenfalls. Im Vergleich mit ihnen wirkte sie klein, fast zerbrechlich; aber Par wußte, daß der Eindruck täuschte. Sie schien zu überlegen, bevor sie sprach. »Das kommt darauf an. Zuerst mußt du mir etwas versprechen. Wenn du noch mal in die Schlucht hineingehst, wirst du Coll und mich mitnehmen.«

Die beiden anderen schwiegen vor Staunen.

»Es tut mir leid, aber ich muß darauf bestehen. Ich kann nicht anders. Du, Par, würdest dich verpflichtet fühlen, das Richtige zu tun, das heißt, du würdest uns zurücklassen, um uns keiner Gefahr auszusetzen – doch das wäre genau das Falsche. Du brauchst uns an deiner Seite.« Damson Rhee wandte sich an Coll. »Und wir müssen dabei sein, Coll. Begreifst du nicht? Nichts wird aufhören, gar nichts, nicht die Föderationsbesatzung oder das Grauen der Schattenwesen oder die Krankheit, die die Länder heimsucht, wenn nicht einer all dem ein Ende bereitet. Par hat vielleicht die Möglichkeit, genau das zu tun. Aber wir können ihn dabei nicht allein lassen. Wir müssen tun, was wir können, um ihm zu helfen, denn es ist auch unser Kampf.«

Coll blickte verwirrt drein.

Par sah Damson Rhee an. »Was passiert, wenn sich herausstellt, daß nur ich hineingehen kann?«

Damson Rhee kam auf ihn zu, nahm seine Hände und drückte sie. »Das wird nicht geschehen. Du weißt es.« Sie küßte ihn. »Seid ihr also einverstanden?«

Par atmete tief ein. Er setzte Colls und Damson Rhees Leben aufs Spiel, weil er nicht von dem Schwert lassen konnte. Er war so halsstarrig; er ließ sich allein von seinem Ehrgeiz leiten. Alles sprach dafür, daß dieses Unternehmen sie vernichten würde. Dennoch sagte er: »Einverstanden.«

Es folgte ein kurzes Schweigen.

Coll sah auf. »Einverstanden«, sagte auch er.

Damson Rhee berührte Pars Gesicht, ging dann auf Coll zu

und drückte ihn an sich. Par war nicht schlecht erstaunt, als er sah, daß sein Bruder Damson Rhee ebenfalls an sich drückte.

3

Erst in der Abenddämmerung des folgenden Tages erreichten Padishar Creel und Morgan Leah den Zeigefinger. Beide waren erschöpft.

Sie waren, seit sie Tyrsis verlassen hatten, unaufhörlich gewandert und hatten nur Pausen eingelegt, um zu essen. Sie hatten in der vergangenen Nacht weniger als sechs Stunden geschlafen. Trotzdem hätten sie früher zurückkehren können, hätte Padishar Creel nicht darauf bestanden, jede noch so kleine Spur von ihnen zu beseitigen. Nachdem sie den Parmakeil betreten hatten, ging er immer wieder zurück, durch Schluchten, durch Flußbetten und über felsige Anhöhen, während er das hinter ihnen liegende Gebiet nicht aus den Augen ließ.

Morgan hielt die Vorsichtsmaßnahmen des Anführers der Geächteten für unnötig und hatte ihn, als er seine Ungeduld nicht mehr beherrschen konnte, dies schließlich wissen lassen. »Du lieber Himmel, Padishar – wir vergeuden nur unsere Zeit! Wer, glaubst du denn, verfolgt uns?«

»Niemand, den wir sehen können«, lautete die rätselhafte Antwort des anderen.

Der Abend war schwül, die Luft schwer und der Himmel dort, wo die Sonne als roter Feuerball am Horizont verschwand, dunstig. Während sie sich im Aufzug dem Gipfel des Zeigefingers näherten, konnten sie sehen, wie die Schatten der Nacht langsam den Wald in vollkommene Finsternis hüllten. Lästige Insekten, die vom Schweiß ihrer Körper angezogen wurden, umschwirrten sie unablässig. Die Hitze des Tages lag wie eine erdrückende

Decke auf dem Land. Padishar Creel ließ seinen Blick immer wieder in Richtung Tyrsis gleiten, als könnte er ihre vermeintlichen Verfolger doch noch entdecken. Morgan folgte seinem Blick, konnte jedoch, wie schon zuvor, nichts und niemanden sehen.

Der große Mann schüttelte den Kopf. »Ich sehe es nicht«, flüsterte er. »Aber ich spüre es kommen.«

Er ließ keine Erklärung folgen, und der Hochländer stellte keine Fragen. Morgan war müde und hungrig, und er wußte, daß nichts, was Padishar Creel oder er tun würden, die Pläne dessen, was sie vielleicht verfolgte, ändern konnte. Ihre Reise war zu Ende, sie hatten alles Menschenmögliche getan, um ihre Spuren zu beseitigen, und es nützte nichts, sich jetzt noch zu sorgen. Morgan dachte an das Essen, das sie erwartete.

Das Mittagessen an diesem Tag war mehr als spärlich ausgefallen – ein paar Wurzeln, altes Brot, harter Käse und etwas Wasser. »Mir wird langsam klar, daß man als Geächteter praktisch von nichts leben können muß, aber du hättest sicherlich etwas mehr mitnehmen können!« hatte sich Morgan beklagt. »Das hier ist armselig.«

»Aber natürlich, mein Junge«, hatte der Anführer der Geächteten geantwortet. »Nimm's nicht so schwer.«

Padishar Creel hatte ihre Auseinandersetzung fünf Minuten später bereits vergessen, und Morgan war bei Tagesende zu dem Schluß gelangt, daß alles wieder in Ordnung war. Widerwillig zollte er dem Mann Respekt – für seine draufgängerische und entschlossene Art, in der der Hochländer sich selbst wiedererkannte, für sein Selbstvertrauen und für die Art und Weise, wie er andere Menschen anzog. Padishar Creel trug die Abzeichen eines Führers, als seien sie sein Geburtsrecht, und irgendwie schien das vollkommen in Ordnung. Er war stark, das war nicht zu leugnen; und diese Stärke zog andere Menschen an. Aber er wußte, daß auch ein Führer seinen Gefolgsleuten etwas geben mußte. Da er klug genug war, sich über die Rolle Morgans bei der Reise von Par und Coll in den Norden im klaren zu sein, war er darauf bedacht, den Hochländer wissen zu lassen, daß seine Sorge um das Wohl der Talbewohner gerechtfertigt war. Er hatte sich nach ihrem Streit mehrere Male die Mühe gemacht, Morgan zu versichern, daß er Par und Coll niemals im Stich lassen würde, daß er dafür sorgen würde, daß sie in Sicherheit waren. Er war eine vielschichtige Persönlichkeit, und Morgan mochte ihn trotz seines Verdachts, daß er nicht in der Lage sein würde, alle seine Versprechen zu halten.

Auf jeder Station ihrer Auffahrt ergriffen die Geächteten Padishar Creels Hand zur Begrüßung. Wenn sie so sehr an ihn glauben, fragte sich Morgan, soll ich es dann nicht auch tun?

Aber er wußte, daß Glaube so vergänglich war wie Magie. Einen Augenblick kam ihm das zerbrochene Schwert, das er mit sich trug, in den Sinn. Glaube und Magie zusammengeschmiedet, in Eisen gelegt, um dann zu zerspringen. Er atmete tief ein. Der Schmerz über den Verlust war immer noch da, trotz seines Entschlusses, nicht mehr daran zu denken und die Wunde heilen zu lassen, so wie Padishar Creel ihm geraten hatte. Es gab nichts, was er tun konnte, um das, was geschehen war, ungeschehen zu machen, sagte er sich immer wieder; er mußte nach vorne blikken. Er hatte jahrelang ohne die Magie des Schwertes gelebt – ohne überhaupt zu wissen, daß sie existierte. Es ging ihm jetzt nicht schlechter als damals. Er war immer noch der Gleiche.

Als sie den Zeigefinger erreichten, wartete Chandos auf sie. Padishar Creels einäugiger Stellvertreter sah größer und dunkler aus, als ihn Morgan in Erinnerung hatte; sein bärtiges, entstelltes Gesicht war runzlig, sein Körper wirkte durch den weiten Umhang noch größer. Er ergriff Padishar Creels Hand und hielt sie fest. »Gute Jagd?«

»Gefährlich wäre ein besseres Wort«, antwortete der große Mann knapp.

Chandos warf Morgan einen Blick zu. »Die anderen?«

»Außer den Talbewohnern haben sie ihren letzten Kampf bestritten. Wo ist Hirehone? Hier oder zurück in Varfleet?«

Morgan warf ihm einen kurzen Blick zu. Padishar Creel suchte also immer noch nach dem Verräter, dachte er. Der Herr der Kiltan-Schmiede war nicht mehr erwähnt worden, seit Morgan erzählt hatte, daß er ihn in Tyrsis möglicherweise gesehen hatte.

»Hirehone?« Ein Ausdruck der Verwirrung lag auf Chandos' Gesicht. »Er hat uns nach euch verlassen, noch am gleichen Tag. Ich nehme an, er ging nach Varfleet zurück, wie du ihm befohlen hast. Er ist nicht hier. Du hast aber Gäste.«

Padishar Creel gähnte. »Gäste?«

»Trolle, Padishar.«

Der Anführer der Geächteten war plötzlich hellwach. »Was du nicht sagst! Trolle? Sieh an, sieh an. Und wie kommt es, daß sie hier sind?«

Gemeinsam gingen sie auf die Feuer zu, Padishar Creel und Chandos nebeneinander, Morgan hinter ihnen. »Das wollten sie nicht sagen«, antwortete Chandos. »Sie traten vor drei Tagen aus dem Wald heraus, einfach so, als wäre es überhaupt nichts gewesen, uns hier zu finden. Sie kamen ohne einen Führer und fanden uns, als kampierten wir mit fliegenden Bannern mitten auf freiem Feld. Zwanzig an der Zahl, große Kerle, aus dem Charnalgebirge im Nordland. Sie nennen sich Kelktic Rock und standen einfach nur herum, bis ich hinging, um mit ihnen zu reden, und wollten dann mit dir sprechen. Als ich ihnen erklärte, daß du nicht da seist, sagten sie, sie würden warten.«

»Tatsächlich? Ziemlich beharrlich.«

»Kann man wohl sagen. Ich habe sie heraufgeholt, nachdem sie zugestimmt hatten, uns ihre Waffen auszuhändigen. Es schien mir nicht recht, sie dort unten am Parmakeil sitzen zu lassen, nachdem sie den weiten Weg gemacht hatten, um dich zu finden

– und obendrein so erfolgreich waren.« Chandos schmunzelte. »Außerdem habe ich mir gedacht, daß ein paar hundert von uns mit einer Handvoll Trollen fertig werden würden.«

Padishar Creel lachte leise. »Vorsicht kann nie schaden, alter Freund. Wo sind sie?«

»Da drüben am Feuer.«

Morgan und Padishar Creel spähten durch die Dunkelheit. Ein Haufen gesichtsloser Schatten beobachtete ihr Nahen. Sie sahen riesig aus. Unbewußt faßte Morgan nach seinem Schwertknauf, und erst dann fiel ihm ein, daß der Knauf das einzige war, was ihm geblieben war.

»Der Anführer nennt sich Axhind«, schloß Chandos absichtlich leise. »Er ist der Älteste.«

Padishar Creel schritt auf die Trolle zu, die Müdigkeit war von ihm abgefallen und seine große Gestalt imponierend. Einer der Trolle kam ihm entgegen.

Morgan Leah hatte noch nie einen Troll gesehen. Er hatte natürlich Geschichten über sie gehört; alle erzählten Geschichten über die Trolle. Irgendwann, lange, bevor Morgan zur Welt kam, hatten die Trolle das Nordland, ihre ursprüngliche Heimat, verlassen, um mit den anderen Rassen Handel zu treiben. Eine Zeitlang hatten einige sogar unter den Menschen von Callahorn gelebt. Aber all das hatte mit dem Auftauchen der Föderation und ihrem Kampf um die Vorherrschaft im Südland ein Ende gefunden. Trolle waren südlich von Streleheim nicht mehr gern gesehen, und die wenigen, die in den Süden gekommen waren, hatten sich schleunigst wieder auf den Weg nach Norden gemacht. Da sie von Natur aus Einsiedler waren, waren keine großen Anstrengungen nötig, um sie in ihre Festung in den Bergen zurückzutreiben. Jetzt verließen sie sie überhaupt nicht mehr – wenigstens hatte Morgan noch nie gehört, daß sie sie verlassen hätten. Es war deshalb sehr ungewöhnlich, daß sich eine Gruppe so weit nach Süden vorgewagt hatte.

Morgan versuchte die Besucher nicht anzustarren, obwohl es ihm schwer fiel. Die Trolle waren muskulöse, fast grotesk wirkende Männer mit großen, breiten Leibern und nußbrauner Haut, die so rauh war wie Baumrinde. Ihre Gesichter waren flach und fast ohne charakteristische Züge. Ohren sah Morgan überhaupt nicht. Sie trugen Lederkleidung und schwere Rüstungen; ihre großen Umhänge lagen verstreut um das Feuer herum.

»Ich bin Baron Creel, Anführer der Bewegung.« Padishar Creels Stimme hallte in der Stille.

Der Troll ihm gegenüber murmelte etwas Unverständliches. Morgan hörte nur den Namen Axhind. Die beiden gaben sich kurz die Hand, dann bedeutete Axhind Padishar Creel, sich bei ihnen am Feuer niederzulassen. Die Trolle traten zur Seite, als der Anführer der Geächteten und seine Gefährten zum Feuer kamen, um sich niederzulassen. Morgan blickte sich unbehaglich um, als die riesigen Gestalten sie umgaben. Er hatte sich noch nie so schutzlos gefühlt. Chandos schien völlig sorglos, während er es sich ein paar Schritte hinter Padishar Creel bequem machte. Morgan ließ sich neben ihm nieder.

Dann begann das ernsthafte Gespräch, von dem der Hochländer absolut nichts verstand. Es wurde in der kehligen Sprache der Trolle geführt, einer Sprache, die Morgan nicht kannte. Padishar Creel schien sich dabei wohlzufühlen, obwohl er, wenn auch nur selten, innehielt, um sich seine Worte zu überlegen. Morgan vernahm ein Grunzen, dazu ein Nuscheln, und viele Worte wurden von heftigen Gesten begleitet.

»Wie kommt es, daß Padishar ihre Sprache spricht?« flüsterte Morgan schon bald Chandos zu.

Der andere würdigte ihn nicht eines Blickes. »Wir in Callahorn kommen etwas weiter herum als ihr Hochländer«, sagte er.

Das Gespräch ging weiter. Padishar Creel schien mit dem Verlauf zufrieden.

»Sie wollen sich uns anschließen«, flüsterte Chandos nach einer Weile Morgan zu. »Nicht nur diese hier – die ganzen einundzwanzig Stämme! Fünftausend Mann! Sie wollen ein Bündnis schließen!«

»Mit uns? Warum?«

Chandos antwortete nicht sofort, sondern bedeutete Morgan zu warten. Dann sagte er: »Die Bewegung hat sich schon früher mit ihnen in Verbindung gesetzt und sie um Hilfe gebeten. Aber sie hielten sie immer für gespalten. Jetzt haben sie ihre Meinung geändert. Anscheinend sind sie jetzt der Meinung, daß Padishar die verschiedenen Lager hinreichend vereint hat. Sie suchen nach einer Möglichkeit, das Vordringen der Föderation in ihre Gebiete zu verlangsamen.« In seiner rauhen Stimme lag Befriedigung. »Himmel, das könnte unser Glück werden!«

Axhind reichte jetzt jedem einen Becher und füllte in jeden eine Flüssigkeit. Morgan nahm den Becher, der ihm gereicht wurde, und sah hinein. Die Flüssigkeit in dem Becher war pechschwarz. Er wartete, bis der Anführer der Trolle und Padishar Creel sich zugeprostet hatten, dann trank er. Er mußte sich beherrschen, um sich nicht zu übergeben. Was man ihm auch gereicht hatte, es schmeckte wie Galle.

Sie leerten ihre Becher, selbst Morgan, der feststellte, daß die Flüssigkeit seinen Hunger stillte. Dann erhoben sie sich, Axhind und Padishar Creel gaben sich nochmals die Hand.

»Habt ihr es gehört?« fragte Padishar Creel leise, als die Trolle zwischen den Schatten verschwanden. Langsam wurden Sterne am Himmel sichtbar, und auch das letzte Tageslicht war verschwunden. »Fünftausend Männer! Mit einer Streitmacht wie dieser könnten wir es mit der gesamten Föderation aufnehmen!« Er war begeistert. »Die Bewegung könnte weitere zweitausend oder mehr Männer aufbieten und die Zwerge noch einmal so viel! Beim Himmel!« Er ballte die Faust, doch dann klopfte er Chandos wie auch Morgan kräftig auf den Rücken. »Es ist an der Zeit, daß das Schicksal uns beisteht, meint ihr nicht auch?«

Morgan nahm danach sein Abendessen ein. Er saß allein an einem Tisch in der Nähe des Feuers; sein Appetit war durch die Gerüche, die aus den Kochtöpfen aufstiegen, gesteigert worden. Padishar Creel und Chandos hatten sich zurückgezogen, um über die Ereignisse während der Abwesenheit des ersteren zu sprechen, und Morgan sah keine Veranlassung, sich zu ihnen zu gesellen. Er sah sich nach Steff und Teel um, sah jedoch keines von beiden. Erst kurz vor Beendigung seiner Mahlzeit trat Steff aus der Dunkelheit heraus und ließ sich neben ihm zu Boden fallen.

»Wie war es?« fragte der Zwerg beiläufig, ohne Morgan zu begrüßen, während seine knorrigen Hände einen Bierkrug umfaßt hielten, den er mitgebracht hatte. Er sah überraschend mitgenommen aus.

In kurzen Worten berichtete Morgan von den Ereignissen der vergangenen Woche. Als er fertig war, rieb sich Steff seinen zimtfarbenen Bart und sagte: »Du hast Glück, daß du noch am Leben bist – ihr alle habt Glück.« Sein narbiges Gesicht sah abgehärmt aus. »Seit ihr uns verlassen habt, sind hier seltsame Dinge vor sich gegangen.«

Morgan schob seinen Teller beiseite, sah ihn an und wartete.

Der Zwerg räusperte sich und warf Morgan einen Blick zu, bevor er sprach. »Teel ist noch am gleichen Tag krank geworden. Man hat sie gegen Mittag bewußtlos am Abhang gefunden. Sie atmete zwar, aber sie war ohne Bewußtsein. Ich habe sie nach drinnen gebracht und in Decken gewickelt und saß dann fast die ganze Woche an ihrem Bett. Ich konnte nichts für sie tun. Sie lag einfach nur da, mehr tot als lebendig.« Er holt tief Luft. »Ich glaube, daß sie vergiftet wurde. Viele in der Bewegung sind den Zwergen nicht wohlgesonnen. Aber dann wachte sie schließlich auf, so schwach, daß sie sich kaum bewegen konnte. Ich habe sie mit Brühe gefüttert, um sie wieder zu Kräften zu bringen, und schließlich ging es ihr wieder besser. Sie weiß nicht, was passiert ist. Das Letzte, an das sie sich erinnert, ist, daß sie über Hirehone nachdachte... Sagt dir das irgendwas, Morgan?«

Morgan nickte schwach. »Vielleicht. Ich glaubte, Hirehone in Tyrsis gesehen zu haben, als wir dort ankamen. Eigentlich konnte er es gar nicht sein, und ich kam zu dem Schluß, daß ich mich geirrt hatte. Jetzt bin ich mir nicht mehr sicher. Irgend jemand hat uns an die Föderation verraten. Es könnte Hirehone gewesen sein.«

Steff schüttelte den Kopf. »Klingt irgendwie komisch. Warum gerade Hirehone? Er hätte uns ganz zu Anfang in Varfleet der Föderation übergeben können. Warum hätte er warten sollen?« Er rutschte hin und her. »Außerdem vertraut ihm Padishar vollkommen.«

»Vielleicht«, murmelte Morgan, während er sein Bier schlürfte. »Aber Padishar hat gleich, nachdem wir zurückgekommen sind, nach ihm gefragt.«

Steff dachte einen Augenblick nach. »Da steckt noch mehr dahinter. Vor zwei Tagen hat man am Rande des Abhangs zwei Wachen gefunden, tot, mit durchschnittenen Kehlen. Keine Spuren. Die Aufzüge waren oben, Morgan.«

Sie sahen einander an.

Morgan runzelte die Stirn. »Das heißt also, daß es jemand von hier war?«

»Scheint so. Aber was war das Motiv? Und wenn es jemand von draußen war, wie sind sie nach oben und wieder hinuntergekommen, ohne daß der Aufzug bewegt wurde?«

Morgan dachte nach, fand jedoch keine Antwort.

Steff erhob sich. »Ich wollte, daß du es weißt. Padishar wird es auf seine Weise erfahren, nehme ich an.« Er leerte seinen Bierkrug. »Ich muß zu Teel zurück; ich lasse sie nach all dem, was passiert ist, nicht gern allein. Sie ist immer noch furchtbar schwach.« Er rieb sich die Stirn und schnitt eine Grimasse. »Auch ich bin nicht ganz auf dem Damm.«

»Also ab mit dir«, sagte Morgan, der sich jetzt ebenfalls erhob. »Ich werde euch morgen früh besuchen. Jetzt muß ich unbedingt Schlaf nachholen.« Er hielt inne. »Weißt du von den Trollen?«

»Von ihnen wissen?« Steff zog ein schiefes Gesicht. »Ich habe bereits mit ihnen gesprochen. Axhind und ich sind alte Bekannte.«

»So, so. Erzähl mir bitte morgen davon, ja?«

Steff wandte sich ab. »Morgen, abgemacht. Aber nimm dich in Acht, Hochländer.«

Genau das hatte Morgan Leah vor.

In dieser Nacht schlief er tief und fest und fühlte sich am nächsten Morgen ausgeruht. Die Sonne beschien die Baumwipfel, und Morgan spürte, daß es ein heißer Tag werden würde. Im Lager herrschte allerlei Treiben, mehr als gewöhnlich, und Morgan wurde von Neugier gepackt. Einen Augenblick dachte er, daß Par und Coll zurückgekehrt seien, tat diese Möglichkeit jedoch schnell ab, weil er sicher war, daß man ihn in diesem Fall geweckt hätte. Er schlüpfte in seine Kleider und Stiefel, rollte seine Dekken zusammen, wusch sich, aß und machte sich dann auf den Weg zum Abhang. Dort fiel sein Blick auf Padishar Creel, der, wieder in sein rotes Gewand gekleidet, seinen Männern Befehle erteilte.

Der Anführer der Geächteten blickte auf, als der Hochländer sich näherte, und brummte: »Ich sehe, daß der Lärm dich nicht aufgeweckt hat.« Er wandte sich ab, um Männern, die sich bei den Aufzügen befanden, Anweisungen zuzurufen, bevor er in einem normalen Ton fortfuhr: »Es täte mir leid, wenn du in deinem Schlaf gestört worden wärst.«

Morgan murmelte etwas in seinen Bart, hielt jedoch inne, als er den neckischen Ausdruck auf dem Gesicht des anderen bemerkte.

»Komm, komm. Sollte nur ein Scherz sein, Hochländer«, beschwichtigte ihn dieser. »Wir wollen den Tag doch nicht auf dem falschen Fuß beginnen – wir haben genug anderes zu tun. Ich habe Fährtensucher ausgeschickt, die den Parmakeil durchkämmen, damit ich endlich sicher sein kann, daß mich mein Gefühl nicht getäuscht hat, das mir sagt, daß irgend etwas dort draußen lauert. Und ich habe außerdem nach Hirehone geschickt. Dann werden wir ja sehen. In der Zwischenzeit warten die Trolle. Das gestern war nur ein Vorspiel. Heute reden wir über das Warum und Wie der ganzen Sache. Willst du mitkommen?«

Morgan nickte. Während er die Scheide umschnallte, in der die Überreste des Schwertes von Leah steckten, das er jetzt aus reiner Gewohnheit mit sich trug, folgte er Padishar Creel zum Lager, wo die Trolle sich bereits versammelt hatten. Erwartungsvoll hielt er Ausschau nach Steff und Teel, konnte aber keines von beiden sehen. Er nahm sich vor, sie später aufzusuchen.

Als sie zu den Trollen kamen, umarmte Axhind den Anführer der Geächteten, grüßte den Hochländer mit einem ernsten Nikken und einem Händedruck und bedeutete beiden, Platz zu nehmen. Wenige Augenblicke später tauchte Chandos mit einigen Morgan unbekannten Männern auf, und die Verhandlungen wurden aufgenommen.

Sie dauerten den ganzen Morgen und den größten Teil des Nachmittags. Wieder einmal sah sich Morgan außerstande, dem, was gesprochen wurde, zu folgen, und dieses Mal war Chandos von dem Gespräch zu sehr in Anspruch genommen, als daß er sich hätte um ihn kümmern können. Morgan hörte dennoch aufmerksam zu; er beobachtete die Gesten der bärtigen Trolle und versuchte aus ihren ausdruckslosen Gesichtern wenigstens einen Teil ihrer Gedanken zu lesen. Seine Bemühungen blieben größtenteils ohne Erfolg. Die Trolle sahen wie große, lebendig gewordene Baumstümpfe aus; die meisten taten nichts weiter, als das Geschehen wortlos zu verfolgen. Diejenigen, die etwas sagten, gingen mit ihren Worten sparsam um, selbst Axhind.

Die über den Horizont wandernde Sonne füllte den Tag mit drückender Hitze. Nur zur Mittagszeit wurde eine kurze Pause eingelegt, während der sie Bier und Wein tranken.

Der Nachmittag neigte sich dem Ende zu, als ein atemloser Läufer auftauchte, dem der Schreck im Gesicht geschrieben stand. Als Padishar Creel seiner ansichtig wurde, runzelte er, verärgert über die Unterbrechung, die Stirn und entschuldigte sich. Gespannt lauschte er den Worten des Läufers, zögerte, sah dann zum Hochländer hinüber und winkte ihn herbei. Morgan erhob sich unverzüglich. Der Ausdruck auf Padishar Creels Gesicht gefiel ihm ganz und gar nicht.

Als Morgan zu ihnen trat, entließ Padishar Creel den Läufer. »Man hat Hirehone gefunden«, sagte er leise. »An der Westseite des Parmakeils, in der Nähe des Weges, dem wir bei unserer Rückkehr gefolgt sind. Er ist tot. Die Wachen, die ihn gefunden haben, sagten, er habe ausgesehen, als hätte man sein Inneres nach außen gekehrt.«

Morgan schluckte bei dem Gedanken daran. »Was ist hier los, Padishar?« fragte er.

»Vergiß nicht, es mir zu sagen, wenn du die Antwort weißt, Hochländer. Indessen habe ich noch schlechtere Nachrichten. Keine zwei Meilen von hier steht eine Föderationsarmee – die Garnison von Tyrsis. Sie kommen uns holen, mein Junge. Sie sind nicht einen Deut von ihrem Ziel abgewichen. Auf irgendeine Weise haben sie entdeckt, wo wir uns befinden – und ich nehme an, wir beide wissen, wie sich das zugetragen haben könnte, meinst du nicht?«

Morgan war sprachlos. »Wer?« Das Wort war kaum hörbar.

Padishar Creel zuckte die Schultern und lachte. »Spielt das jetzt noch eine Rolle?« Er sah über seine Schulter. »Zeit, daß wir die Zelte hier abbrechen. Es paßt mir gar nicht, daß ich Axhind und seinen Männern von den Ereignissen berichten muß, aber es hätte wenig Sinn, sie hinters Licht führen zu wollen. Wenn ich sie wäre, würde ich schneller von hier verschwinden als ein Hase in seinen Bau.«

Die Trolle waren jedoch anderer Ansicht. Als die Verhandlungen abgebrochen wurden, machten Axhind und seine Gefährten keine Anstalten zu gehen. Sie verlangten statt dessen ihre Waffen zurück, setzten sich und begannen in aller Ruhe, die Klingen zu wetzen. Es schien, als warteten sie nur auf einen Kampf.

Morgan machte sich auf, die Zwerge zu suchen. Sie lagerten in einem kleinen Kiefernhain, wo ihnen ein Felsvorsprung einen natürlichen Schutz vor Wind und Wetter bot. Steff begrüßte ihn ohne große Begeisterung. Teel saß auf der Erde; ihr verhülltes Gesicht gab nichts von ihren Gedanken preis, obwohl ihre Augen wachsam glänzten. Sie sah erholter aus; ihr dunkles Haar war zurückgekämmt und ihre Hände ruhig, als sie sie Morgan zum Gruß hinstreckte. Er redete kurz mit ihr, doch sie erwiderte nur wenig. Morgan erzählte ihnen von Hirehone und dem Herannahen der Föderationsarmee. Steff nickte ernst; Teel zeigte überhaupt keine Reaktion. Als er sie verließ, fühlte er sich seltsam unzufrieden mit dem ganzen Besuch.

Die Föderationsarmee verteilte sich bei hereinbrechender Dunkelheit unterhalb des Zeigefingers. Zu Tausenden strömte sie aus dem Wald hervor, mit wehenden Fahnen und glänzenden Waffen. Standarten wurden vor jeder Kompanie gehißt – das schwarze Banner mit einem roten und einem weißen Streifen als Zeichen für gewöhnliche Soldaten, das strahlend weiße Wolfskopfabzeichen als Zeichen für Sucher. Zelte wurden aufgeschlagen und Feuer angezündet. Fast gleichzeitig fingen ganze Abteilungen an, Belagerungsmaschinen zu bauen, und das Geräusch von Sägen, mit denen Bäume gefällt, und von Äxten, mit denen Äste abgehauen wurden, erfüllte die Luft.

Die Geächteten, die zur Verteidigung gerüstet waren, beobachteten die Vorgänge aus sicherer Höhe. Morgan gesellte sich zu ihnen. Sie schienen entspannt und ruhig. Ihre Zahl betrug nur dreihundert, doch der Zeigefinger war eine natürliche Befestigungsanlage, die einer Armee hätte widerstehen können, die fünfmal so groß war wie diese. Die Aufzüge waren bereits hochgezogen worden, und die einzige Möglichkeit, jetzt noch heraufzukommen, bestand darin, die Felshänge emporzuklettern. Dies konnte nur mit Leitern oder Greifhaken bewerkstelligt werden. Doch schon eine Handvoll Männer hätte diesem Unterfangen ein Ende bereiten können.

Es war bereits stockdunkel, als Morgan wieder Gelegenheit hatte, mit Padishar Creel zu sprechen. Sie standen bei den Aufzügen, die jetzt scharf bewacht wurden, und sahen auf die vielen Lagerfeuer hinunter. Die Männer der Föderation arbeiteten auch jetzt noch, und ihr Lärm stieg aus den dunklen Wäldern in die nächtliche Luft auf.

»Ich brauche dir wohl nicht zu sagen, daß mir dieser ganze Aufwand ziemliche Sorgen bereitet«, murmelte der Anführer der Geächteten mit hochgezogenen Brauen.

Morgan runzelte ebenfalls die Stirn. »Selbst mit ihrer Belagerungsausrüstung können sie doch nicht annehmen, hier heraufzukommen.«

Padishar Creel schüttelte den Kopf. »Das stimmt. Aber gerade das bereitet mir Sorgen.«

Sie sahen dem Treiben eine Weile zu, bevor Padishar Creel Morgan an ein geschütztes Plätzchen führte, wo er ihm zuflüsterte: »Ich muß dich ja nicht daran erinnern, daß wir jetzt zweimal verraten worden sind. Wer uns auch verraten hat, er ist immer noch da – vermutlich mitten unter uns. Sollte der Zeigefinger eingenommen werden, wird dies meiner Meinung nach genau auf die gleiche Weise geschehen… Ich werde alles tun, was ich tun kann, um den Zeigefinger zu schützen. Aber auch du, Hochländer, solltest die Augen offen halten. Es ist möglich, daß du Dinge siehst, die ich nicht sehe. Beobachte alles ganz genau, und wenn du etwas entdeckst, stehe ich tief in deiner Schuld.«

Nachdem sie ihr Gespräch beendet hatten, begab er sich zum Waffenmeister und bat um ein Breitschwert. Er suchte sich eines aus, das ihm gefiel. Dann machte er sich auf die Suche nach einer unbenutzten Scheide, bis er eine fand, die das Schwert von Leah aufnehmen konnte. Er kürzte die Scheide auf die Länge des kurzen Schwertes, band sie am unteren Ende zusammen und schnallte sie sich um.

Zum erstenmal seit Tagen fühlte er sich wieder wohl.

Auch in dieser Nacht schlief er tief und fest – obwohl die Föderation die Belagerung weiter vorbereitete. Als die Sonne am Himmel aufging, wurden die Arbeiten eingestellt. Die plötzlich eintretende Stille ließ ihn aufwachen; er schlüpfte in seine Kleider, schnallte seine Waffen um und begab sich eiligst hinunter zum Rande des Abhangs. Die Geächteten bezogen mit kampfbereiten Waffen Stellung. Padishar Creel befand sich ebenfalls dort, bei ihm Steff, Teel und das Aufgebot der Trolle. Jeder einzelne verfolgte schweigend die Vorgänge unter ihnen.

Die Föderationsarmee trat an, Abteilungen formierten sich zu Kompanien. Sie waren gut ausgebildet, und ihre Aufstellung ging ohne Schwierigkeiten vonstatten. Sie umzingelten den Fuß des Zeigefingers, breiteten sich von einem Ende der Felswand zum anderen aus. Sturmleitern und Seile mit Greifhaken wurden herbeigeholt. Belagerungstürme standen bereit, obwohl sie unfertig aussahen und kaum ein Drittel so hoch waren wie die Felshänge. Anführer riefen ihren Untergebenen Befehle zu, und langsam füllten sich die Zwischenräume zwischen den Kompanien.

Morgan berührte Steff an der Schulter. Der Zwerg sah ihn unsicher an, nickte und sah wieder weg.

Morgan runzelte die Stirn. Steff trug keine Waffen bei sich.

Hörner erschallten, und die Föderationsreihen schlossen sich zusammen. Plötzlich wurde es totenstill. Die im Osten aufgehende Sonne tauchte Rüstungen und Waffen in ein gleißendes Licht. Tau glitzerte auf Blättern und Gräsern, das Gezwitscher der Vögel erhob sich fröhlich in die Lüfte, das Geräusch von plätscherndem Wasser drang von weit her an ihr Ohr, und es schien Morgan Leah, als gliche dieser Morgen den vielen, die er, während er zu Hause in den Bergen umhergezogen war und gejagt hatte, willkommen geheißen hatte.

Doch dann bemerkte er, wie sich ganz hinten zwischen den Bäumen, hinter den langen Reihen der Soldaten, irgend etwas bewegte. Er sah, wie sich Äste und Baumstämme bewegten, und hörte, wie Baumrinde abgekratzt wurde. Plötzlich teilten sich die Föderationsreihen in zwei Lager und schufen einen Durchgang, der gut und gerne dreißig Meter betrug.

Das Etwas trat jetzt aus den schwindenden Schatten hervor. Es war riesig, eine Kreatur von gewaltigen Ausmaßen, eine Erscheinung, die aus den schrecklichsten Überresten eines Aasfressers bestand. Es setzte sich zusammen aus Haar, Sehnen und Knochen, aber gleichzeitig aus Metallplatten und Stäben. Es besaß scharfe Kanten und glänzende Oberflächen, Eisen, das in Fleisch eingepflanzt war, und Fleisch, das in Eisen hineingewachsen war. Es sah wie ein riesiges, mißgestaltetes Krustentier oder wie ein Wurm aus, doch war es keins von beiden. Es wackelte vorwärts, während seine funkelnden Augen nach oben zum Rand der Höhe wanderten. Augendeckel schnappten wie Messer, und Klauen kratzten achtlos am rauhen Stein.

Kurz dachte Morgan, es handle sich um eine Maschine. Doch bereits in der gleichen Sekunde wurde ihm klar, daß dieses Etwas lebendig war.

»Dämonenblut!« schrie Steff zornig und erschreckt auf. »Sie haben einen Kriecher mitgebracht!«

Langsam und behäbig arbeitete sich der Kriecher durch die Reihen der Föderationsarmee auf sie zu.

4

Jetzt erinnerte sich Morgan Leah an die Geschichten. Es schien, als hätte es schon immer Geschichten über die Kriecher gegeben, Legenden, die vom Großvater an den Vater, vom Vater an den Sohn, von einer Generation an die nächste weitergegeben wurden. Sie wurden im Hochland und in den meisten Gebieten des Südlandes, die er besucht hatte, erzählt. Männer erzählten am nächtlichen Feuer bei einem Glas Bier Geschichten über die Kriecher, die Morgan und andere Knaben, die es sich am Rande des Kreises bequem gemacht hatten, vor Aufregung zittern ließen. Doch niemand maß diesen Geschichten große Bedeutung bei; schließlich wurden sie im gleichen Atemzug erzählt wie die wilden Phantasien von Schädelträgern und Mordgeistern und anderen Monstern, die aus einer so gut wie vergessenen Zeit stammten. Trotzdem wollte sie keiner so mir nichts dir nichts abtun. Denn die Zwerge im Ostland waren bereit, ihre Hand dafür ins Feuer zu legen.

Steff war einer dieser Zwerge. Er hatte die Geschichten an Morgan weitergegeben – lange, nachdem Morgan sie zum erstenmal vernommen hatte –, und in seinen Augen handelte es sich dabei nicht um Legenden, sondern um wahre Geschichten. Er bestand darauf, daß sie sich wirklich zugetragen hatten. Sie waren Wirklichkeit.

Es war die Föderation, so erzählte er Morgan, die die Kriecher erschaffen hatte. Vor hundert Jahren, als der Krieg gegen die Zwerge in der tiefen Wildnis des Anar getobt hatte, als der Dschungel und die steilen Felswände den Armeen des Südlandes einen Strich durch die Rechnung gemacht hatten, hatte die Föderation die Kriecher ins Leben gerufen. Die Zwerge waren zu der Zeit jedoch bereits zum Angriff übergegangen; sie hatten eine beträchtliche Widerstandstruppe aufgestellt, die entschlossen war, einer Gefangennahme zu entgehen und die Eindringlinge so lange zu bekämpfen, bis sie aus ihrer Heimat vertrieben waren. Aus ihrer Festung inmitten des Labyrinths von Schluchten und Hohlwegen des Ravenhorns waren die Zwerge in der Lage, die schwerfälligen Föderationstruppen fast nach Belieben anzugreifen. Während die Anstrengungen der Föderation erlahmten, schleppten sich die Monate dahin, und just zu dieser Zeit tauchten die Kriecher zum erstenmal auf.

Niemand wußte mit Sicherheit zu sagen, woher sie kamen. Manche behaupteten, es handle sich um Maschinen, die von den Ingenieuren der Föderation konstruiert worden seien, um eine Art Roboter, deren einzige Aufgabe darin bestand, die Befestigungen der Zwerge einzunehmen. Doch es gab andere, die meinten, daß keine Maschine das tun konnte, wozu die Kriecher in der Lage waren, sondern daß solche Monster Schläue und Instinkt besäßen. Ungeachtet ihres Ursprungs nahmen die Kriecher in der Wildnis des Anar Gestalt an und begannen zu jagen. Niemand und nichts konnte sie aufhalten. Schonungslos verfolgten sie die Zwerge, die sie, nachdem sie sie aufgespürt hatten, allesamt vernichteten. Kaum einen Monat später war der Krieg zu Ende, die Zwergenarmeen vernichtet, das Rückgrat der Widerstandsbewegung gebrochen.

Nach diesen Ereignissen verschwanden die Kriecher ebenso geheimnisvoll, wie sie aufgetaucht waren; es schien, als hätte die Erde sie verschlungen. Nur die Geschichten überdauerten, wurden jedoch mit jeder Wiedergabe grausiger und gleichzeitig ungenauer und büßten mit der Zeit ihren Wahrheitsgehalt ein, bis schließlich nur noch die Zwerge glaubten, daß sich all dies wirklich zugetragen hatte.

Morgan Leah starrte nach unten, während die Geschichten seiner Kindheit in ihm lebendig wurden, und riß sich dann von dem Anblick des Alptraums zu seinen Füßen los, um Steff einen verzweifelten Blick zuzuwerfen.

Der Zwerg starrte ihn mit schmerzverzerrtem Gesicht an. »Ein Kriecher, Morgan. Ein Kriecher – nach all den Jahren. Weißt du, was das bedeutet?«

Morgan blieb keine Zeit, darüber nachzusinnen. Padishar Creel, der den Zwerg gehört hatte, stand plötzlich neben ihnen. Er ergriff Steffs Schultern mit beiden Händen und drehte ihn zu sich herum. »Los, erzähl! Was weißt du über dieses Monster?«

»Es ist ein Kriecher«, wiederholte Steff mit unnatürlicher Stimme, so, als wäre damit, daß er den Namen des Ungeheuers aussprach, schon alles gesagt.

»Ja, ja, schön und gut!« fuhr ihn Padishar Creel an. »Es ist mir egal, was es ist! Ich will wissen, wie man es aufhalten kann!«

Steff schüttelte langsam den Kopf, als wolle er seiner Sinne Herr werden. »Man kann es nicht aufhalten. Bis jetzt ist es noch keinem gelungen.«

Ein Murmeln ging durch die Reihen der Männer, die ihnen am nächsten standen und die Worte des Zwergs gehört hatten; böse Vorahnungen beschlichen die Verteidiger. Morgan war sprachlos; noch nie hatte Steff so verzagt geklungen. Er warf einen kurzen Blick zu Teel hinüber. Sie hatte Steff von Padishar Creel weggezogen, während ihre Augen unter ihrer Maske wie harte, funkelnde Steinchen wirkten.

Padishar Creel wandte sich seinen Männern zu. »Bleibt, wo ihr seid!« brüllte er denjenigen zornig zu, die angefangen hatten zu flüstern und sich zurückzuziehen. Das Flüstern und die Bewegung hörten augenblicklich auf. »Dem ersten, der meine Befehle mißachtet, ziehe ich das Fell über die Ohren!« Er warf Steff einen vernichtenden Blick zu. »Keine Möglichkeit, sagst du? Vielleicht für dich nicht – obwohl ich anderes vermutet und dich für einen besseren Mann gehalten hätte, Steff.« Er sprach leise. »Keine Möglichkeit? Es gibt immer eine Möglichkeit!«

Unter ihnen erklang ein kratzendes Geräusch, und alle drängten zu den Brustwehren. Der Kriecher hatte den Fuß der Felswand erreicht und machte sich auf den Weg nach oben, indem er sich in Spalten und Ritzen festhielt, in denen menschliche Hände und Füße niemals Halt gefunden hätten. Die Muskeln seines wurmartigen Körpers regten sich. Die Trommeln der Föderation, die im gleichmäßigen Rhythmus geschlagen wurden, kündigten das Herannahen des Monsters an.

Padishar Creel sprang waghalsig auf die Brustwehr hinauf. »Chandos! Ein Dutzend Bogenschützen hierher – sofort!«

Die Bogenschützen erschienen sogleich und bedachten den Kriecher, so schnell sie nur konnten, mit einem Pfeilhagel. Das Monster kroch weiter. Die Pfeile prallten an seiner Rüstung ab oder verschwanden wirkungslos in seinem dicken Fell. Selbst seine Augen, diese gräßlichen schwarzen Kugeln, die sich im Rhythmus seiner Körperbewegungen langsam hin- und herbewegten, schienen undurchdringlich.

Padishar Creel zog die Bogenschützen zurück. Ein Freudengeheul entrang sich den Kehlen der Föderationssoldaten. Der Anführer der Geächteten rief nach Speerwerfern, doch selbst die schweren hölzernen Schäfte mit ihren eisernen Spitzen konnten das herannahende Monster nicht aufhalten. Sie prallten an ihm ab oder zerbrachen an den Felsen in Stücke, und der Kriecher kam immer näher.

Riesige Steinblöcke wurden herbeigeschafft und über den Abhang gestoßen. Einige krachten auf den Kriecher. Sie streiften ihn oder trafen ihn mit voller Wucht, und das Ergebnis war das gleiche. Das Monster kroch weiter. Wieder erhob sich ein Gemurmel, diesmal vor Angst. Zornig rief Padishar Creel den Männern zu, sich zu beruhigen. Er verlangte nach Buschwerk, das herbeigeschafft, angezündet und dann auf den Kriecher geworfen wurde – auch dies blieb ohne Wirkung. Rasend vor Wut, ließ er ein Faß mit siedendem Öl herbeibringen, dessen ausströmendes Öl angezündet wurde. Wie ein Raubtier fraß sich das Feuer am Felsen entlang und hüllte den herannahenden Kriecher in eine Wolke aus schwarzem Rauch. Aus den Reihen der Föderation erhoben sich Schreie, und die Trommeln verstummten. Die in der morgendlichen Luft aufsteigende Hitze war so erstickend, daß die Verteidiger gezwungen waren zurückzuweichen. Mit Steff und Teel an seiner Seite zog sich auch Morgan zurück. Steff schien auf seltsame Weise verwirrt.

Morgan half ihm zurücktreten. »Bist du krank?« fragte er flüsternd. »Steff, was ist los?«

Aber es schien nicht so, als wüßte der andere darauf eine Antwort. Er schüttelte einfach den Kopf. Dann brachte er mit Mühe die Worte heraus: »Feuer wird es nicht aufhalten. Das hat man schon versucht, Morgan. Feuer nützt gar nichts.«

Er hatte recht. Als die Hitze soweit nachließ, daß die Verteidiger zu ihren Brustwehren zurückkehren konnten, war der Kriecher immer noch da und kroch langsam weiter nach oben. Er hatte fast schon die Hälfte der Felswand erklommen. Er war jetzt so versengt und schwarz wie der Fels, an dem er hing, sonst jedoch unverändert. Das Trommeln der Föderationssoldaten unter ihnen hob wieder an.

Entsetzen erfüllte die Geächteten. Es war klar, daß jetzt keiner mehr daran glaubte, daß der Kriecher noch aufzuhalten war. Was sollten sie tun, wenn er vor ihnen stand? Konnten ihn, den Speere und Pfeile nicht verletzten, Schwerter aufhalten? Die zu Tode geängstigten Geächteten konnten sich den Ausgang des Kampfes ziemlich gut vorstellen.

Nur Axhind und seine Bergtrolle schienen von den Ereignissen um sie herum unberührt. Sie standen am äußersten Rand der Verteidigungslinien der Geächteten, wo sie mit kampfbereiten Waffen einen Vorsprung schützten, der von der Höhe über die Felswände hing. Sie schienen nicht nervös. Sie beobachteten Padishar Creel mit einem Ausdruck auf ihren Gesichtern, der besagte, daß sie gespannt auf seine nächsten Schritte warteten.

Padishar Creel hatte etwas entdeckt, das allen anderen entgangen war, und es ließ ihn erneut Hoffnung schöpfen. »Chandos!« schrie er, während er seine Männer zurück auf ihre Posten drängte, als er an den Brustwehren entlangschritt. Sein kräftiger, schwarzbärtiger Stellvertreter erschien. »Bringt mir das ganze Öl, das wir haben, Kochöl, Reinigungsöl, alles! Spar dir deine Fragen für später auf! Los, mach schon!«

Chandos machte den Mund zu und eilte davon. Padishar Creel schritt auf Morgan und die Zwerge zu. »Macht einen Aufzug fertig!« rief er seinen Männern zu. Dann hielt er unerwartet inne. »Steff, wie verhalten sich diese Kriecher auf schlüpfrigem Untergrund? Wie halten sie sich fest?«

Steff sah ihn verständnislos an. »Das weiß ich nicht.«

»Aber sie müssen sich doch festhalten, wenn sie klettern, oder nicht?« beharrte der andere. »Was passiert, wenn sie sich nicht festhalten können?« Er wandte sich ab, ohne auf eine Antwort zu warten. Der Morgen war drückend heiß, und der Schweiß rann ihm in Strömen über den Körper. Er streifte seinen Umhang ab und warf ihn gereizt zur Seite. Er schnappte sich von einem der anderen Geächteten einen Kreuzgürtel, schnallte ihn um, ergriff eine kurze Axt, schob sie durch eine der Gürtelschnallen und machte sich auf den Weg zu den Aufzügen. Morgan, der allmählich begriff, was der Geächtete vorhatte, folgte ihm. Chandos eilte herbei, gefolgt von einem Haufen von Männern, die Fässer von verschiedenen Größen herbeischleppten.

»Einladen!« lautete Padishars Befehl. Während sie einluden, legte er die Hände auf die breiten Schultern seines Stellvertreters. »Ich begebe mich mit dem Aufzug hinunter zu dem Klettermonster und schütte ihm das Öl über den Kopf.«

»Padishar!« Chandos war entsetzt.

»Hör mir zu! Der Kriecher kann nicht zu uns heraufkommen, wenn er nicht klettern kann, und er kann nicht klettern, wenn er sich nicht festhalten kann. Das Öl wird alles so rutschig machen, daß dieses Monster nicht mehr weiterkommt. Möglicherweise stürzt es sogar hinunter.« Er lächelte grimmig. »Wäre das nicht ein wunderschönes Ende der Geschichte?«

Mit einem entsetzten Ausdruck in den Augen schüttelte Chandos den Kopf. Die Trolle hatten sich zu ihnen gesellt und hörten zu. »Glaubst du, daß die Föderation dich nach unten kommen läßt? Ihre Bogenschützen werden dich in Stücke schießen.«

»Nicht, wenn ihr sie davon abhaltet.« Das Lächeln verschwand aus seinem Gesicht. »Außerdem, alter Freund, bleibt uns doch gar keine andere Wahl, oder?« Er sprang in den Aufzug und kauerte sich dicht an das Geländer, um eine möglichst kleine Zielscheibe abzugeben. »Gebt nur acht, daß ihr mich nicht fallen laßt«, schrie er und ergriff die Axt.

Der Aufzug wurde über die Klippe gebracht. Chandos, der ihn schnell hinunterließ, sorgte dafür, daß der Aufzug über der Stelle schwebte, wo der Kriecher sich seinen Weg nach oben bahnte; er war bereits ziemlich weit oben, ein großer schwarzer Fleck, der sich über den Felsen schob. Ein wildes Geheul erhob sich auf der Seite der Föderationsarmee, als die Soldaten begriffen, was geschah, und ganze Reihen von Bogenschützen drängten nach vorne. Die Geächteten warteten. Da sie von ihrer Befestigung aus ungehindert zurückschießen konnten, gelang es ihnen, den Angriff in wenigen Minuten abzuwehren. Sogleich drängten weitere Reihen von Bogenschützen nach vorne, die einen Pfeilregen auf den Felsen und den sinkenden Aufzug niedergehen ließen. Die Geächteten erwiderten den Angriff der Föderation. Wieder konnten sie ihn abwehren.

Mittlerweile waren die Wurfmaschinen herbeigeschafft worden, und riesige Steinblöcke rollten haarscharf an dem Aufzug vorbei, während die Scharfschützen der Föderation sich einschossen. Ein Schwall von Steinen prasselte auf den Aufzug und warf ihn gegen die Felswand. Holz splitterte und krachte. Darunter hob der Kriecher den Kopf, um nach oben zu schauen.

Morgan Leah stand am Rand des Abgrunds und beobachtete die Szene voller Entsetzen; Steff und Teel standen neben ihm. Der Aufzug mit Padishar Creel schaukelte, als würde er von einem starken Wind erfaßt.

»Haltet ihn fest!« schrie Chandos den Männern an den Seilen zu.

Aber es war unmöglich. Das Seil rutschte, und während sie sich bemühten, es wieder hochzuziehen, wurden sie an den Rand des Abgrunds gezerrt, wo sie verzweifelt versuchten, sich selbst festzuhalten. Die Pfeile der Föderation überzogen die Anhöhe, und zwei der Männer an den Seilen fielen zu Boden. Keiner nahm ihren Platz ein, da in der Verwirrung des Angriffs keiner wußte, was er tun sollte. Chandos sah mit weit aufgerissenen Augen über seine Schulter zurück. Das Seil glitt immer weiter nach unten.

Morgan schoß nach vorne. Doch Axhind war schneller. Mit einer Geschwindigkeit, die seine Größe Lügen strafte, sprang der Älteste der Bergtrolle zwischen den Herumstehenden hindurch und ergriff das Seil mit seinen riesigen Händen. Die anderen ließen das Seil verwirrt los. Ganz allein hielt der riesige Troll den Aufzug und Padishar Creel. Dann erschien ein weiterer Troll und dann noch zwei. Nachdem sie sicheren Halt gefunden hatten, zogen sie das Seil hoch, während Chandos am Rande des Abgrunds seine Befehle hinausschrie.

Morgan wagte noch einmal einen Blick über den Rand. Am Fuße der Felswand starben die Soldaten der Föderation haufenweise. Ihre Reihen boten jetzt ein Bild der Verwirrung. Wurfmaschinen schleuderten Geschosse nach oben, und Pfeile flogen von überall her durch die Luft. Der Aufzug baumelte noch immer am Seil, wie ein winziger Köder, der scheinbar nur Handbreiten über dem schwarzen Ungeheuer schwebte, das sich stetig näher an sie heranarbeitete.

Dann plötzlich, fast unerwartet, befand sich Padishar Creel in

Sichtweite; er schlug jetzt mit seiner kurzen Axt auf das erste Ölfaß ein, dessen Inhalt sich über die Felswand auf den Kriecher ergoß. Der Kopf und der Oberkörper der Bestie wurden durchtränkt von der glänzenden Flüssigkeit, und der Kriecher hörte auf, sich zu bewegen. Der Inhalt des zweiten Fasses folgte dem ersten, dann der des dritten. Der Kriecher und die Felswand waren über und über mit Öl bedeckt. Pfeile aus den Köchern der Föderationssoldaten umschwirrten Padishar Creel, der jetzt eine wunderbare Zielscheibe abgab. Dann traf ihn ein Pfeil, gleich darauf ein zweiter, und er sank zu Boden.

»Zieht ihn herauf!« schrie Chandos.

Die Trolle zerrten sogleich an dem Seil, während die Geächteten, die sich in der Nähe befanden, vor Zorn aufheulten und einen Pfeilhagel auf die Reihen der Föderationsbogenschützen niedergehen ließen.

Aber Padishar war bereits wieder auf den Beinen; er zerschlug die letzten beiden Ölfässer und goß das Öl die Felswand hinunter auf den Kriecher. Das Monster hing jetzt dort, ohne sich zu bewegen, und ließ das Öl über sich fließen.

Ein Geschoß aus der Wurfmaschine traf den Aufzug und zertrümmerte ihn. Die Geächteten schrien laut auf, als der Aufzug in die Tiefe stürzte. Aber Padishar Creel stürzte nicht; er bekam das Seil zu fassen und baumelte hin und her, während die Pfeile und Steine ihn umschwirrten. Seine Brust und seine Arme waren mit Blut bedeckt, und die Muskeln seines Körpers krampften sich unter der Anstrengung, die es ihn kostete, sich festzuhalten, zusammen.

Das Seil wurde rasch hochgezogen und mit ihm Padishar Creel, dessen Männer die Hände ausstreckten, um ihn in Sicherheit zu bringen. Einen Augenblick war die Schlacht vergessen. Chandos schrie seinen Männern vergeblich zu, sich wieder auf ihre Posten zu begeben; die Geächteten beachteten ihn nicht, als sie sich um ihren am Boden liegenden Anführer drängten. Dann war Padishar Creel auf den Beinen. Blut strömte über seinen ganzen Körper, ein Pfeil steckte tief in seiner rechten Schulter, ein anderer hatte sich in das weiche Fleisch seiner linken Seite gebohrt; sein Gesicht war blaß und vor Schmerz verzerrt. Er streckte die Hand aus und brach den Pfeil in seiner Seite entzwei, um dann mit einer Grimasse den Schaft herauszuziehen. »Zurück zu den Brustwehren!« brüllte er. »Sofort!«

Die Geächteten stoben auseinander. Padishar Creel drängte sich an Chandos vorbei, wankte zu den Brustwehren und spähte auf den Kriecher hinunter.

Der Kriecher hing immer noch in der Felswand, ohne sich zu bewegen, als sei er an den Felsen geklebt. Die Attacke der Bogenschützen und Wurfmaschinen der Föderation auf die Verteidigungslinien der Geächteten ging weiter, doch sie schienen nur noch halbherzig bei der Sache, denn auch sie verharrten in der Erwartung dessen, was als nächstes geschehen würde.

»Stürz endlich hinunter, zum Teufel nochmal!« schrie Padishar Creel außer sich vor Zorn.

Der Kriecher bewegte sich, verlagerte unmerklich sein Gewicht und schob sich nach rechts in dem Versuch, der glänzenden Öllache zu entkommen. Klauen kratzten und scharrten. Aber das Öl hatte seinen Zweck erfüllt. Der Griff des Monsters begann sich zu lockern, zunächst nur langsam, dann immer schneller. Ein Schrei des Entsetzens erhob sich aus den Reihen der Föderation, ein Freudenschrei aus den Reihen der Geächteten. Der Kriecher rutschte jetzt immer schneller nach unten und glitt auf einer Ölspur aus. Jetzt verlor er den Halt und stürzte in die Tiefe. Als er auf der Erde landete, stieg eine riesige Staubwolke gen Himmel, und die ganze Felswand wurde von dem Aufprall erschüttert.

»Das ist schon besser!« seufzte Padishar Creel und ließ sich neben der Brustwehr in die Hocke nieder, während er erschöpft die Augen schloß.

»Du hast ihm den Garaus gemacht!« verkündete Chandos.

Aber Padishar schüttelte den Kopf. »Damit ist noch gar nichts erreicht. Das war der Schrecken des heutigen Tages. Der morgige wird sicherlich einen anderen bringen. Und woher nehmen wir dann das Öl, da wir heute den letzten Tropfen vergossen haben?« Die dunklen Augen öffneten sich. »Schneidet diesen anderen Pfeil heraus, damit ich ein wenig schlafen kann.«

An diesem Tag griff die Föderation nicht mehr an. Sie zog ihre Armee bis an den Waldrand zurück, um dort die Toten zu begraben und die Verwundeten zu versorgen. Nur die Wurfmaschinen wurden an Ort und Stelle belassen.

Bedauerlicherweise war der Kriecher nicht tot. Nach einiger Zeit schien er sich zu erholen und kroch schwerfällig in die schützenden Wälder des Parmakeil. Es war unmöglich zu erkennen, wie schwer er verletzt war, aber keiner wollte darauf wetten, daß sie ihn nie wieder zu Gesicht bekommen würden.

Padishar Creel, dessen Wunden gesäubert und verbunden worden waren, hatte man zu Bett gebracht. Aufgrund des Blutverlustes war er schwach, doch seine Verletzungen ließen ihn nicht untätig sein. Selbst während Chandos für seine Pflege sorgte, gab Padishar Creel Befehle zur künftigen Verteidigung des Zeigefingers. Er wollte eine besondere Waffe bauen lassen. Morgan hörte, wie Chandos mit einer ausgewählten Gruppe von Männern, die er herbeigerufen hatte, darüber sprach und sie in die größte der Höhlen schickte, um mit dem Bau zu beginnen. Sie nahmen ihre Arbeit unverzüglich auf, doch als Morgan fragte, was für eine Art Waffe gebaut werden sollte, wollte sich Chandos nicht darüber auslassen.

»Du wirst sie sehen, wenn sie fertig ist, Hochländer«, antwortete er barsch.

Unschlüssig, was er anfangen sollte, schlenderte Morgan zu der Stelle, wo Teel Steff hingebracht hatte, und fand seinen

Freund fiebrig und in Decken eingehüllt vor. Teel beobachtete ihn argwöhnisch, als er Steffs Stirn fühlte, wie ein Wachhund, der keinem traut. Morgan konnte es ihr nicht verargen. Er sprach kurz mit Steff, aber der Zwerg war kaum bei Bewußtsein. Es schien besser, ihn schlafen zu lassen. Der Hochländer stand auf, warf einen letzten Blick auf Teel und wandte sich ab.

Den Rest des Tages verbrachte er damit, zwischen den Befestigungen und den Höhlen hin und her zu wandern und abwechselnd die Föderationsarmee und die geheime Waffe sowie Padishar Creel und Steff im Auge zu behalten. Er vollbrachte keine großen Taten, und die Stunden des späten Vormittags und dann des Nachmittags vergingen nur langsam. Er dachte an Par und Coll. Wie sollte er die beiden jemals wieder finden, jetzt, wo sie sich aus den Augen verloren hatten? Ganz sicherlich würden sie keinen Versuch wagen, zum Parmakeil vorzudringen, nicht jetzt, während die Föderationsarmee sie belagerte. Damson Rhee würde es nie zulassen.

Oder doch? Plötzlich fiel Morgan ein, daß sie es doch versuchen könnte. Es mußte einen zweiten Weg nach draußen geben. Oder nach drinnen.

Er beschloß nachzuforschen. Padishar Creel war mittlerweile wieder wach, und Morgan traf ihn auf der Bettkante sitzend an, während er zusammen mit Chandos eine Reihe von Rohskizzen betrachtete. Ein anderer Mann hätte sicherlich noch geschlafen und so versucht, wieder zu Kräften zu kommen; Padishar Creel dagegen sah aus, als wolle er sich sofort wieder in den Kampf stürzen. Die Männer blickten auf, als er auf sie zutrat, und Padishar Creel verstaute die Skizzen, so daß Morgan sie nicht sehen konnte. Er zögerte.

»Hochländer«, begrüßte ihn der andere, »setz dich zu mir.«

Überrascht ging Morgan auf ihn zu und setzte sich auf eine Kiste, die mit Metallbeschlägen gefüllt war. Chandos nickte, erhob sich dann wortlos und ging hinaus.

»Wie geht es deinem Freund, dem Zwerg?« fragte Padishar Creel ein bißchen zu beiläufig. »Geht es ihm schon besser?«

Morgan betrachtete den anderen. »Nein. Irgend etwas stimmt nicht mit ihm, aber ich weiß nicht, was es ist.« Er hielt inne. »Du traust niemand, stimmt's? Nicht einmal mir.«

»Dir schon gar nicht.« Padishar Creel setzte sein entwaffnendes Lächeln auf, um es dann blitzschnell wieder verschwinden zu lassen. »Ich kann es mir nicht leisten, noch irgend jemand zu vertrauen. Zu viel ist passiert, als daß ich das noch könnte.« Er verlagerte sein Gewicht und verzog das Gesicht vor Schmerz. »Also erzähl. Was führt dich zu mir? Hast du etwas entdeckt, was ich deiner Meinung nach wissen sollte?«

Die Wahrheit war, daß Morgan aufgrund der aufregenden Ereignisse dieses Morgens die Aufgabe, mit der Padishar Creel ihn betraut hatte, nämlich herauszufinden, wer der Verräter war, vollkommen vergessen hatte. Er behielt dies jedoch für sich und schüttelte einfach den Kopf. »Ich habe eine Frage«, sagte er. »Zu Par und Coll Ohmsford. Glaubst du, daß Damson Rhee immer noch versuchen könnte, sie hierher zu bringen? Gibt es noch einen anderen Zugang zum Zeigefinger, den sie benutzen könnte?«

Der Blick, den Padishar Creel ihm zuwarf, war gleichzeitig unergründlich und vielsagend. Ein langes Schweigen trat ein, und Morgan spürte, wie ihm plötzlich ein kalter Schauer über den Rücken lief, als er erkannte, wie seine Frage auf den anderen wirken mußte.

Er atmete tief ein. »Ich will nicht wissen, wo er ist, nur ob...«

»Ich verstehe deine Frage und weiß, warum du sie stellst«, sagte Padishar Creel und schnitt damit seinen Protest ab. Um die Augen und den Mund seines harten Gesichts bildeten sich plötzlich Falten. Er sagte zunächst nichts, sondern betrachtete den Hochländer eingehend. »Es gibt tatsächlich einen anderen Zugang«, sagte er schließlich. »Ich bin sicher, daß du von selbst darauf gekommen bist. Du verstehst genug von Taktik, um zu wissen, daß es immer mehr als einen Weg zu und von einem Zufluchtsort geben muß.«

Morgan nickte.

»Ja, Hochländer, dann kann ich nur hinzufügen, daß Damson die Talbewohner niemals der Gefahr aussetzen würde, sie hierher zu bringen, während der Zeigefinger belagert wird. Sie würde sie in Sicherheit bringen – in Tyrsis oder anderswo, ganz wie es die Lage erfordert.« Er redete nicht weiter; seine Augen verrieten verborgene Gedanken. Dann sagte er: »Keiner außer Damson, Chandos und mir kennt den anderen Zugang – jetzt, wo Hirehone tot ist. Wir sollten es dabei belassen, bis die Identität des Verräters enthüllt ist, meinst du nicht auch? Ich möchte nicht, daß die Föderation zum Hintereingang hereinspaziert, während wir den Vordereingang verteidigen.«

Morgan war diese Möglichkeit bis dahin gar nicht in den Sinn gekommen. Der Gedanke daran ließ ihn frösteln. »Ist der Hintereingang sicher?« fragte er zögernd.

Padishar Creel schürzte die Lippen. »Sehr sogar. Und jetzt geh und laß dir dein Abendessen schmecken, Hochländer. Und vergiß nicht, die Augen aufzuhalten.« Er wandte sich wieder seinen Skizzen zu.

Morgan zögerte kurz, überlegte, ob er noch etwas sagen sollte, drehte sich dann jedoch um und ging.

In dieser Nacht, als die Sterne am Himmel aufzogen, saß Morgan allein am äußersten Ende der Anhöhe, dort, wo ein Espenwäldchen um eine kleine grasbedeckte Lichtung herumstand, und sah auf das Tal des Parmakeils hinaus, wo sich die halbe Mondsichel langsam in den dunkel werdenden Himmel schob. Mit Ausnahme der gedämpften Geräusche, die aus den Höhlen drangen, in denen die Männer an Padishar Creels geheimer Waffe arbeiteten, herrschte Ruhe im Lager. Die Wurfmaschinen und Bogen standen still; sowohl die Männer der Föderationsarmee als auch der Bewegung hatten sich entweder schlafen gelegt oder hingen ihren persönlichen Gedanken nach. Padishar Creel hatte eine Unterredung mit den Trollen und Chandos vereinbart, zu der Morgan nicht eingeladen worden war. Steff ruhte sich aus; seine Temperatur war anscheinend nicht gestiegen, doch es mangelte ihm an Kraft, und sein Allgemeinzustand ließ immer noch zu wünschen übrig. Es gab nichts zu tun, nichts, außer Schlafen oder Denken, und Morgan Leah hatte sich für das Letztere entschieden.

So weit er zurückdenken konnte, war er immer klug gewesen. Seine Klugheit war eine Gabe, die bereits seine Vorfahren besessen hatten, solche Männer wie Menion und Rone Leah, aber auch eine Fähigkeit, die Morgan in mühsamer Arbeit vervollkommnet hatte. Die Föderation hatte ihm ein Ziel seiner Fähigkeit geliefert. Er hatte fast seine gesamte Jugend damit zugebracht, die Befehlshaber der Föderation, die seine Heimat beherrschten, übers Ohr zu hauen, sie bei jeder Gelegenheit zu provozieren, damit sie sich nie sicher fühlen konnten. Er machte seine Sache sehr gut und konnte fast jeden übertölpeln, wenn er nur ausreichend Zeit und Gelegenheit dazu hatte.

Er lächelte wehmütig. Das hatte er immer geglaubt. Jetzt war es Zeit, genau das unter Beweis zu stellen. Es war an der Zeit herauszufinden, wie die Föderation so oft über ihre Pläne Bescheid wissen konnte, wie man sie hatte verraten können – die Geächteten, die Talbewohner, die kleine Gruppe aus Culhaven.

Er ließ sich zum grasbewachsenen Fuß eines knorrigen Baumstamms hinabgleiten, zog die Knie fast bis zur Brust an und überlegte, welche Informationen ihm zur Verfügung standen.

Sicher war, daß der Verräter ein fleißiger Mensch war. Irgend jemand hatte der Föderation einen Wink gegeben, als Padishar Creel sie nach Tyrsis geführt hatte, um das Schwert von Shannara zu bergen. Irgend jemand hatte in Erfahrung gebracht, was sie vorhatten, und dann den Kommandanten der Föderation noch vor ihrer Ankunft darüber informiert. »Es war einer von euch«, hatte der Kommandant Padishar Creel erklärt. Dann hatte jemand den Standort des Zeigefingers an die Armee verraten, die ihn jetzt belagerte – wieder war es jemand gewesen, der wußte, wo sich der Zeigefinger befand und wie man dorthin gelangte.

Er runzelte die Stirn. Der Verräter war eigentlich schon vorher tätig gewesen. Wenn man davon ausging – und genau das wollte er jetzt tun –, daß irgend jemand den Nager ausgeschickt hatte, um ihnen ins Wolfsktaaggebirge zu folgen, und wenn man weiterhin davon ausging, daß irgend jemand die Schattenwesen am Tofferkamm informiert hatte, die dann die Spinnengnome auf Par hetzten, dann konnte man den Verrat bis nach Culhaven zurückverfolgen.

Hieß das, daß irgend jemand ihnen bereits seit Culhaven auf der Spur war?

Er verwarf diese Möglichkeit jedoch unverzüglich. Niemand hätte solch ein Kunststück fertiggebracht.

Aber damit war das Rätsel noch nicht gelöst. Es blieben Hirehone, den er in Tyrsis gesehen hatte, und sein darauffolgender gewaltsamer Tod im Parmakeil. Und die Morde an den Aufzugswachen, obwohl die Aufzüge oben waren. In welcher Beziehung standen diese Vorkommnisse zu dem Ganzen?

Er ließ sich alles durch den Kopf gehen, um irgend etwas zu entdecken, das ihm bisher entgangen war. Die Nachtvögel hoben in der Dunkelheit des Parmakeils ihren Gesang an, und der warme, duftende Wind wehte leise über sein Gesicht. Die Minuten gingen schweigend vorbei. Die einzelnen Teile wollten nicht zusammenpassen. Irgend etwas fehlte ihm.

Er rieb sich kräftig die Hände. Er würde es auf andere Weise versuchen. Er würde die Teile, die nicht zusammenpaßten, aussortieren und auf diese Weise sehen, was übrigblieb. Langsam sog er die Luft ein und entspannte sich.

Niemand hätte ihnen folgen können – zumindest nicht die ganze Zeit. Das hieß also, daß es jemand aus ihrer Mitte sein mußte. Einer von ihnen. Aber wenn dieser Jemand sowohl die Verantwortung trug für den Nager und die Schattenwesen wie auch für alles, was seit ihrer Ankunft im Lager der Geächteten geschehen war, mußte es sich dann nicht um ein Mitglied der ursprünglichen Gruppe handeln? Par, Coll, Steff, Teel oder ihn selbst? In der gleichen Sekunde wanderten seine Gedanken zurück zu Teel, denn über sie wußte er weniger als über jeden anderen. Er konnte und wollte nicht glauben, daß es einer der Talbewohner oder Steff war. Aber warum sollte Teel eher in Frage kommen? Hatte sie nicht mindestens ebenso viel durchgemacht wie Steff?

Außerdem stellte sich die Frage, was Hirehone mit all dem zu tun gehabt hatte. Warum hatte man die Wachen am Aufzug getötet?

Plötzlich ging ihm ein Licht auf. Sie waren getötet worden, damit jemand entweder ins Lager hinein- oder aus dem Lager hinauskommen konnte, ohne entdeckt zu werden. Das ergab einen Sinn. Aber die Aufzüge waren oben. Sie mußten getötet worden sein, nachdem jemand ins Lager geschmuggelt worden war – getötet, um die Identität dieses Jemands geheimzuhalten.

Er erwog jede einzelne Möglichkeit. Alles deutete auf Hirehone hin. Hirehone war der Schlüssel. Was war, wenn es Hirehone war, den er in Tyrsis gesehen hatte? Was war, wenn Hirehone sie tatsächlich an die Föderation verraten hatte? Aber Hirehone war danach nicht mehr zum Zeigefinger zurückgekehrt. Wie hätte er demnach die Wachen töten können? Und warum hätte man ihn, wenn er es doch getan hatte, töten sollen? Und wer sollte es getan haben? War es möglich, daß es mehr als einen Verräter gab – Hirehone und noch jemand?

Plötzlich begriff er.

Die plötzliche Erkenntnis ließ ihn zusammenfahren. Wer war

denn hier der echte Feind? Nicht die Föderation. Der echte Feind waren die Schattenwesen. Hatte nicht Allanons Schatten davon gesprochen? Waren es nicht die Schattenwesen, vor denen sie gewarnt worden waren? Und die Schattenwesen konnten jede Gestalt und jede Stimme annehmen. Einige zumindest konnten es – die gefährlichsten. Das hatte Cogline gesagt.

Morgan spürte, wie sein Puls zu rasen und sein Gesicht vor Aufregung zu glühen begann. Sie hatten es hier nicht mit einem menschlichen Wesen zu tun. Sie hatten es mit einem Schattenwesen zu tun! Die Teile des Verwirrspiels fingen plötzlich an, sich zusammenzufügen. Ein Schattenwesen konnte in ihrer Mitte weilen, ohne daß sie es erkannten. Ein Schattenwesen wäre in der Lage gewesen, den Nager herbeizurufen, sich mit einem anderen Schattenwesen am Tofferkamm in Verbindung zu setzen, noch vor Padishar Creel und seinen Gefährten nach Tyrsis zu gelangen, ihre Pläne auszuspionieren und noch vor ihrer Rückkehr zurückzukehren. Ein Schattenwesen konnte auch ohne Schwierigkeiten in ihrer Nähe verweilen. Und es hätte in Gestalt von Hirehone auftreten können. Nein, nicht bloß in der Gestalt – es konnte Hirehone sein! Und es hätte ihn töten können, als er seine Schuldigkeit getan hatte. Es hatte der Föderationsarmee den Standort des Zeigefingers preisgegeben – hatte sie sogar mit einer Karte versorgt, anhand derer sie den Weg fand!

Das Rätsel war gelöst. Er wußte, wer es war. Steff oder Teel. Es mußte einer von beiden sein. Sie waren die einzigen außer ihm, die seit Anfang der Reise, von Culhaven bis zum Zeigefinger, bis Tyrsis und zurück, immer dabei gewesen waren. Teel war die ganze Zeit, in der sich Padishar Creels Gruppe in Tyrsis aufhielt, bewußtlos gewesen. Dadurch hatten beide Zwerge, oder genauer gesagt, das Schattenwesen, das sich in einem der Körper befand, Gelegenheit gehabt, sich davonzuschleichen und unbemerkt wieder zurückzukehren. Sie waren sowieso die meiste Zeit allein gewesen – also nur zu zweit.

Die volle Bedeutung seines Verdachts lastete schwer auf ihm. Einen Augenblick glaubte er, verrückt zu sein, glaubte, seine Schlüsse gänzlich verwerfen und noch einmal von vorne anfangen zu müssen. Aber er brachte es nicht fertig. Er wußte, daß er richtig vermutete.

Der Wind fuhr über ihn hinweg, und trotz der abendlichen Wärme zog er seinen Umhang fester um sich. Regungslos saß er im schützenden Schatten und überprüfte sorgfältig die Schlußfolgerungen, zu denen er gelangt war, die Gedankengänge, denen er gefolgt war, und die Vermutungen, die sich langsam, aber sicher immer mehr bewahrheiteten.

Steff oder Teel.

Sein Instinkt sagte ihm, daß es Teel war.

5

Erst drei Tage, nachdem sie beschlossen hatten, sich noch einmal in die Schlucht hineinzuwagen, um das Schwert von Shannara zu gewinnen, hatte Damson Rhee eingewilligt, die Talbewohner aus ihrem Schuppen auf die Straßen von Tyrsis zu führen. Par war mittlerweile außer sich vor Ungeduld. Er hatte sogleich gehen wollen; Zeit war das Wichtigste, hatte er ihr vorgehalten. Aber Damson Rhee hatte sich geweigert. Es sei zu gefährlich, hatte sie behauptet. Zu viele Föderationspatrouillen durchkämmten nach wie vor die Stadt. Sie mußten warten. Par hatte keine andere Wahl gehabt, als sich zu fügen.

Selbst jetzt, als ihr das Risiko klein genug schien, um einen Versuch zu wagen, hatte sie eine Nacht ausgewählt, in der sich vernünftige Menschen ein solches Vorhaben zweimal überlegt hätten, eine eiskalte Nacht, in der die Stadt sich in einen Mantel aus Nebel und Regen gehüllt hatte.

Damson Rhee hatte die kleine Gruppe mit Regenumhängen ausgerüstet, und sie hatten sie jetzt fest um sich gezogen, während sie durch die Feuchtigkeit und die Stille gingen. Wasser tropfte aus den Dachrinnen, und der Nebel setzte sich mit kühler, besitzergreifender Berührung auf ihnen nieder. Sie folgten wie immer den Nebenstraßen und hielten sich von der Tyrsian-Allee und den anderen Hauptstraßen, die von den Föderationspatrouillen bewacht wurden, fern.

Sie waren auf dem Weg zum »Maulwurf«.

»So wird er genannt«, hatte ihnen Damson Rhee erklärt, kurz bevor sie ihr Versteck verlassen hatten. »Das Gassenvolk nennt ihn so, weil er so genannt werden will. Ich glaube kaum, daß er sich an seinen wirklichen Namen erinnert, wenn er überhaupt je einen gehabt hat. Seine Vergangenheit ist ein gut gehütetes Geheimnis. Er lebt als Einsiedler in den Abwässerkanälen und Katakomben von Tyrsis. Seine Welt ist der Untergrund der Stadt, und keiner weiß mehr darüber als er.«

»Und wenn es unter dem Palast der Könige von Tyrsis immer noch Stollen gibt, kennt sie der Maulwurf?« drängte Par.

»Er kennt sie.«

»Können wir ihm trauen?«

»Die Frage ist nicht, ob wir ihm trauen können, sondern ob er uns traut. Wie ich schon gesagt habe, lebt er sehr zurückgezogen. Es ist gut möglich, daß er überhaupt nicht mit uns reden will.«

Par sagte einfach: »Er muß.«

Coll sagte gar nichts. Er hatte den ganzen Tag über wenig gesprochen, kaum ein Wort, seit sie beschlossen hatten, in die Schlucht zurückzukehren. Er hatte die Nachricht von ihrem Vorhaben geschluckt wie eine Medizin, die ihn entweder umbringen oder heilen würde, und er wartete gespannt auf das Ergebnis. Er schien zu dem Schluß gekommen, daß es nutzlos war, über das zu streiten, was er für eine Torheit hielt, und hatte deshalb eine fatalistische Haltung angenommen.

Er bildete jetzt die Nachhut, als sie durch die düstere Nacht von Tyrsis liefen, hielt sich dabei jedoch dicht an Par und drängte sich mit seiner stummen Anwesenheit auf eine Weise auf, die entnervend war. Par waren diese Gefühle für seinen Bruder alles andere als lieb, aber er konnte nichts dagegen tun. Coll hatte sich für die Rolle entschieden. Er war weder bereit, Pars Vorhaben gutzuheißen, noch war er gewillt, sich davon loszusagen. Er wollte einfach dabei sein, auf Gedeih und Verderb, bis eine Lösung gefunden war.

Damson Rhee führte sie eine schmale Steintreppe hinunter, die zwei leere, unbeleuchtete Gebäude verband. Par hörte Wasser fließen, ein leises Glucksen, als ob das Wasser über irgendein Hindernis plätscherte. Vorsichtig stiegen sie die schlüpfrige Treppe nach unten; ein verrostetes Geländer bot ihnen unsicheren Halt. Als sie das Ende der Treppe erreichten, befanden sie sich auf einem schmalen Weg, der parallel zum Abwasserkanal verlief.

Damson Rhee führte die Talbewohner in den Kanal. Er war dunkel und von unangenehmen, durchdringenden Gerüchen erfüllt. Damson Rhee blieb stehen, tastete im Dunkeln herum und brachte eine Fackel hervor, die sie schließlich mit Hilfe eines kleinen Feuersteins anzündete. Das Licht erhellte die Finsternis so weit, daß sie jeweils mehrere Schritte voraussehen konnten, und so marschierten sie los. Unsichtbare Lebewesen schwirrten in der vor ihnen liegenden Dunkelheit umher. Wasser tropfte von der Decke, rann die Wände hinunter und floß stetig durch den Kanal. Die Luft war kühl und bar allen Lebens.

Sie erreichten eine zweite Treppe, die noch weiter in die Tiefe führte, und betraten sie. Diesmal durchschritten sie mehrere Ebenen, und das Geräusch des Wassers verstummte. Kälte umfing sie mit lästiger Hartnäckigkeit. Die Talbewohner zogen ihre Umhänge fester um sich. Die Stufen endeten, und sie stießen auf einen neuen Durchgang, der jedoch schmäler war als der vorherige. Um vorwärtszukommen, mußten sie jetzt kriechen, und die Feuchtigkeit wich Staub. Sie bewegten sich stetig vorwärts, und die Minuten vergingen. Mittlerweile befanden sie sich weit unter der Stadt. Die Talbewohner hatten jede Orientierung verloren.

Als sie den Boden eines ausgetrockneten Brunnens erreichten, an den eine Eisenleiter gelehnt war, hielt Damson Rhee an. »Jetzt ist es nicht mehr weit«, sagte sie leise. »Von der Spitze der Leiter sind es nur noch ein paar hundert Meter. Dann müßten wir ihn finden – oder er uns. Er hat mich vor langer Zeit hierher gebracht, als ich ihm eine kleine Freundlichkeit erwiesen habe.« Sie zögerte. »Er ist lieb, aber auch seltsam. Seid vorsichtig in der Wahl eurer Worte.«

Sie führte sie die Leiter hinauf zu einer Stelle, von der eine Reihe von Gängen wegführte. Dort war es wärmer, weniger staubig, die Luft abgestanden, aber nicht übelriechend. »Diese Stollen dienten den Verteidigern der Stadt einst als Schlupflöcher; an einigen Stellen reichten sie bis hinunter in die Ebene.« Ihr rotes Haar glänzte, als sie es aus dem Gesicht strich. »Bleibt dicht hinter mir.«

Sie betraten einen der Gänge und machten sich auf den Weg nach unten. Die Fackel zischte und dampfte. Der Gang kreuzte andere Gänge und wand sich durch Räume, die durch Holzbalken gestützt wurden; all das trug lediglich dazu bei, daß die Talbewohner immer weniger Ahnung hatten, wo sie sich befanden. Aber Damson Rhee zögerte nie, sie kannte den Weg, dem sie entweder anhand von Zeichen folgte, die ihnen verborgen blieben, oder aber anhand einer Karte, die sie sich ins Gedächtnis rief.

Schließlich betraten sie einen Raum, den ersten von vielen, die alle miteinander verbunden waren; große Räume mit Fußböden aus Steinplatten, mit Wänden, an denen Vorhänge und Tapeten hingen, und einem Speicher. Der Raum war vom Boden bis zur Decke und von einer Wand zur anderen mit Kisten voll alter Kleider vollgestopft, Regale waren mit Schriftstücken, die fast schon zu Staub verfallen waren, Federn, unechtem Schmuck und Stofftieren jeder Form und Größe gefüllt. Verrostete Waffen lagen zerstreut im Raum herum.

Licht gab es ebenfalls. Öllampen, die an der Wand befestigt waren, tauchten den Raum in eine verschwommene Helligkeit; der entstehende Rauch zog durch Luftlöcher ab, die in den Ecken des Raumes in den darüberliegenden Fels gehauen waren.

Die Talbewohner sahen sich erwartungsvoll um. Außer ihnen war niemand im Raum.

Damson Rhee schien keineswegs überrascht. Sie führte sie in einen Raum, in dessen Mitte ein Tisch mit gebogenen Beinen und acht Stühle mit hoher Rückenlehne standen, und bedeutete ihnen, Platz zu nehmen. Auf jedem Stuhl saß ein Tier, und die Talbewohner sahen das Mädchen fragend an.

»Sucht euch einen Platz aus, nehmt dann das Tier, das auf dem Stuhl sitzt, und setzt es auf euren Schoß«, erklärte sie ihnen und zeigte ihnen sogleich, was sie damit meinte. Sie wählte einen Stuhl, auf dem ein ausgestopfter Hase saß, hob die Kreatur hoch und legte sie, nachdem sie sich gesetzt hatte, bequem auf ihren Schoß.

Coll tat es ihr gleich; sein Gesicht war ausdruckslos, als er seinen Blick auf einen Fleck auf der gegenüberliegenden Wand heftete, als sei er überzeugt, daß das Geschehen keineswegs seltsamer war, als er dies vorausgesehen hatte. Par zögerte, bevor er sich gleichfalls niederließ mit einem Tier, das sowohl eine Katze wie auch ein Hund hätte sein können – es war unmöglich festzustellen, worum es sich tatsächlich handelte. Er kam sich irgendwie lächerlich vor.

Sie saßen einfach nur da und warteten schweigend. Damson Rhee fing an, den pelzigen Rücken ihres Hasen zu streicheln. Coll saß wie versteinert da. Par wurde mit jeder Minute, die ereignislos verstrich, ungeduldiger.

Dann gingen die Lichter aus, nicht alle auf einmal, sondern

eins nach dem anderen. Par wollte schon aufspringen, als Damson Rhee schnell sagte: »Bleib sitzen.«

Alle Lichter erloschen, bis auf eines. Das eine, das noch brannte, befand sich am Eingang des ersten Raumes, den sie betreten hatten. Es leuchtete in der Ferne, und der Lichtschein reichte kaum bis zu dem Tisch, an dem sie saßen. Par wartete darauf, daß sich seine Augen an die Dunkelheit gewöhnten; als er wieder sehen konnte, stellte er fest, daß er auf ein rundliches, bärtiges Gesicht starrte, das auf der anderen Seite des Tisches zwei Stühle von Damson Rhee entfernt plötzlich aus dem Nichts aufgetaucht war. Weit geöffnete Augen blickten ihn an, wandten sich dann in Richtung Coll, blinzelten und starrten weiter.

»Sei gegrüßt, Maulwurf«, sagte Damson Rhee.

Der Maulwurf hob fast unmerklich den Kopf; sein Nacken und seine Schulter wurden sichtbar, und seine Hände und Arme zeigten sich auf dem Tisch. Der Maulwurf war vollkommen mit Haar bedeckt, einem dunklen, pelzigen Mantel. Es wuchs auf jedem sichtbaren Fleckchen Haut, nur dort nicht, wo seine Nase, seine Wangen und ein Stückchen seiner Stirn wie Elfenbein im schwachen Lichtschein schimmerten. Sein runder Kopf wakkelte, und seine kindlichen Finger waren in einer Geste der Zufriedenheit gefaltet. »Auch dir einen guten Abend, liebliche Damson«, sagte er.

Er sprach mit kindlicher Stimme, die jedoch irgendwie seltsam klang, so als käme sie aus einem hohlen Faß oder aus dem Wasser. Seine Augen blickten von Par zu Coll, dann von Coll zu Par. »Ich habe euch kommen hören und die Lichter für euch angemacht«, sagte er. »Aber ich mag die Lichter nicht so recht, und deshalb habe ich sie, da ihr jetzt da seid, wieder ausgemacht. Ist euch das recht?«

Damson Rhee nickte. »Ganz gewiß.«

»Wen hast du mir denn mitgebracht?«

»Talbewohner.«

»Talbewohner?«

»Zwei Brüder, aus einem Dorf im Süden, weit weg von hier. Par Ohmsford. Coll Ohmsford.«

Sie zeigte auf jeden, und die Augen sprangen von einem zum anderen. »Willkommen in meinem Heim. Wollen wir ein Täßchen Tee trinken?«

Er verschwand, ohne eine Antwort abzuwarten, und bewegte sich dabei so lautlos, daß Par ihn, so sehr er sich auch bemühte, selbst in der absoluten Stille nicht hören konnte. Er roch den Tee, als er gebracht wurde, konnte ihn jedoch erst dann sehen, als die Tassen auf den Tisch gestellt wurden. Es waren zwei Tassen, eine normal große und eine winzige. Sie waren alt und die Farbe, mit der sie bemalt worden waren, verblichen und kaum noch zu sehen.

Unschlüssig beobachtete Par die Szene, während Damson Rhee dem Stoffhasen, den sie auf ihrem Schoß hielt, einen Schluck aus der winzigen Tasse anbot. »Sind alle Kinder wohlauf?« fragte sie höflich.

»Das kann man sagen«, antwortete der Maulwurf, der jetzt wieder auf dem Platz saß, den er zuerst belegt hatte. Er hielt einen großen Bären, dem er Tee aus seiner eigenen Tasse anbot. »Chalt, das muß ich leider sagen, war schon wieder unartig. Er hat am Tee und den Keksen genascht und das Leben hier empfindlich gestört. Immer wenn ich nach oben gehe, um mich durch die Straßengitter und Mauerritzen über die letzten Neuigkeiten zu informieren, glaubt er, er habe die Genehmigung, die Dinge hier nach seinem Gutdünken umzugestalten. Sehr ärgerlich.« Er warf dem Bären einen schrägen Blick zu. »Lida hatte schlimmes Fieber, aber es geht ihr wieder besser. Und Westra hat sich in die Pfote geschnitten.«

Par warf Coll einen Blick zu, und diesmal erwiderte sein Bruder seinen Blick.

»Jemand Neues in der Familie?«

»Everlind«, sagte der Maulwurf. Er sah sie einen Augenblick an und zeigte dann auf den Hasen, den sie auf dem Schoß hielt. »Sie gehört seit zwei Tagen zu unserer Familie. Es gefällt ihr hier sehr viel besser als auf der Straße.«

Par wußte kaum, was er davon halten sollte. Offensichtlich sammelte der Maulwurf den Müll der Menschen in der Stadt über ihm und brachte ihn in seinen Speicher. Für ihn waren die Tiere lebendig, oder er tat zumindest so. Par fragte sich voll Unbehagen, ob er das überhaupt unterscheiden konnte.

Der Maulwurf sah ihn an. »In der Stadt flüstert man sich Dinge zu, die die Föderation aufgebracht haben – Anschläge, Eindringlinge, eine Bedrohung ihrer Herrschaft. Die Straßenpatrouillen sind verstärkt worden, und die Torwachen halten jeden auf. Die Sicherheitsvorkehrungen werden verstärkt.« Er machte eine Pause und wandte sich dann an Damson Rhee. »Das Leben hier ist sehr viel angenehmer, liebliche Damson – hier, unter der Erde.«

Damson Rhee stellte ihre Tasse auf den Tisch. »Die Anschläge sind ein Grund, warum wir hier sind, Maulwurf.«

Der Maulwurf schien sie nicht gehört zu haben. »Ja, es lebt sich besser, sicherer unter der Erde, unter den Straßen, dort, wohin die Föderation niemals einen Fuß setzt.«

Damson Rhee schüttelte energisch den Kopf. »Wir sind nicht gekommen, um Zuflucht zu suchen.«

Der Maulwurf blinzelte; in seinen Augen spiegelte sich Enttäuschung. Er stellte seine Tasse sowie das Tier, das er auf dem Arm hielt, beiseite und stützte seinen runden Kopf in die Hände. »Ich habe Everlind hinter dem Haus eines Mannes gefunden, der den Steuereintreibern der Föderation zur Hand geht. Er kann gut mit Zahlen umgehen und sehr viel besser rechnen als andere seines Faches. Einst war er als Berater für die Bewohner der Stadt tätig, aber sie konnten ihm nicht so viel bezahlen wie die Föderation, und deshalb hat er der Föderation seine Dienste angeboten.

Den lieben langen Tag arbeitet er in dem Gebäude, wo die Steuergelder aufbewahrt werden; danach geht er nach Hause zu seiner Familie, zu seiner Frau und seiner Tochter, der Everlind einst gehörte. Letzte Woche brachte der Mann seiner Tochter ein neues Stofftier mit, mit seidigem weißen Fell und grünen Kulleraugen. Er bezahlte dafür mit dem Geld der Föderation, das diese eingetrieben hatte. Deshalb hat seine Tochter Everlind nicht mehr haben wollen. Das neue Tierchen war viel schöner anzusehen.« Er sah sie an. »Weder der Vater noch die Tochter begreifen, worauf sie verzichtet haben. Beide sehen nur das, was an der Oberfläche ist, und nichts von dem, was darunter liegt. Das ist die Gefahr, wenn man über der Erde lebt.«

»Du hast recht«, stimmte Damson Rhee leise zu. »Aber genau das müssen wir ändern, wenigstens diejenigen von uns, die auch weiterhin dort leben wollen.«

Der Maulwurf rieb sich wieder die Hände, wobei er seinen Blick auf ihnen ruhen ließ und scheinbar seinen eigenen Gedanken nachhing. Der Raum glich einem Stilleben, in dem der Maulwurf und seine Gäste inmitten des Mülls saßen und den Dingen lauschten, die möglicherweise das Raunen ihrer eigenen Leben waren.

Der Maulwurf sah wieder hoch, und seine Augen hielten Damson Rhee fest. »Liebliche Damson, weshalb bist du gekommen?«

Damson Rhee richtete sich auf und strich die Locken aus ihrem Gesicht. »Es gab einmal Stollen unter dem Palast der Könige von Tyrsis. Wenn sie immer noch dort sind, müssen wir hinein.«

Der Maulwurf erstarrte. »Unter dem Palast?«

»Unter dem Palast. Wir müssen in die Schlucht hinein.«

In der darauffolgenden langen Stille starrte der Maulwurf sie an, ohne ein einziges Mal zu blinzeln. Fast unbewußt streckte er die Hände nach dem Tier aus, das er im Arm gehalten hatte. Er tätschelte es behutsam. »In der Schlucht gibt es Dinge, die aus der schwärzesten Nacht und dem schwärzesten Geist geboren sind«, sagte er leise.

»Schattenwesen«, sagte Damson.

»Schattenwesen? Ja, der Name paßt zu ihnen.«

»Hast du sie gesehen, Maulwurf?«

»Ich habe alles gesehen, was in dieser Stadt lebt. Ich bin das Auge der Erde.«

»Gibt es Stollen, die in die Schlucht hineinführen? Kannst du uns hinführen?«

Jeglicher Ausdruck wich aus dem Gesicht des Maulwurfs, als er sich in den Schatten zurücksinken ließ. Einen Augenblick glaubte Par, er sei gegangen. Aber er hatte sich nur versteckt, hatte sich in die Behaglichkeit der Dunkelheit zurückgezogen, um über das, worum er gebeten worden war, nachzudenken. Das Stofftier begleitete ihn, und das Mädchen und die Talbewohner blieben allein zurück, als wäre der kleine Kerl tatsächlich verschwunden. Geduldig und stumm warteten sie.

»Erzähl ihnen, wie wir uns kennengelernt haben«, sagte der Maulwurf plötzlich aus seinem Refugium heraus. »Erzähl ihnen, wie es war.«

Folgsam wandte sich Damson Rhee den Talbewohnern zu. »Ich ging eines schönen Abends in einem der Parks spazieren, nach Einbruch der Dunkelheit, als die Sterne langsam den Himmel erhellten. Es war Sommer; in der warmen Luft lag der Duft von Blumen und frischem Gras. Ich hatte mich gerade auf einer Bank niedergelassen, als der Maulwurf neben mich trat. Er hatte auf der Straße meine Vorstellung gesehen, hatte sich jedoch, während er zusah, in der Menge versteckt und bat mich, ein Kunststück nur für ihn vorzuführen. Ich führte mehr als eines vor. Er bat mich, in der nächsten Nacht wiederzukommen, und ich erfüllte seine Bitte, eine ganze Woche lang. Danach nahm er mich in sein unterirdisches Reich mit und zeigte mir sein Heim und seine Familie. So sind wir Freunde geworden.«

»Gute Freunde, liebliche Damson. Die besten Freunde.« Das Gesicht des Maulwurfs kam wieder zum Vorschein, löste sich aus dem Schatten. Die Augen waren ernst. »Du weißt, ich kann dir nichts abschlagen. Aber ich wünschte, du würdest mich nicht darum bitten.«

»Es ist wichtig, Maulwurf.«

»Du bist wichtig«, erwiderte der Maulwurf. »Ich habe Angst um dich.«

Sie streckte langsam die Hand aus und berührte seinen Handrücken. »Du brauchst keine Angst zu haben.«

Der Maulwurf wartete, bis sie ihre Hand wegnahm, und ließ seine schnell unter dem Tisch verschwinden. Widerstrebend fuhr er fort: »Es gibt Stollen, die unter dem Palast der Könige von Tyrsis durch den Fels führen. Sie führen zu Kellern und Verliesen, an die sich keiner mehr erinnert. Einige führen in die Schlucht.«

Damson Rhee nickte. »Du mußt uns hinführen.«

Der Maulwurf zitterte. »Dunkle Wesen, Schattenwesen halten sich dort auf. Was passiert, wenn sie uns entdecken?«

Damson Rhee blickte zu Par hinüber. »Dieser Talbewohner gebietet auch über Magie, Maulwurf. Aber es handelt sich in seinem Fall nicht um Magie wie die meine, mit der man Kunststücke vorführen und die Menschen unterhalten kann, sondern um echte Magie. Er hat keine Angst vor den Schattenwesen. Er wird uns beschützen.«

Par spürte, wie sich sein Magen bei diesen Worten verkrampfte – Worte, mit denen ein Versprechen gegeben wurde, das er, wenn er ehrlich war, vielleicht nicht würde halten können.

Wieder ließ der Maulwurf seinen Blick auf ihm ruhen. Seine dunklen Augen blinzelten. »Also gut. Morgen werde ich in die Stollen gehen und feststellen, ob sie noch begehbar sind. Ihr könnt dann bei Nacht wiederkommen, und wenn der Zugang offen ist, werde ich euch hinführen.«

»Danke dir, Maulwurf«, sagte Damson Rhee.

»Trinkt euren Tee aus«, sagte der Maulwurf leise, ohne sie anzusehen.

Schweigend saßen sie in Gesellschaft der Stofftiere beisammen und taten wie geheißen.

Es regnete immer noch, als sie das Labyrinth der unterirdischen Gänge und Abwässerkanäle verließen und durch die leeren Straßen der Stadt huschten. Damson Rhee ging voraus, ging mit sicherem Schritt durch den Nebel und die Feuchtigkeit, gleich einer Katze, der die Nässe nichts ausmachte. Sie führte die Talbewohner zu dem Schuppen hinter der Gärtnerei zurück und ließ sie dann allein, damit sie sich ausruhen konnten. Sie sagte, daß sie gegen Mittag wiederkommen werde. Sie wolle vorher noch ein paar Dinge erledigen.

Aber Coll und Par war nicht nach Schlaf zumute. Sie blieben wach, saßen an den Fenstern und sahen in den Nebel hinaus. Es war mittlerweile fast Morgen, und der Himmel im Osten hellte sich auf.

Im Schuppen war es kalt, und die Brüder wickelten sich in ihre Decken.

Lange Zeit sprach keiner von beiden. Schließlich ergriff Par, der seine Ungeduld nicht mehr länger beherrschen konnte, das Wort: »Woran denkst du?«

Coll antwortete nicht.

»Denkst du an den Maulwurf?«

Coll seufzte. »Vielleicht.« Er verkroch sich unter seiner Decke. »Ich sollte mich eigentlich fürchten, wenn ich daran denke, daß ich mein Leben in die Hände eines Burschen lege, dessen Besitztümer aus Müll bestehen und dessen Gefährten Stofftiere sind, aber ich fürchte mich nicht. Ich kann nicht sagen, warum es so ist. Ich glaube, es hat damit zu tun, daß er keineswegs merkwürdiger erscheint als alle anderen, die unseren Weg gekreuzt haben, seit wir Varfleet verlassen haben. Er scheint mir nicht verrückter.«

Par erwiderte nichts. Es gab nichts, was er hätte sagen können, was nicht schon gesagt worden war. Er wußte um die Gefühle seines Bruders. Er wünschte, das Warten wäre vorbei und die Zeit gekommen, etwas zu unternehmen. Er haßte das Warten. »Coll, warum läßt du mich das nicht allein machen?« fragte er. Sein Bruder sah ihn an. »Ich weiß, wir haben das schon erörtert; du brauchst mich nicht daran zu erinnern. Aber warum läßt du mich nicht? Es gibt keinen Grund, warum du mitgehen solltest. Ich weiß, wie du über die Sache denkst. Vielleicht hast du recht. Du solltest hier bleiben und auf mich warten.«

»Nein.«

»Aber warum nicht? Ich kann allein auf mich aufpassen.«

Coll starrte ihn an. »Tatsache ist, daß du es nicht kannst«, sagte er ruhig. In seinem Gesicht lag ein Ausdruck von Unglaube. »Ich glaube, das ist das Lächerlichste, was ich jemals aus deinem Mund gehört habe.«

Par lief vor Zorn rot an. »Nur weil...«

»Es hat während der ganzen Reise, oder wie man es nennen will, keinen einzigen Augenblick gegeben, in dem du nicht irgend jemand gebraucht hättest.« Colls dunkle Augen verengten sich. »Versteh mich nicht falsch. Ich will damit nicht sagen, daß du der einzige gewesen wärst. Wir haben alle Hilfe gebraucht, haben einander gebraucht. Die Sache ist die, daß es alle anderen erkennen und akzeptieren. Aber du versuchst ständig, alles allein zu machen und derjenige zu sein, der alles am besten weiß, der alle Antworten kennt, alle Möglichkeiten einschätzen kann und einen besonderen Einblick hat, der den anderen abgeht, der dir erlaubt zu entscheiden, was am besten ist. Du verschließt dich vor der Wahrheit. Weißt du was, Par? Der Maulwurf mit seiner Stofftierfamilie und seinem unterirdischen Versteck – du bist genau wie er. Ganz genau so. Du schaffst dir deine eigene Wirklichkeit – die Wahrheit oder das, was andere denken, kümmert dich nicht.« Er zog die Decke fest um sich. »Ich gehe mit, weil du genau das brauchst. Es ist nötig, daß ich dir den Unterschied zeige zwischen den Stofftieren und den echten.«

Par kniff den Mund zusammen. Das ausdruckslose Gesicht seines Bruders war zum Verrücktwerden. »Ich kenne den Unterschied, Coll!« schnauzte er.

Coll schüttelte den Kopf. »Nein, das tust du nicht. Für dich ist alles eins. Stofftiere oder echte, für dich gibt es keinen Unterschied. Wichtig ist allein, wie du es siehst.«

»Das ist nicht wahr!«

»Nein? Dann erklär mir Folgendes. Was geschieht morgen, wenn du dich irrst? Was ist, wenn das Schwert von Shannara sich gar nicht dort befindet? Was ist, wenn die Schattenwesen schon auf uns warten? Was ist, wenn das Wunschlied nicht so funktioniert, wie du es dir vorstellst? Was geschieht, wenn die Stofftiere sich als echte Tiere entpuppen? Was gedenkst du dann zu tun? Das ist ein weiterer Grund, warum ich mitgehe.«

»Wenn sich herausstellen sollte, daß ich unrecht hatte, was macht es dann für einen Unterschied, ob du mitgehst oder nicht?« schrie Par zornig.

Coll antwortete nicht sofort. Dann wandte er seinen Blick Par zu. Ein ironisches Lächeln umspielte seinen Mund. »Kannst du dir das nicht denken?«

Par biß sich ärgerlich auf die Lippen. Er fühlte sich plötzlich klein und ängstlich; er wußte, daß sein Bruder recht hatte, daß er sich wie ein Narr benahm, daß er, indem er darauf beharrte, in die Schlucht zurückzukehren, das Leben aller in Gefahr brachte. Aber er mußte gehen. Coll hatte auch in diesem Punkt recht; die Entscheidung war nun einmal gefällt, und er würde sie nicht ändern.

Dann sagte Coll ruhig: »Ich mag dich, Par. Und ich würde sagen, daß ich, wenn man es genau nimmt, deshalb mitgehe.«

Ein Gefühl der Wärme durchströmte Par. Als er ansetzte, um zu sprechen, versagte seine Stimme. Mit einem Seufzer atmete er aus. »Ich brauche dich an meiner Seite, Coll«, brachte er schließlich heraus. »Wirklich.«

Coll nickte.

Keiner von beiden sprach danach.

6

Nach seiner Begegnung mit dem Finsterweiher kehrte Walker Boh zum Kamin zurück, wo er den größten Teil der Woche nichts anderes tat, als über das, was er vernommen hatte, nachzudenken. Es war schönes Wetter draußen, die Tage waren warm und sonnig, die Luft erfüllt mit den Düften der Bäume, Blumen und Bäche. Im Tal fühlte er sich beschützt; er war es zufrieden, sich hier aufzuhalten. Ondits Gesellschaft reichte ihm völlig aus. Die große Moorkatze trottete während der langen Spaziergänge, die er zum Zeitvertreib unternahm, hinter ihm her, auf einsamen Pfaden, entlang den moosbewachsenen Flußufern, zwischen uralten Baumriesen. Bei Nacht saßen die beiden auf der Veranda der Hütte; die Katze döste vor sich hin, der Mann starrte zum gestirnten Himmel empor.

Er war in Gedanken versunken. Die Erinnerung an die Worte des Finsterweihers verfolgten ihn selbst am Kamin, in seinem Heim, wo nichts ihn hätte bedrohen sollen. Die Worte trieben unangenehme Spiele mit ihm, zwangen ihn, sich mit ihnen zu beschäftigen und zu ergründen, wieviel von dem, was sie ihm zuflüsterten, der Wahrheit entsprach und wieviel Lüge war. Er hatte gewußt, daß es so kommen würde, noch bevor er sich auf den Weg zum Finsterweiher gemacht hatte – daß die Worte unbestimmt und beunruhigend sein, daß sie in Rätseln und Halbwahrheiten sprechen würden. Er hatte es gewußt und war trotzdem nicht auf die damit verbundene Anstrengung vorbereitet.

Es gelang ihm, die Stelle, an der sich der schwarze Elfenstein befand, fast unverzüglich zu bestimmen. Es gab nur einen Ort, an dem Augen einen Mann zu Stein werden ließen und ihn durch Stimmen um den Verstand bringen konnten, einen Ort, an dem die Toten in vollkommener Dunkelheit bestattet waren – die Halle der Könige, tief in den Drachenzähnen. Es hieß, daß die Halle der Könige noch vor der Zeit der Druiden erbaut worden war, ein riesiges und unzugängliches Höhlenlabyrinth, in dem die Herrscher der Vier Länder ruhten; sie ruhten in einer gewaltigen Kammer, zu der die Lebenden keinen Zugang hatten, beschützt von der Dunkelheit und Statuen, genannt Sphinxe, halb Mensch, halb Tier, die die Fähigkeit besaßen, einen Lebenden in Stein zu verwandeln, und ferner bewohnt von unsichtbaren Wesen, Banshies genannt, die einen Teil der Höhlen, nämlich den Gang der Winde, bewohnten und deren Wehklagen jeden Sterblichen zum Wahnsinn treiben konnte.

Das Grabmal selbst, wo in dem mit Runen verzierten Behälter der schwarze Elfenstein aufbewahrt wurde, wurde von einem Drachen namens Valg bewacht, zumindest dann, wenn der Drache noch am Leben war. Irgendwann hatte ein grausamer Kampf stattgefunden zwischen dem Drachen und der unter Allanons Führung dort versammelten kleinen Gruppe, die zu Zeiten Shea Ohmsfords die Höhlen auf der Suche nach dem Schwert von Shannara betreten hatte.

Die Schwierigkeit lag jedoch nicht darin, den geheimnisvollen Aufenthaltsort des Elfensteins zu finden, sondern sich zu entscheiden, ob man ihn überhaupt aufsuchen wollte. Die Halle der Könige war ein äußerst gefährlicher Ort, selbst für jemand wie Walker Boh, der weniger befürchten mußte als ein normaler Mensch. Die Magie, selbst die Magie eines Druiden, bot möglicherweise nicht genügend Schutz – und Walker Bohs Magie war weitaus schwächer, als Allanons Magie es jemals gewesen war. Walker Boh machte sich jedoch genauso viele Sorgen über das, was der Finsterweiher nicht ausgesprochen hatte. Sicherlich steckte mehr dahinter, als er enthüllt hatte; er gab niemals alle seine Geheimnisse preis. Irgend etwas hatte er verschwiegen, und dabei handelte es sich wahrscheinlich um etwas, das Walker Boh töten konnte.

Außerdem war da noch die Sache mit den Visionen. Es waren drei Visionen gewesen, von denen eine beunruhigender war als die andere. Die erste hatte Walker Boh gezeigt, wie er über den anderen der kleinen Gruppe, die zum Hadeshorn und dem Geist von Allanon gekommen waren, mit abgehackter Hand auf Wolken schwebte. Die Vision hatte seine Behauptung verhöhnt, derzufolge er eher eine Hand verlieren wollte, als den Druiden zu gestatten zurückzukehren. Die zweite hatte ihn gezeigt, wie er eine Frau mit silbernem Haar zu Tode gebracht hatte, eine Gestalt von außerordentlicher Schönheit. Die dritte hatte ihm vor Augen geführt, wie Allanon ihn festhielt, während der Tod seine Hand nach ihm ausstreckte.

Jede dieser Visionen enthielt eine Spur von Wahrheit, das wußte Walker Boh – die Wahrheit, daß er sich vorsehen mußte und sie nicht einfach als Spott und Hohn des Finsterweihers abtun konnte. Die Visionen enthielten eine Bedeutung; der Finsterweiher hatte es ihm überlassen, diese Bedeutung zu ergründen.

Walker Boh ging also mit sich zu Rate. Aber die Tage vergingen, ohne daß die Antworten, die er brauchte, sich einstellten. Das einzig Sichere war der Aufenthaltsort des schwarzen Elfensteins. Die Anziehungskraft, die er auf den Dunklen Onkel ausübte, wurde stärker und stärker, wurde zu einem Köder, dem er sich nicht entziehen konnte.

Trotz seines Vorsatzes zu warten, bis er die Rätsel des Finsterweihers gelöst hatte, übermannte ihn schließlich das Verlangen, den vermißten Elfenstein zurückzugewinnen. In Gedanken hatte er sich das Gespräch so oft wiederholt, bis er darüber ganz krank war. Er gelangte zu der Überzeugung, daß er alles davon begriffen hatte, was er jemals begreifen würde. Er hatte keine andere Wahl, als sich auf die Suche nach dem schwarzen Elfenstein zu begeben und auf diese Weise zu entdecken, was er auf keine andere Weise entdecken konnte. Es würde gefährlich werden, aber er hatte schon gefährlichere Situationen überlebt. Er nahm sich vor, keine Angst zu haben, sondern nur vorsichtig zu sein.

Gegen Ende der Woche verließ er das Tal bei Sonnenaufgang. Er machte sich zu Fuß auf den Weg, eingehüllt in einen Mantel, der ihn vor Wind und Wetter schützen sollte, und mit einem Rucksack voller Vorräte. Das meiste, das er brauchte, würde er unterwegs finden. Er wanderte nach Westen zum Dunkelstreif und blickte sich nicht um, bis der Kamin außer Sichtweite war. Ondit war zurückgeblieben. Es fiel ihm schwer, die große Katze zu verlassen; mit ihr an seiner Seite hätte er sich wohler gefühlt. Nur wenige lebende Wesen konnten einer ausgewachsenen Moorkatze etwas anhaben. Trotzdem wäre es für Ondit außerhalb der schützenden Grenzen des Ostlandes gefährlich gewesen, wo sie sich nicht so leicht verstecken konnte und wo sie ihres natürlichen Schutzes beraubt war. Außerdem war dies allein Walker Bohs Suche.

Die Ironie, die mit seiner Entscheidung für die Suche verbunden war, blieb ihm nicht verborgen. Er war derjenige, der geschworen hatte, sich niemals mit den Druiden und ihren Machenschaften einzulassen. Er hatte Par auf seiner Reise zum Hadeshorn nur widerwillig begleitet. Er hatte dem Treffen mit dem Geist von Allanon den Rücken gekehrt in der Überzeugung, daß die Druiden mit den Ohmsfords ihre Spiele trieben und sie für ihre eigenen verborgenen Ziele benutzten. Cogline hatte er buchstäblich aus seinem Haus geworfen, hatte betont, daß die Bemühungen des anderen, ihn die Geheimnisse der Magie zu lehren, seine Entwicklung eher behindert als gefördert hatten. Er hatte damit gedroht, das Geschichtsbuch der Druiden, das der alte Mann ihm gebracht hatte, in den tiefsten Sumpf zu werfen.

Aber dann hatte er über den schwarzen Elfenstein gelesen, und das hatte alles verändert. Er konnte immer noch nicht sagen, warum. Teilweise lag es an seiner Neugier, seiner unstillbaren Wißbegierde. Existierte überhaupt so etwas wie der schwarze Elfenstein? War er in der Lage, das entschwundene Paranor zu neuem Leben zu erwecken, wie es die alten Geschichten verhießen? Fragen, die beantwortet werden mußten. Geheimnisse mußten enthüllt werden. Es gab ein Wissen, das nur darauf wartete, entdeckt zu werden. Genau diesem Ziel hatte er sein Leben verschrieben.

Er wollte glauben, daß auch seine Fairness und sein Mitgefühl Antrieb für ihn waren. Trotz allem, was er von den Druiden hielt, konnte etwas in Paranor schlummern, das den Vier Ländern im Kampf gegen die Schattenwesen von Nutzen sein konnte. Er fühlte sich unwohl bei dem Gedanken daran, daß er, sollte er nicht gehen, die Rassen zu einer Zukunft verdammen würde, wie sie der Geist des Druiden beschrieben hatte.

Als er aufbrach, nahm er sich vor, nur das zu tun, was er tun mußte, und nicht mehr als das, was er für vernünftig hielt. Er wollte, jetzt und für alle Zeiten, sein eigener Herr bleiben und nicht das Spielzeug werden, zu dem Allanons Geist ihn machen wollte.

Die Tage waren still und schwül, die sommerliche Hitze lastete immer schwerer auf ihm, während er durch die Wildnis schritt. Im Westen waren Wolken am Himmel aufgezogen. In den Bergen warteten Stürme auf ihn.

Er schritt am Mangoldstrom entlang und stieg in das Wolfsktaaggebirge hinauf, um es dann wieder hinter sich zu lassen. Nach einem dreitägigen Fußmarsch erreichte er schließlich Storlock. Die Stors versorgten ihn mit frischen Vorräten, und am

Morgen des vierten Tages machte er sich auf den Weg, um die Rabbebene zu durchqueren. Mittlerweile hatten ihn die Stürme eingeholt, und der Regen, der auf ihn herabrieselte, hüllte die Landschaft in einen grauen Schleier. Föderationspatrouillen zu Pferd und Händlerkarawanen tauchten auf und verschwanden gleich Geistern, ohne ihn zu bemerken. In der Ferne hörte er Donnergrollen, ein Grollen der Unzufriedenheit, das durch die Leere hallte.

Er verbrachte die Nacht in der Rabbebene, wo er in einem Pappelhain sein Lager errichtete. Da er kein trockenes Feuerholz fand und bereits völlig durchnäßt war, zitterte er vor Kälte und Feuchtigkeit.

Am Morgen ließ der Regen nach, die Wolken verzogen sich und ließen vereinzelte Sonnenstrahlen durch einen grauen Schleier zu ihm durchdringen. Er rieb sich gelassen den Schlaf aus den Augen, aß etwas Obst und Käse und machte sich wieder auf den Weg. Die Drachenzähne türmten sich drohend vor ihm auf. Er erreichte den Paß, der ins Tal von Shale und zum Hadeshorn führte, zur Halle der Könige.

Weiter wollte er an diesem Tag nicht gehen. Er errichtete unter einem Felsvorsprung, wo die Erde trocken geblieben war, sein Lager. Mit dem Holz, das er fand, machte er Feuer, trocknete seine Kleider und wärmte sich auf. Nun war er auf den morgigen Tag, an dem er sich in die Höhlen wagen wollte, vorbereitet. Er nahm eine warme Mahlzeit zu sich und beobachtete, wie die Dunkelheit sich gleich einem schwarzen Schleier aus Wolken, Nebel und Nacht auf die leere Landschaft um ihn herum niederließ. Eine Zeitlang dachte er über seine Jugendzeit nach und fragte sich, was er hätte tun können, damit sie anders verlaufen wäre. Wieder setzte Regen ein.

Er schlief gut, ohne Träume und ohne aus dem Schlaf aufzuschrecken. Als er aufwachte, fühlte er sich ausgeruht und gerüstet für das Schicksal, das auf ihn wartete. Er war zuversichtlich, wenn auch nicht ohne Vorbehalte. Es hatte wieder aufgehört zu regnen. Eine Zeitlang lauschte er den Geräuschen des erwachenden Morgens, um mögliche Anzeichen einer Gefahr auszumachen. Es gab keine.

Er hüllte sich in seinen Mantel, schulterte seinen Rucksack und machte sich auf den Weg.

Während er so marschierte, verging der Morgen. Er bewegte sich jetzt vorsichtiger, ließ seine Augen auf der Suche nach Gefahren über den kahlen Felsen, über Schluchten und Spalten gleiten, verfolgte mit den Ohren jedes kleine Geräusch.

Er betrat das Tal von Shale. In seiner Mulde glitzerte feucht das schwarze Gestein, und das Wasser des Hadeshorns blubberte wie eine dicke grünliche Suppe. Er ging eine Zeitlang am Ufer entlang, bis er den See schließlich hinter sich ließ.

Jenseits des Sees stieg der Pfad steil an, und der Aufstieg wurde beschwerlicher. Der auffrischende Wind fegte den Nebel hinweg, bis die Luft frisch und klar war. Die Temperatur sank ab, zuerst langsam, dann immer rascher, bis sie unter den Gefrierpunkt gefallen war. Eiszapfen hingen an den Felsen, und Schneeflocken wirbelten mit jedem kleinen Windstoß um sein Gesicht. Er zog seinen Mantel fester um sich.

Er kam jetzt langsamer voran, und einige Zeit schien es ihm, als käme er überhaupt nicht vorwärts. Der holprige Weg wand sich zwischen den Felsen hindurch. Der Wind pfiff unbarmherzig, fraß sich in sein Gesicht und seine Hände, stieß ihn, als wolle er ihn umwerfen. Die Berghänge schienen unverändert, und es war ihm unmöglich zu bestimmen, wie weit er gekommen war. Er gab den Versuch auf, mehr zu hören oder zu sehen als das, was vor ihm lag, und beschränkte sich darauf, einen Fuß vor den anderen zu setzen, während er sich gleichzeitig so klein wie möglich machte, um sich vor der Kälte zu schützen.

Er mußte wieder an den schwarzen Elfenstein denken und daran, wie er wohl aussah und sich anfühlte und welcher Art seine Magie sein mochte. Während er sich dies durch den Kopf gehen ließ, gelang es ihm, die Welt, die er durchschritt, und die Unbehaglichkeit, die in ihm hochkroch, weitgehend zu vergessen. Er trug das Bild wie eine Fackel vor sich her und benutzte sie, um seinen Weg zu erhellen.

Es war Mittag, als er in eine Schlucht hineintrat, in eine breite Spalte zwischen zwei gewaltigen Felsgipfeln, die sich in ein Tal hinein öffnete; er ging auf einem schmalen, gewundenen Pfad weiter. Der Wind war mittlerweile nur mehr ein Flüstern, ein Echo, das in der plötzlich entstandenen Stille leise atmete. Die Feuchtigkeit, die die Gipfel umhüllte, sammelte sich in kleinen Seen. Walker Boh spürte, daß die beißende Kälte langsam nachließ. Mit gleichsam neu geschärften Sinnen suchte er die dunklen Spalten und Winkel der Schlucht ab, der er folgte. Plötzlich trat er aus ihr heraus. Seine Reise war beendet.

Vor ihm lag der in den Fels gehauene Eingang in die Halle der Könige, ein in die Höhe ragender schwarzer Schlund, zu dessen Seiten sich riesige steinerne Wächter in Gestalt von Kriegern in Rüstungen erhoben. Die Augen der Wächter, deren Gesichter durch Zeit und Wind verwittert waren, starrten auf Walker herunter, als könnten sie tatsächlich sehen.

Walker Boh verlangsamte seinen Schritt und blieb schließlich stehen. Hinter dem Eingang lag nichts als Finsternis und Stille. Der Wind, dessen Rauschen ihm immer noch in den Ohren klang, hatte sich völlig gelegt. Der Nebel war verschwunden.

Das Gefühl, das Walker Boh in diesem Augenblick hatte, war unmißverständlich. Es umhüllte ihn wie eine zweite Haut, drang in seinen Körper ein, bis es seine Knochen erreicht hatte. Es war das Gefühl des Todes.

Er lauschte der Stille. Er wartete. Er versuchte die Welt um sich herum mit seinem Geist zu erfassen. Er entdeckte gar nichts.

Die Minuten verstrichen.

Schließlich schritt er entschlossen vorwärts.

Es war Nachmittag im Westland, dort, wo die Tirfingebene sich südlich der sonnengetränkten Ufer des Mermidon erstreckte. Es war ein trockener Sommer gewesen, das Land war durch die Hitze verdorrt.

Wren Ohmsford saß mit dem Rücken an dem Stamm einer riesigen Eiche, nahe der Stelle, wo die Pferde aus dem trüben Gewässer tranken, und beobachtete, wie die Sonne gleich einem Feuerball am westlichen Himmel versank. Ihr Glanz blendete sie und ließ sie nichts von dem erkennen, was auf sie zukam, weshalb sie schützend die Hände über die Augen legte. Es war eine Sache, wenn Garth sie bei einem Nickerchen ertappte; viel schlimmer jedoch war es, unachtsam zu sein gegenüber dem, der sie verfolgte.

Gedankenverloren schürzte sie die Lippen. Vor mehr als zwei Tagen hatten sie entdeckt, daß sie verfolgt wurden – besser gesagt, sie hatten es gespürt, da derjenige, der sie verfolgte, sorgsam darauf bedacht war, sich nicht zu zeigen. Er oder sie oder es – sie wußten es immer noch nicht. An diesem Morgen wollte Garth es herausfinden, nachdem er zuvor seine grellen Kleider abgelegt, erdfarbene Leinengewänder angezogen und sein Gesicht sowie seine Haare dunkler gefärbt hatte.

Wer ihnen auch folgte, er mußte sich auf eine unangenehme Überraschung gefaßt machen.

Aber der Tag neigte sich dem Ende zu, und der Fahrende war noch nicht zurückgekehrt. Ihr Schatten war möglicherweise klüger, als sie angenommen hatten. Was kann er wollen? grübelte sie.

Ihr Blick wanderte zu der großen Ebene im Osten. Es war beunruhigend genug, auf diese Weise verfolgt zu werden. Noch beunruhigender war es zu erkennen, daß die Verfolgung irgend etwas mit ihren Nachforschungen nach den Elfen zu tun hatte.

Sie seufzte, verärgert über den Lauf der Dinge. Die Begegnung mit dem Geist von Allanon hatte sie durcheinandergebracht; sie war nicht nur unzufrieden mit dem, was sie gehört hatte, sondern zudem nicht sicher, was sie unternehmen sollte. Ihr gesunder Menschenverstand sagte ihr, daß das, was der Geist von ihr verlangte, unmöglich war. Aber irgend etwas in ihrem Inneren, dieser sechste Sinn, auf den sie sich gern verließ, flüsterte ihr zu, daß Druiden schon immer mehr gewußt hatten als Sterbliche, daß ihre Warnungen und die Aufgaben, die sie den Menschen erteilten, immer einen Wert gehabt hatten. Par vertraute darauf. Er hatte sich höchstwahrscheinlich schon längst auf die Suche nach dem verschwundenen Schwert von Shannara begeben. Und obwohl Walker Boh wutentbrannt davongestürmt war, gar geschworen hatte, daß er sich nie mit den Druiden einlassen werde, war sein Zorn sicher vergangen. Er war ein zu rationaler und beherrschter Mensch, als daß er die Sache so leicht abgetan hätte. Genau wie sie würde er sich die Sache noch einmal durch den Kopf gehen lassen.

Wehmütig schüttelte sie den Kopf. Eine Zeitlang hatte sie geglaubt, ihre Entscheidung sei unwiderruflich. Sie hatte sich eingeredet, daß sie sich von ihrem gesunden Menschenverstand leiten lassen müsse, war daraufhin mit Garth zu ihren Leuten zurückgekehrt und hatte Allanon und die verschwundenen Elfen aus ihrem Gedächtnis verbannt.

Aber die Zweifel wollten nicht weichen, dieses nagende Gefühl, daß irgend etwas an ihrem Vorsatz, die Sache nicht weiter zu verfolgen, nicht richtig war. Sie hatte daraufhin fast widerwillig begonnen, Fragen über die Elfen zu stellen. Es war ihr nicht schwer gefallen; die Fahrenden durchwanderten im Laufe eines Jahres das Westland von einem Ende zum anderen. Es gab immer neue Menschen, mit denen man sich unterhalten konnte. Welchen Schaden hätten sie nehmen sollen, wenn sie sich nach den Elfen erkundigte?

Manchmal hatte sie ihre Fragen ernst gestellt, manchmal im Scherz. Aber die Antworten, die sie erhalten hatte, waren alle gleich. Die Elfen waren verschwunden, und zwar schon zu einer Zeit, an die sich keiner mehr erinnern konnte, noch vor der Zeit ihrer Großväter und Großmütter. Keiner hatte jemals einen Elfen zu Gesicht bekommen. Die meisten waren sich nicht sicher, daß es jemals welche gegeben hatte.

Aus den Augenwinkeln gewahrte sie eine Bewegung, einen Schatten in der Schwüle der Ebene, worauf sie sich vorsichtig erhob. Regungslos verharrte sie unter der Eiche, während der Schatten Gestalt annahm und sich in Garth verwandelte. Der Fahrende, dem der Schweiß über den muskulösen Körper lief, kam auf sie zu. Er schien nicht einmal außer Atem; er glich einer niemals müde werdenden Maschine, der selbst die sengende sommerliche Hitze nichts anhaben konnte. Er machte ein kurzes Zeichen, schüttelte den Kopf. Wer sie auch verfolgte, er war ihm entkommen.

Wren bückte sich und reichte ihm den Wasserschlauch. Während er trank, lehnte sie ihren schlanken Körper gegen die rauhe Rinde der Eiche und starrte hinaus auf die leere Ebene. In einer unbewußten Bewegung fuhr ihre Hand nach oben, um den kleinen ledernen Beutel zu berühren, den sie um den Hals trug. Gedankenverloren ließ sie den Inhalt durch ihre Finger gleiten. Die magischen Steine. Was für ein Glück würden sie ihr jetzt bringen?

Ihr sonnengebräuntes Gesicht drückte Entschlossenheit aus, als sie ihr Unbehagen beiseite schob. Sie schätzte es nicht, wenn man sie verfolgte, und sie war entschlossen, dieser Verfolgung ein Ende zu machen. Sie würden ihre Reiseroute ändern, ihre Spuren beseitigen, ein- oder zweimal umkehren, die ganze Nacht reiten, sofern dies notwendig werden sollte, und damit ihren Schatten ein für allemal abschütteln.

Vorsichtig trat Walker Boh in die Halle der Könige, zwischen den riesigen steinernen Wächtern, die den Eingang der Höhle bewachten, in die dahinterliegende Finsternis. Hier blieb er stehen, um seine Augen an die Dunkelheit zu gewöhnen. Er gewahrte Licht, ein grünliches Leuchten, das von den Felsen ausging. Er würde also keine Fackel anzünden müssen, um seinen Weg zu finden.

Einen Augenblick sah er ein Bild der Höhlen vor seinem geistigen Auge, eine Nachbildung dessen, was er zu sehen erwartete. Cogline hatte sie ihm vor langer Zeit auf Papier aufgezeichnet. Der alte Mann war nie selbst in den Höhlen gewesen, aber andere Druiden sehr wohl, darunter auch Allanon, und Cogline hatte die Karten studiert, die sie gezeichnet hatten, und seinen Schülern deren Geheimnisse offenbart. Walker war zuversichtlich, daß er den Weg finden würde.

Er ging los.

Der Gang war breit und glatt, und weder zu seinen Füßen noch an den Wänden sah er scharfkantige Vorsprünge oder Ritzen. In der fast vollkommenen Dunkelheit herrschte ein Schweigen, in dem nur das schwache Echo seiner Schritte zu hören war. Die Luft ließ ihn frösteln; sie strahlte eine Kälte aus, die seit Jahrhunderten in dem Felsgestein lagerte und durch nichts zu vertreiben war. Unerfreuliche Gefühle beschlichen ihn – Einsamkeit, Sinnlosigkeit. Die Höhlen gaben ihm zudem das Gefühl, winzig klein zu sein; sie machten ihn zum Nichts, zu einer Kreatur, deren bloße Anwesenheit an diesem uralten, verbotenen Ort einer Beleidigung gleichkam. Er kämpfte gegen die Gefühle an, da er begriff, wie verwundbar sie ihn machten.

Bald darauf erreichte er die Höhle der Sphinxe. Wieder blieb er stehen, dieses Mal, um sich tief drinnen, wo die steinerne Macht ihn nicht erreichen konnte, zu sammeln. Als er bereit war, schritt er vorwärts. Er hielt seine Augen auf den staubigen Boden gerichtet.

Im Geiste sah er, wie die Sphinxe drohend über ihm aufragten, riesige steinerne Gestalten, die von der gleichen Hand geschaffen waren wie die Wächter. Die Sphinxe, so hieß es, hatten menschliche Gesichter, aber die Leiber von Tieren, die aus einem anderen Zeitalter stammten und die kein lebendiges Wesen je zu Gesicht bekommen hatte. Sie waren alt, so unbeschreiblich alt, daß eines ihrer Leben Hunderten von Leben sterblicher Menschen gleichkam. So viele Monarchen hatten unter ihrem Blick regiert, um dann in ihren Felsengräbern zur ewigen Ruhe gebettet zu werden.

»Sieh uns an«, flüsterten sie. »Schau, wie herrlich wir sind!«

Er spürte ihre Augen auf sich ruhen, hörte das Flüstern ihrer Stimmen in seinem Geist, fühlte, wie sie an den Schutzschichten, die er um sich gelegt hatte, zogen und zerrten, während sie ihn anflehten, den Blick zu heben. Er bewegte sich jetzt schneller, mühte sich, das Geflüster zu verscheuchen, widerstand dem Drang, ihnen zu gehorchen. Die steinernen Bestien schienen ihn anzubrüllen.

»Walker Boh! Sieh uns an! Du mußt!«

Er kämpfte sich vorwärts, während ihre Stimmen seinen Geist bedrängten und seine Vorsätze schwanden. Trotz der Kälte rann Schweiß über sein Gesicht, und seine Muskeln verspannten sich bis zum Schmerz. Er knirschte mit den Zähnen, tadelte sich ob seiner Müdigkeit, und plötzlich kam ihm die bittere, verzweifelte Erinnerung, daß Allanon schon vor ihm hier gewesen war und mit ihm sieben Männer, die sich seinem Schutz anvertraut hatten, und daß der Druide standgehalten hatte.

Schließlich hielt auch er stand. Gerade, als das Gefühl in ihm hochkroch, daß er es nicht schaffen würde, daß er aufgeben mußte, erreichte er das andere Ende der Höhle und trat in den dahinterliegenden Gang. Die Flüsterstimmen verklangen, bis sie nicht mehr zu hören waren. Er blickte nach oben, widerstand jedoch dem Drang, sich umzusehen, und schritt erneut vorwärts.

Der schmäler werdende Gang wand sich nach unten. Im Gefühl der Unsicherheit darüber, was hinter den dunklen Ecken möglicherweise auf ihn lauerte, verlangsamte er seinen Schritt. Das grünliche Licht strahlte nur an wenigen Stellen von der Felswand ab, und der Gang schien erfüllt von Schatten. Er war gewiß, daß irgend etwas, dessen Gegenwart er mit jedem Schritt mehr spürte, nur darauf wartete, ihn anzugreifen. Einen Augenblick zog er die Möglichkeit in Betracht, den Gang mit Hilfe seiner Magie zu erhellen, um zu sehen, was sich vor ihm versteckte; er verwarf sie ebenso schnell wieder. Wenn er die Magie beschwor, würde er lediglich preisgeben, daß er über eine besondere Macht verfügte. Es schien ihm besser, dieses Geheimnis zu bewahren. Die Magie war eine Waffe, mit der er sehr viel mehr erreichen konnte, wenn er sie unerwartet einsetzte.

Doch nichts zeigte sich. Mit einem Achselzucken schüttelte er sein Unbehagen von sich ab und ging weiter, bis sich der Gang, der jetzt ziemlich gerade verlief, allmählich verbreiterte.

Dann hörte er das Geräusch.

Obwohl er wußte, daß es ganz plötzlich losbrechen würde, war er, als es soweit war, nicht vorbereitet. Es stürzte auf ihn nieder, umschlang ihn wie mit eisernen Armen und zerrte ihn vorwärts. Er hörte das Toben der Winde durch den Gang, das Heulen der Sturmwinde in der Ebene, das Schlagen der Wellen gegen die Felsen am Ufer. Und darunter vernahm er die grausigen Schreie der gemarterten Seelen, deren Gebeine sich an den Höhlenwänden rieben.

Von Panik erfaßt, versuchte Walker Boh seine Widerstandskraft zu mobilisieren. Er befand sich im Gang der Winde, wo die Banshies sich auf ihn stürzten. Augenblicklich schottete er sich gegen alles um sich herum ab, wehrte sich mit solcher Willensstärke gegen die entsetzlichen Laute, daß er hin- und hergeworfen wurde, ließ nur eine einzige Vorstellung in seinem Kopf existieren – die Vorstellung von sich selbst. Indem er das Bild im

Geist ausschmückte, konnte er Leben, Kraft und Entschlossenheit sammeln. Er zwang sich weiterzugehen. Es gelang ihm, die Schreie der Banshies abzuwehren, bis sie zu einem seltsamen Summen herabsanken, das an ihm zerrte und riß und verzweifelt versuchte, zu ihm durchzudringen. Er gewahrte, wie er den Gang der Winde langsam hinter sich ließ, eine kahle und leere Höhle, in der alles unsichtbar war. Nur das Wehklagen war da gleich schillernden Kaskaden, die durch die Finsternis stoben.

Nichts, was Walker Boh tat, konnte die Wirkung der Schreie mildern. Sie setzten ihm weiterhin zu, malträtierten seinen Körper, als wären sie lebendige Wesen. Er spürte, wie seine Kräfte schwanden, genau wie zuvor, als die Sphinxe sich auf ihn gestürzt hatten und sein Widerstand erlahmt war. Die Stärke des Angriffs war erschütternd. Er kämpfte dagegen an, obwohl ihn Verzweiflung beschlich, als er sah, wie das Bild, an dem er sich festgehalten hatte, anfing zu flimmern, um dann zu verschwinden. Er verlor langsam die Kontrolle. In einer Minute würde er vollkommen schutzlos sein.

Und dann geschah es abermals: Er trat genau in dem Augenblick aus dem Gang der Winde hinaus, als er glaubte, nicht mehr widerstehen zu können. Er stolperte in eine kleine Höhle, die sich an den Gang anschloß. Die Schreie der Banshies verklangen. Er glitt, am ganzen Körper zitternd, zu Boden. Er atmete langsam ein und aus, bis es ihm gelang, das Entsetzen abzuschütteln. Die Zeit schien stehengeblieben zu sein, und er schloß kurz die Augen.

Als er sie wieder öffnete, blickte er auf zwei riesige Steintüren, die durch eiserne Scharniere mit dem Felsen verbunden waren. In die steinernen Türen waren Runen gehauen, uralte Zeichen, die feuerrot leuchteten.

Er hatte die Rotunda erreicht, das Grabmal der Könige der Vier Länder.

Er erhob sich, schulterte seinen Rucksack und ging auf die Türen zu. Einen Augenblick betrachtete er die Zeichen, legte eine Hand vorsichtig an den Stein und drückte. Die Türflügel öffneten sich, und er trat hinein.

Er befand sich in einer riesigen, kreisrunden Höhle, die von grünlichem Licht erhellt wurde. Versiegelte Grabkammern säumten die Wand; die darin liegenden Toten waren durch Mörtel und Stein für immer vor den Augen aller verborgen. Davor standen, feierlich und zeitlos, Statuen, die die Herrscher bewachten. Vor jeder Statue waren die Reichtümer des Toten aufgehäuft – Truhen voll kostbarer Juwelen, Pelze, Waffen und Schätze aller Art. Sie waren vollkommen verstaubt und kaum zu erkennen. Die Wände des Grabmals türmten sich zu allen Seiten so hoch auf, daß sie dort, wo die Decke gleich einem undurchdringlichen schwarzen Gewölbe auf ihnen ruhte, in der Finsternis verschwanden.

Das Grabmal schien bar allen Lebens.

Am anderen Ende der Halle befanden sich wieder zwei verschlossene Türen. Hinter diesen Türen hatte einst der Drache Valg gehaust. Dort lag der Scheiterhaufen der Toten, ein Altar, auf dem die hingeschiedenen Herrscher der Vier Länder vor ihrer Verbrennung während einer festgelegten Anzahl von Tagen aufgebahrt waren. Von dem Altar führte eine steinerne Treppe hinunter zu dem See, in dem sich der Drache versteckte. Angeblich hielt er die Totenwache. Es hätte Walker Boh keineswegs verwundert, wenn der Drache die Leichen verschlungen hätte.

Einen Augenblick lauschte er, um zu hören, ob sich irgend etwas bewegte oder atmete. Er hörte nichts. Er ließ seinen Blick durch das Grabgewölbe schweifen. Der schwarze Elfenstein befand sich hier, nicht in der dahinterliegenden Höhle. Wenn er schnell und vorsichtig genug war, mußte er möglicherweise gar nicht herausfinden, ob der Drache noch am Leben war oder nicht.

Er schob sich geräuschlos an den Grabkammern der Toten, ihren Statuen und ihren Reichtümern vorbei. Er schenkte den Schätzen keine Beachtung; von Cogline wußte er, daß sie mit einem Gift überzogen waren, das jeden, der es berührte, augenblicklich tötete. Während er seinen Weg fortsetzte und seinen Blick über die Felswände und die eingehauenen Runen schweifen ließ, machte er einen großen Bogen um jede Grabstätte. Als er seinen Rundgang beendet hatte, befand er sich wieder an der Stelle, von der er ausgegangen war.

Nichts.

Nachdenklich runzelte er die Stirn. Wo war der Behälter, der den schwarzen Elfenstein enthielt?

Er ließ seinen Blick ein zweites Mal durch die Halle schweifen, durchbohrte mit seinen Augen den Schleier aus grünlichem Licht, prüfte jeden einzelnen Schatten. Irgend etwas mußte er übersehen haben. Aber was?

Er schloß kurz die Augen und ließ seine Gedanken auf Suche gehen. Irgend etwas spürte er, etwas Winziges, das scheinbar seinen Namen flüsterte. Er riß die Augen auf. Sein Gesicht straffte sich. Das winzige Etwas befand sich nicht in der Wand, sondern im Boden unter ihm.

Wieder setzte er sich in Bewegung, ging jedoch schnurstracks durch die Halle; er ließ sich durch sein Gefühl, das ihm verhieß, daß am anderen Ende etwas auf ihn wartete, leiten. Er kam zu dem Schluß, daß es der schwarze Elfenstein war. Er entfernte sich von den Statuen und ihren Schätzen, weg von den Grabkammern, die er jetzt nicht einmal mehr wahrnahm, während sich seine Augen auf eine Stelle ungefähr in der Mitte der Halle richteten.

Als er die Stelle erreichte, stieß er auf einen rechteckigen Stein, der auf dem Boden lag. Auf der Oberfläche waren Runen eingehauen, Inschriften, die so verwittert waren, daß er sie nicht entziffern konnte.

Er kniete nieder, eine einsame Gestalt in der Mitte der Halle, die selbst die Toten flohen. Er strich über die steinernen Inschriften und versuchte erneut, sie zu entziffern. Dann verließ ihn die Geduld, und er gab auf. Mit beiden Händen drückte er gegen den Stein. Ohne großen Widerstand konnte er den Stein zur Seite schieben.

Das darunter befindliche Loch war dunkel, so daß er nichts ausmachen konnte. Doch da war etwas...

Seine Vorsicht, die ihm bisher so gute Dienste geleistet hatte, außer Acht lassend, steckte er seine Hand in die Öffnung hinein.

In derselben Sekunde schlang sich irgend etwas um seine Hand und packte ihn. Einen Augenblick spürte er einen unbeschreiblichen Schmerz und dann Taubheit. Er versuchte sich loszureißen, aber er konnte sich nicht bewegen. Panik erfüllte ihn. Noch immer konnte er nicht sehen, was sich in dem Loch befand.

In seiner Verzweiflung gebrauchte er die Magie, beschwor mit seiner freien Hand Licht und schickte es rasch in das Loch.

Das, was er sah, erfüllte ihn mit eisiger Kälte. Er sah keinen Elfenstein. Statt dessen hatte sich eine Schlange seiner Hand bemächtigt. Aber es handelte sich um keine gewöhnliche Schlange. Er erkannte, daß diese Schlange sehr viel gefährlicher war. Es war eine Asphinx, eine Kreatur aus uralter Zeit, die zur gleichen Zeit erschaffen worden war wie ihre riesigen Gegenstücke in den davor liegenden Höhlen, die Sphinxe. Aber die Asphinx war eine Kreatur aus Fleisch und Blut, die sich erst, wenn sie zugestoßen hatte, in Stein verwandelte. Und was sie berührte, verwandelte sich ebenfalls in Stein.

Walker Boh biß die Zähne zusammen. Seine Hand hatte sich bereits gräulich verfärbt, während die Asphinx sie immer noch eng umschlungen hielt, war tot und hart und mit dem Boden verbunden, von dem er sie nicht mehr losreißen konnte.

Er wehrte sich gegen die Kreatur mit all seinen Kräften. Aber es gab kein Entkommen. Er war im Stein gefangen, verbunden mit der Asphinx und dem Höhlenboden, als hielten ihn Ketten.

Angst erfaßte ihn, durchfuhr ihn gleich einem Messer, das sich in sein Fleisch bohrte. Er war vergiftet. Ebenso wie sich seine Hand in Stein verwandelte, würde sich der Rest seines Körpers in Stein verwandeln. Langsam. Unerbittlich.

Bis er eine steinerne Statue war.

7

Der Morgen brachte dem Zeigefinger einen Wetterumschwung, da der Sturm von Tyrsis nach Norden zum Parmakeil weiterwanderte. Es war noch dunkel, als die ersten Wolken am Himmel aufzogen und den Mond und die Sterne verdeckten. Dann legte sich der Wind. Ein paar Tropfen fielen auf die Gesichter der Wachen des Geächtetenlagers und wurden immer mehr. Dunstschwaden stiegen aus dem unterhalb liegenden Waldland auf. Als die Dämmerung anbrach, war aus dem anfänglichen Schauer ein anhaltender Regen geworden, der alle, selbst die Wachen, einen Unterschlupf suchen ließ.

Aus diesem Grund bemerkte niemand den Kriecher.

Er mußte den Wald im Schutz der Dunkelheit verlassen und sich auf den Weg nach oben gemacht haben. Das kratzende Geräusch, das er verursachte, während er kletterte, das Schaben seiner Klauen und seines Panzers, während er sich mühsam nach oben zog, all diese Geräusche wurden verschluckt vom fernen Donnergrollen, vom prasselnden Regen und den Bewegungen der Menschen und Tiere im Lager. Zudem waren die Wachen müde und der festen Überzeugung, daß sich vor dem Morgen nichts ereignen würde. Der Kriecher hatte die Anhöhe fast erreicht, bevor sie ihren Fehler erkannten und lauthals losschrien.

Die Schreie ließen Morgan aus dem Schlaf hochfahren. Er war in dem kleinen Espenwäldchen eingeschlafen, während er darüber nachgrübelte, wie er mit seinem Verdacht am besten umgehen konnte. Eingehüllt in seinen Jagdmantel, der ihn vor der Kälte schützte, lag er zusammengerollt unter den Wipfeln der Bäume. Seine verkrampften Muskeln schmerzten, so daß er nicht gleich stehen konnte. Doch aus den Schreien hörte er schon bald Panik und Todesangst. Er zwang sich aufzustehen, zog sein Breitschwert, das er auf dem Rücken trug, und stolperte in den Regen hinaus.

Auf der Anhöhe herrschte ein heilloses Chaos. Überall liefen Männer hin und her und griffen nach Waffen. Vereinzelt flackerten Fackeln auf, aber ihr Licht wurde vom Regen fast augenblicklich ausgelöscht. Mit den anderen eilte Morgan dahin, um die Ursache des wahnsinnigen Treibens auszumachen.

Und dann sah er ihn. Der Kriecher hatte die Anhöhe erklommen, war aus dem Abgrund emporgestiegen und erhob sich jetzt drohend über der Festung der Geächteten, während sich seine Klauen in den Fels eingruben, an dem er sich festhielt.

Leichtfertig drängten die Geächteten nach vorn, ergriffen Pfähle und Speere, um sie in den gewaltigen Körper des Monsters zu rammen. Doch der Kriecher war riesengroß; er ragte über ihnen wie eine riesige Mauer empor. Voll Entsetzen verlangsamte Morgan seine Schritte. Sie hätten ebenso gut versuchen können, den Lauf eines Flusses zu verändern. Kein Wesen von dieser Größe konnte allein mit menschlicher Kraft unschädlich gemacht werden.

Der Kriecher warf sich mitten in seine Angreifer. Die Pfähle und Speere zersplitterten. Die Männer, die unter ihn zu liegen kamen, starben noch im gleichen Augenblick, andere wurden von seinen Klauen in die Höhe geschleudert. Ein Teil der Befestigungsanlage des Zeigefingers brach unter dem Gewicht der Bestie zusammen. Die Geächteten wichen zurück, als er zwischen sie fuhr, Waffen, Ausrüstungen und Zelte zertrümmerte und seine Klauen nach allem ausstreckte, was sich bewegte. Schwerter und Messer sausten auf seinen Körper nieder, aber der Kriecher schien sich davon nicht beirren zu lassen. Er drängte unablässig weiter, griff nach den Männern, die vor ihm zurückwichen, zerstörte alles, was sich ihm in den Weg stellte.

»Es lebe die Freiheit!« ertönte ein gellender Schrei. »Zu mir!«

Padishar Creel war wie aus dem Nichts aufgetaucht, eine leuchtend rote Gestalt inmitten von Regen und Nebel, und scharte jetzt seine Männer um sich. Sie antworteten ihm mit wilden Schreien, während sie sich um ihn drängten. Eilig ließ er Gruppen bilden; die eine Hälfte griff den Kriecher mit riesigen Pfählen an, um seine Klauen abzuwehren, während die andere auf die Seiten und den Rücken des Monsters einhieb. Der Kriecher krümmte und wand sich, ging jedoch unaufhaltsam weiter.

Plötzlich waren Axhind und seine Bergtrolle da; ihre riesigen Körper waren von Kopf bis Fuß in Rüstungen gehüllt, und sie schwangen ihre gewaltigen Streitäxte. Als sie den Kriecher frontal angriffen, richteten sie ihre Äxte in erster Linie auf die Klauen. Drei von ihnen wurden von ihm schnell zerfetzt. Aber die anderen schlugen mit solcher Entschlossenheit auf ihn ein, daß sie seine linke Klaue zertrümmerten. Augenblicke später trennten sie sie vollständig vom Körper des Kriechers ab.

Dieser wurde langsamer. Der Boden hinter ihm war mit leblosen Leibern bedeckt. Unfähig, sich zu entscheiden, was er tun sollte, verharrte Morgan regungslos zwischen dem Monster und den Höhlen. Er sah, wie sich die Bestie aufrichtete, bis ihr Oberkörper in der Luft stand wie eine Schlange, die zum Angriff ansetzt. Die Geächteten und die Trolle wichen zurück.

Morgan sah sich nach Padishar Creel um, doch der Anführer der Geächteten war verschwunden. Kurz hielt er es für möglich, daß jener gefallen war. Der Regen rann über seine Stirn in seine Augen, und ungeduldig schüttelte er das Wasser ab. Seine Hand hielt den Knauf seines Breitschwertes fest umklammert, doch er verharrte noch immer unschlüssig.

Schritt für Schritt bewegte sich der Kriecher vorwärts, während er gleichzeitig nach links und rechts schielte, um sich vor möglichen Angriffen zu schützen. Ein einziger Schlag mit seinem Schwanz reichte aus, um mehrere Männer durch die Luft zu wirbeln. Speere und Pfeile flogen auf ihn zu und prallten an ihm ab. Stetig drang er weiter vor, wodurch die Verteidiger immer näher an die Höhlen gedrängt wurden. Bald würden sie keine Möglichkeit mehr haben, ihm auszuweichen.

Morgan Leah zitterte. »Tu etwas!« schrie es in seinem Kopf.

Im gleichen Augenblick erschien Padishar Creel in der Öffnung der größten Höhle und schrie seinen Männern zu, sich zurückzuziehen. Etwas Riesiges rumpelte quietschend und knarrend hinter ihm hervor. Zahlreiche Männer zerrten an Seilen, und das Ding nahm langsam Gestalt an. Als es aus dem Höhleneingang heraustrat und ins Licht kroch, konnte Morgan es endlich erkennen. Es war eine riesige hölzerne Armbrust.

Padishar Creel befahl den Männern, die sie zogen, sie gegenüber dem Kriecher in Stellung zu bringen. Obenauf stand Chandos, der mit Hilfe einer schweren Winde die Armbrustsehne zurückzog.

Der Kriecher zögerte, so als wolle er die Gefahr, die ihm von dieser neuen Waffe drohte, abschätzen. Doch dann kam er weiter auf sie zu.

Padishar Creel befahl, den ersten Pfeil abzufeuern, als die Bestie noch zwanzig Meter entfernt war. Der Pfeil flog in hohem Bogen zur Seite. Der Kriecher beschleunigte sein Tempo, während Chandos in aller Eile die Armbrustsehne erneut zurückzog. Wieder wurde ein Pfeil abgeschossen. Der Kriecher wurde mit solcher Wucht getroffen, daß er zur Seite fiel und einen Augenblick liegen blieb, ehe er sich wieder aufrichtete und seinen Weg fortsetzte.

Morgan erkannte, daß keine Zeit blieb für einen dritten Schuß. Der Kriecher war bereits zu nahe. Trotzdem blieb Chandos auf der Armbrust stehen und versuchte verzweifelt die Sehne ein drittes Mal zurückzuziehen. Der Kriecher war bereits bis auf wenige Schritte herangekommen. Von allen Seiten hieben jetzt Geächtete und Trolle mit Äxten und Schwertern auf ihn ein, aber er ließ sich nicht aufhalten. Er hatte begriffen, daß die Armbrust die einzige Waffe war, die ihm wirklich gefährlich werden konnte, und machte sich nun eiligst an deren Zerstörung.

Chandos legte den dritten Pfeil auf die Sehne und streckte die Hand nach dem Abzug aus. Er schaffte es nicht. Der Kriecher holte aus, traf die Armbrust von oben und zertrümmerte sie. Das Holz splitterte in tausend Stücke, und die Räder, auf der die Waffe ruhte, brachen zusammen. Chandos wurde heruntergeschleudert. Schreiende Männer suchten verzweifelt das Weite. Der Kriecher drehte sich auf dem Trümmerhaufen herum. Seine Bewegungen waren bedächtig, da er spürte, daß er gesiegt hatte, und wußte, daß er nur noch einmal zuschlagen mußte, um sein Zerstörungswerk zu vollenden.

Aber Padishar Creel war schneller. Während die anderen Geächteten flohen, Chandos bewußtlos dalag und Morgan weiter mit seiner Unentschlossenheit kämpfte, ging Padishar Creel zum Angriff über. Kaum mehr als ein roter Fleck in der regennassen Dämmerung, ergriff der Anführer der Geächteten einen der Armbrustpfeile, der aus dem Köcher gefallen war, tauchte blitzschnell unter den Kriecher und rammte das hintere Ende des Pfeils senkrecht in die Erde. Der Kriecher, der eifrig damit beschäftigt war, die Armbrust zu zerstören, bemerkte ihn nicht, sondern ließ sich mit seinem ganzen Gewicht auf die bereits schwer beschädigte Waffe fallen und damit auf die eiserne Pfeilspitze. Die Wucht, mit der sich die Bestie auf die Armbrust warf, trieb die Pfeilspitze auf einer Seite ihres Körpers hinein und auf der anderen Seite heraus. Padishar Creel gelang es gerade noch rechtzeitig, sich zur Seite zu walzen, bevor die Bestie zusammenkrachte.

Das vor Schmerz und Überraschung bebende Monster bäumte sich auf. Es wand sich verzweifelt, um den tödlichen Pfeil loszuwerden, bis es schließlich das Gleichgewicht verlor, zusammensackte und mit dem Bauch nach oben liegen blieb.

»Es lebe die Freiheit!« schrie Padishar Creel, und die Geächteten und die Trolle machten sich über den Kriecher her. Stücke der Bestie flogen durch die Luft, als Schwerter und Äxte auf sie niedersausten. Die zweite Klaue wurde abgetrennt.

Obwohl der Kriecher schwer verletzt am Boden lag, war er immer noch gefährlich. Männer, die unter ihm eingequetscht wurden, wurden augenblicklich zermalmt, andere durch die Luft geworfen, wenn er sich aufbäumte, oder von seinen Klauen in Stücke gerissen. Alle Anstrengungen, ihm den Garaus zu machen, waren erfolglos, bis schließlich ein Pfeil durch das Auge des Monsters in sein Gehirn gerammt wurde. Ein letztes Zucken ging durch den Körper des Kriechers, bevor er leblos liegen blieb.

Morgan Leah verfolgte das Geschehen wie aus weiter Ferne. Als der Kampf zu Ende war, stand er immer noch zitternd da. Er war in Schweiß gebadet und die ganze Zeit über unfähig gewesen, auch nur einen Finger zu bewegen.

Danach ging im Lager der Geächteten eine tiefe Veränderung vor sich, die in der wachsenden Überzeugung zum Ausdruck kam, daß der Zeigefinger nicht länger uneinnehmbar war. Padishar Creel verfiel in die schlechteste aller Stimmungen, beschimpfte alles und jeden und ließ seinem Zorn darüber, daß die Föderation einen Kriecher eingesetzt hatte, daß die Wachen ihre Pflicht verletzt hatten und daß ganz besonders er selbst nicht ausreichend vorbereitet gewesen war, freien Lauf. Seine Männer gingen verdrießlich ihrer Arbeit nach. Wenn die Föderation in der Lage war, einen Kriecher auf sie zu hetzen, was sollte sie dann davon abhalten, einen zweiten loszuschicken? Und wenn ein zweiter losgeschickt wurde, womit sollten sie ihn dann aufhalten? Und was sollten sie tun, falls die Föderation eine noch schlimmere Bestie auf sie hetzte?

Achtzehn Männer hatten im Kampf ihr Leben gelassen, und zweimal so viele waren verwundet, von denen einige schwerlich den nächsten Tag erleben würden. Padishar Creel ließ die Toten am Rande der Anhöhe begraben und die Verwundeten in die größte Höhle schaffen, die nun als Krankenrevier dienen mußte. Die Schreie der Verwundeten und Sterbenden hingen in der Stille des frühen Morgens.

Der Kriecher wurde zum Rand der Anhöhe geschleppt und in den Abgrund geworfen. Es war eine anstrengende Arbeit, aber Padishar Creel war nicht gewillt, die Anwesenheit der Bestie auf der Anhöhe auch nur eine Sekunde länger als notwendig zu ertragen. Mit Seilen und Flaschenzügen machten sie sich an die Arbeit; die Seile, deren Enden am Rumpf des toten Monsters befestigt waren, wurden von Dutzenden von Männern ergriffen, die zogen und zerrten, um den Kriecher Schritt für Schritt durch das zerstörte Lager zu schleifen. Die Arbeit nahm den ganzen Morgen in Anspruch. Morgan hatte sich ihnen angeschlossen, sprach jedoch mit niemandem ein Wort und gab sich die größte Mühe, nicht aufzufallen, während er sich immer noch abmühte zu begreifen, was mit ihm geschehen war.

Schließlich begriff er es. Es war das Schwert von Leah, das für seinen Zustand verantwortlich war, erkannte er plötzlich – oder genauer gesagt, die Magie, die es enthalten hatte. Es war der Verlust der Magie, der ihn gelähmt hatte und für seine Unentschlossenheit und Angst verantwortlich war. Als er die Zauberkraft des Schwertes entdeckt hatte, hatte er sich für unverwundbar gehalten. Dieses Gefühl der Macht ließ sich mit keinem anderen Gefühl, das er irgendwann empfunden oder das er überhaupt für möglich gehalten hatte, vergleichen. Mit der Macht, die ihm damit zur Verfügung stand, konnte er alles erreichen. Er konnte sich noch gut an das Gefühl erinnern, als er den Schattenwesen in der Schlucht buchstäblich allein gegenübergetreten war. Herrlich. Aufregend. Aber gleichzeitig anstrengend. Jedesmal, wenn er diese Macht anrief, schien er einen Teil seiner eigenen Kraft einzubüßen.

Als das Schwert von Leah entzweibrach und damit die Zauberkraft verloren war, hatte er begriffen, wieviel sie ihm abverlangt hatte. Er spürte die Veränderung fast auf der Stelle. Padishar Creel wollte ihn davon überzeugen, daß er unrecht hatte, daß er den Verlust bald verschmerzen würde, daß er weiterleben konnte wie zuvor. Doch er wußte jetzt, daß dem nicht so war. Er würde den Schmerz niemals verwinden, nicht vollständig. Nachdem er die Zauberkraft einmal gebraucht hatte, war er unwiderruflich ein anderer. Er konnte nicht darauf verzichten; ohne sie war er nicht mehr der gleiche Mann. Obwohl er sie nur kurze Zeit besessen hatte, hatte selbst dieser kurze Besitz eine dauerhafte Wirkung. Er dürstete danach, sie wieder zu besitzen. Ohne sie war er verloren; er war verwirrt und ängstlich. Genau das war der Grund, warum er im Kampf mit dem Kriecher nicht zu handeln vermocht hatte. Es lag nicht daran, daß er nicht wußte, was er tun sollte. Es lag daran, daß er die Zauberkraft nicht mehr beschwören konnte.

Dieses Eingeständnis kostete ihn mehr, als er sich erklären konnte. Er lebte weiter, lebte gleich einer gefühllosen Maschine, gelähmt vom Verlust der Zauberkraft. Er lebte nur in seiner Gedankenwelt und hoffte, daß keiner – insbesondere nicht Padishar Creel – sein Versagen bemerkte.

Nach einiger Zeit kam ihm Par in den Sinn. Er hatte nie zuvor darüber nachgedacht, was es für den Talbewohner bedeutete, ständig um seine Magie ringen zu müssen. Jetzt, wo er gezwungen war, sich mit der Bedeutung der Zauberkraft des Schwertes von Leah auseinanderzusetzen, glaubte Morgan zu verstehen, wie schwer es Par hatte. Wie hatte sein Freund gelernt, mit der

Kraft des Wunschlieds zu leben? Was ging in ihm vor, wenn sie sich ihm versagte, wie sie es so oft auf ihrer Reise zu Allanon getan hatte? Wie wurde er mit seiner Schwäche fertig? Das Wissen, daß Par seinen Weg dennoch gefunden hatte, verlieh Morgan neue Kraft.

Gegen Mittag war der Kriecher fortgeschafft und die Schäden, die er im Lager angerichtet hatte, fast vollständig behoben. Der Regen ließ nach, als der Sturm nach Osten weiterzog. Die Wolken teilten sich, und die Sonne brach in langen Strahlen durch, die auf der grünen Weite des Parmakeils tanzten. Der Nebel verzog sich.

Die Föderation machte sich unverzüglich daran, ihre Wurfmaschinen und Belagerungstürme wieder in Stellung zu bringen und ihren Angriff auf den Zeigefinger wieder aufzunehmen. Die Wurfmaschinen schleuderten Steine, die Belagerungstürme wurden mit Bogenschützen bemannt, die einen unablässigen Pfeilhagel auf das Geächtetenlager niedergehen ließen. Es wurde jedoch nichts unternommen, um die Höhe zu stürmen. Die Geächteten konnten sich nicht wehren; die Angreifer waren zu weit weg und zu gut geschützt. Außerhalb der Höhlen gab es keine Stelle, an der die Geächteten sich hätten gefahrlos bewegen können. Es schien offensichtlich, daß der Verlust des Kriechers die Föderation nicht entmutigt hatte. Die Belagerung würde so lange fortgesetzt, bis die Verteidiger geschwächt waren und der Sturm gelingen konnte.

Auf der Anhöhe sprangen die Verteidiger zwischen den niedergehenden Pfeilen hindurch, riefen ihren Angreifern herausfordernde Worte zu und gingen ihrer Arbeit nach, so gut sie dies vermochten. Aber der Zeigefinger konnte auf Dauer nicht gehalten werden.

Morgan Leah war mit seinen eigenen Sorgen beschäftigt. Er hatte sich von den anderen entfernt und war wieder zu seinem Versteck im Espenwäldchen am äußersten Rand der Anhöhe zurückgekehrt, weit weg von den Verteidigungsstellungen des Lagers, auf die sich die Attacken der Föderation konzentrierten. Wenn er seine Unfähigkeit, mit dem Verlust der Zauberkraft des Schwertes von Leah fertig zu werden, vergaß, sah er sich gezwungen, sich mit seinem Verdacht in bezug auf die Person des Verräters auseinanderzusetzen.

Es fiel ihm schwer, einen Entschluß zu fassen. Er wußte lediglich, daß er seinen Verdacht jemand mitteilen mußte. Aber wem?

Padishar Creel? Wenn er mit ihm sprach, standen die Chancen, daß der Anführer der Geächteten ihm glaubte, fünfzig zu fünfzig; er machte sich zu diesem Zeitpunkt weder etwas aus Steff noch aus Teel und würde einfach versuchen, sie loszuwerden. Schließlich konnte niemand mit Sicherheit sagen, welcher von beiden es war – sofern es überhaupt einer von beiden war.

Morgan schüttelte den Kopf. Mit Padishar Creel konnte er nicht reden.

Steff? Wenn er mit Steff redete, entschied er sich dafür, daß Teel die Verräterin war. Das wollte er zwar glauben, aber konnte er es mit Sicherheit behaupten? Selbst wenn sie es war, wußte er, wie Steff reagieren würde. Sein Freund liebte Teel. Sie hatte ihm das Leben gerettet. Er würde kaum gewillt sein, Morgans Verdacht ohne Beweis für zutreffend zu halten. Und Morgan hatte keinen Beweis, zumindest keinen, der sich vorzeigen ließ. Sein Verdacht blieb eine Vermutung, mochte sie auch noch so durchdacht sein.

Er saß unter den Bäumen und lauschte den fernen Schreien der Verteidiger, den Geräuschen der Wurfmaschinen und Bogen, dem Knarren von Eisen und Holz, dem Schwirren der Pfeile, die durch die Luft flogen, und dem Krachen, wenn sie aufprallten. Er war einsam, ziellos umherschwimmend in einem Meer der Unentschlossenheit und des Zweifels. Er mußte etwas tun; aber der Weg, den er hätte einschlagen können, wollte sich ihm nicht zu erkennen geben. Wie sehr hatte er sich gewünscht, an dem

Kampf gegen die Föderation teilzunehmen, nach Norden zu ziehen, um sich den Geächteten anzuschließen, sich auf die Suche nach dem Schwert von Shannara zu begeben, die Schattenwesen zu vernichten. Er war dazu bestimmt, etwas Großes zu bewirken, etwas Wunderbares... Etwas, das den Lauf der Geschichte verändern würde.

Jetzt war seine Stunde gekommen. Er konnte den Lauf der Geschichte verändern wie kein anderer. Und er saß da, gelähmt.

Der Nachmittag ging langsam in den Abend über, die Belagerung hielt unvermindert an, und Morgans Zwiespalt blieb bestehen. Ein einziges Mal verließ er das Wäldchen, um nach Steff und Teel zu sehen, oder genauer, um ihnen nachzuspionieren, um zu sehen, ob sie sich auf irgendeine Weise verrieten. Aber die Zwerge verhielten sich wie immer. Steff war immer noch schwach und nicht in der Lage, sich mehr als ein paar Minuten zu unterhalten, bevor ihn der Schlaf wieder übermannte; Teel war schweigsam und auf der Hut. Obwohl er beide so verstohlen beobachtete, wie er nur konnte, um etwas zu entdecken, das seinen Verdacht bestätigte, ging er mit leeren Händen von dannen.

Es war beinahe dunkel, als Padishar Creel ihn endlich fand.

»Dir scheint's allein am besten zu gefallen, stimmt's?«

Morgan sprang auf. »Tut mir leid, Padishar.«

Der große Mann ließ sich ihm gegenüber nieder. Sein Gesicht war mit Staub und Schweiß bedeckt. Falls er Morgans Unbehagen bemerkte, ließ er sich nichts anmerken. Er streckte die Beine aus und lehnte sich zurück, wobei er sich mit seinen Ellbogen abstützte, was ihm offensichtlich Schmerzen bereitete. »Ein miserabler Tag, Hochländer«, sagte er. Die Worte wurden von einem bitteren Seufzer begleitet. »Zweiundzwanzig Männer tot, morgen früh werden's noch zwei mehr sein, und wir verkriechen uns wie aufgescheuchte Füchse.«

Morgan nickte, ohne zu antworten. Er dachte krampfhaft darüber nach, was er sagen sollte.

»Tatsache ist, daß es mir gar nicht gefällt, wie sich die Dinge hier entwickeln.« Padishar Creels hartes Gesicht war ohne Regung. »Die Föderation wird uns so lange belagern, bis wir vergessen haben, warum wir überhaupt hier sind, und das trägt nicht gerade zur Verwirklichung meiner Pläne bei. Eingesperrt, wie wir hier sind, sind wir niemand von Nutzen. Es wird eine andere Gelegenheit geben, um mit diesen Feiglingen abzurechnen, die nur Wesen der dunklen Magie auf uns hetzen können, anstatt uns selbst gegenüberzutreten. Deshalb habe ich beschlossen, daß es an der Zeit ist, von hier zu verschwinden.«

Morgan beugte sich vor. »Fliehen?«

»Durch die Hintertür, von der wir gesprochen haben. Ich meine, daß du es wissen solltest. Ich brauche deine Hilfe.«

Morgan starrte ihn an. »Meine Hilfe?«

Padishar Creel setzte sich langsam auf. »Ich will, daß jemand eine Nachricht nach Tyrsis bringt – zu Damson und den Talbewohnern. Sie müssen wissen, was hier geschehen ist. Ich würde selber gehen, aber ich muß bleiben, um meine Männer in Sicherheit zu bringen. Deshalb habe ich gedacht, daß du vielleicht interessiert wärst.«

Morgan willigte sofort ein. »Das bin ich. Ich gehe.«

Der andere hob warnend die Hand. »Nicht so schnell. Wir werden den Zeigefinger nicht sofort verlassen, wahrscheinlich erst in drei oder vier Tagen. Die Verletzten sind noch nicht transportfähig. Aber ich möchte, daß du schon eher gehst. Morgen, wenn's dir recht ist. Damson ist ein kluges Mädchen, aber sie ist eigensinnig. Seit du mich gefragt hast, ob sie möglicherweise versuchen könnte, die Talbewohner hierher zu bringen, habe ich ein wenig über die Sache nachgedacht. Sie könnte es tatsächlich versuchen. Du mußt sicherstellen, daß sie es nicht tut.«

»Das werde ich.«

»Also durch die Hintertür, wie ich schon gesagt habe. Und du gehst allein.«

Morgan runzelte die Stirn.

»Allein, mein Junge. Deine Freunde bleiben hier. Erstens kannst du nicht durch Tyrsis laufen mit einem Paar Zwerge im Schlepptau. Die Föderation würde euch innerhalb von zwei Minuten in Ketten legen. Und zweitens können wir kein Risiko eingehen nach all dem Verrat, der begangen worden ist. Keiner darf von deinem Vorhaben erfahren.«

Der Hochländer überlegte. Padishar Creel hatte recht. Es hatte wenig Sinn, unnötige Risiken einzugehen. Besser war es, allein zu gehen und niemand von seinem Vorhaben zu erzählen – ganz besonders nicht Steff und Teel. Er war drauf und dran, Padishar Creel von seinem Verdacht zu berichten, besann sich aber dann eines Besseren und nickte.

»Gut. Die Sache ist also geregelt. Bleibt nur noch eins.« Padishar Creel stand auf. »Folge mir.« Er führte Morgan durch das Lager in die größte Höhle, an der Stelle vorbei, wo die Verwundeten versorgt wurden, und in die dahinterliegenden Gewölbe. Von dort aus gelangten sie zu einem guten Dutzend Gängen, die in alle Richtungen auseinanderliefen und irgendwo in der Dunkelheit endeten. Auf dem Weg in die Gänge ergriff Padishar Creel eine Fackel und entzündete sie. Er führte den Hochländer zwischen Vorräten hindurch zu der tiefsten Stelle der Höhle, zu einer Wand, vor der sich Kisten auftürmten. Hier war es still.

Padishar Creel reichte Morgan die Fackel und streckte beide Hände aus, erfaßte mit den Fingern eine Kiste und zog. Ein ganzer Teil der Wand bewegte sich und gab einen dahinterliegenden Gang frei.

»Hast du gesehen, wie ich's gemacht habe?« fragte Padishar Creel leise.

Morgan nickte

Padishar Creel nahm die Fackel wieder an sich. Morgan beugte sich vor. Der Geheimgang wand sich in den Felsen hinein, bis er in der Dunkelheit verschwand.

»Der Gang führt durch den ganzen Felsen hindurch«, sagte Padishar Creel. »Wenn du bis zum Ende gehst, kommst du über dem Parmakeil südlich der Drachenzähne und östlich des Kennonpasses heraus.« Er sah Morgan scharf an. »Wenn du versuchen solltest, durch die anderen Gänge hinauszugelangen, würden wir dich wahrscheinlich nie wiedersehen. Verstanden?« Er stieß die Geheimtür wieder zu und trat zurück. »All das zeige ich dir jetzt, weil ich, wenn du dich auf den Weg machst, nicht bei dir sein werde. Ich werde draußen sein und dir den Rücken freihalten.« Er lächelte sein hartes Lächeln. »Das Beste ist, wenn du schnell hindurchgehst.«

Sie gingen zum Ausgang zurück und traten auf die Anhöhe hinaus. Es war bereits dunkel. Der Anführer der Geächteten blieb stehen, reckte sich und sog die Abendluft ein. »Hör mir gut zu, mein Junge«, sagte er leise. »Da ist noch etwas. Du mußt aufhören, darüber nachzudenken, was mit dem Schwert, das du trägst, geschehen ist. Du kannst diese Last nicht mit dir herumschleppen und gleichzeitig einen klaren Kopf behalten; die Last ist zu schwer, selbst für einen kräftigen Kerl wie dich. Leg sie ab. Laß sie hinter dir. Du besitzt genügend Mut, um dich ohne das Schwert durchzuschlagen.«

Padishar Creel weiß, was sich heute morgen zugetragen hat, erkannte Morgan plötzlich. Er weiß es und gibt mir zu verstehen, daß alles in Ordnung ist.

Padishar Creel drehte sich um und verschwand in der Dunkelheit. Morgan hätte ihm um ein Haar nachgerufen. Er wollte ihm von seinem Verdacht über den Verräter erzählen. Er wäre von der Last, das Geheimnis ganz allein zu tragen, erlöst worden.

Er kämpfte mit seiner Unentschlossenheit jetzt genau so, wie er den ganzen Tag mit ihr gerungen hatte. Aber wieder einmal verlor er den Kampf.

Danach schlief er unter den Espen, eingehüllt in seinen Mantel. Die Erde war nach dem morgendlichen Regen wieder trocken; die Nacht war warm und die Luft erfüllt mit den Düften des Waldes. Sein Schlaf war tief und traumlos. Sorgen und Unentschlossenheit fielen von ihm ab.

Und dann wurde er wach.

Eine Hand legte sich auf seine Schulter, hielt ihn fest. Die Berührung erschreckte ihn dermaßen, daß er einen Augenblick glaubte, er werde angegriffen. Er warf seinen Mantel von sich und sprang wild um sich fuchtelnd auf. Da bemerkte er, daß er Steff vor sich hatte.

Eingehüllt in seine Decke und mit zu Berge stehenden Haaren kauerte der Zwerg vor ihm am Boden; sein narbiges Gesicht war blaß und trotz der nächtlichen Kühle schweißüberströmt. In seinen dunklen Augen brannte das Fieber, und aus seinem Blick sprachen Entsetzen und Verzweiflung. »Teel ist fort«, flüsterte er rauh.

Morgan atmete tief ein. »Wohin?« brachte er schließlich heraus, während seine Hand immer noch fest auf dem Dolchknauf an seinem Gürtel lag.

Steff schüttelte den Kopf; sein keuchender Atem erfüllte die nächtliche Stille. »Ich weiß es nicht. Vor ungefähr einer Stunde ist sie aufgestanden. Ich habe sie beobachtet. Sie hat geglaubt, daß ich schlafe, aber...« Seine Stimme versagte. »Irgend etwas stimmt nicht, Morgan. Irgend etwas.« Er konnte kaum noch sprechen. »Wo ist sie?«

Im gleichen Augenblick wußte Morgan die Antwort.

8

Genau in derselben Nacht machte sich Par Ohmsford zum letzten Mal auf den Weg hinunter in die Schlucht, um das Schwert von Shannara zu gewinnen.

Die Dunkelheit hatte sich bereits über die Stadt Tyrsis gesenkt. Regen und Dunst hatten sich in einen dichten Nebel verwandelt, der die Dächer und Wände der Häuser, die Karren und Stände auf den Märkten, ja selbst die Pflastersteine der Straße einhüllte und ihren Blicken entzog. Weder Mond noch Sterne waren zu sehen, und die Lichter der Stadt flackerten wie Kerzen, die jeden Augenblick auszugehen drohten.

Damson Rhee führte die Talbewohner, die die Kapuzen ihrer Mäntel tief in ihre Gesichter gezogen hatten, aus dem Schuppen der Gärtnerei. Sie waren buchstäblich allein in den leeren Straßen. Jedesmal, wenn sie Passanten begegneten, was einmal, höchstens zweimal geschah, nahmen sie deren Gegenwart kaum mehr als einen Augenblick wahr. Geräusche, die an ihr Ohr drangen, entbehrten sowohl eines Ursprungs wie einer Richtung.

Nach einer Weile verlangsamte Damson Rhee ihren Schritt. Sie hatten die schmalen Steintreppen erreicht, die sich zu den Abwasserkanälen hinunterwanden. Sie warf einen Blick auf Par und Coll; ihre grünen Augen waren hart. Dann begann sie mit dem Abstieg. Die Talbewohner folgten ihr. Keiner sprach. Par war sich nicht sicher, ob er hätte sprechen können, wenn er es versucht hätte. Sein Mund und seine Kehle fühlten sich an, als seien sie voll Watte.

Damson Rhee brachte eine Fackel hervor, mit der sie ihnen leuchtete, während sie sich lautlos vorwärtsbewegten. Par blickte abwechselnd von Damson Rhee zu Coll. Ihre Gesichter waren blaß und angespannt.

Sie brauchten weniger als eine Stunde, bis sie bei dem Maulwurf anlangten. Als sie aus dem trockenen Brunnen herausstiegen, wartete er bereits auf sie; er kauerte im Schatten.

»Maulwurf?« rief Damson Rhee leise.

Einen Augenblick blieb alles still.

Der Maulwurf hatte sich in eine Ritze in der Felswand der Kammer verkrochen und war in der Dunkelheit fast unsichtbar. Hätten sie nicht die Fackel gehabt, hätten sie ihn vollkommen übersehen. Ohne einen Ton von sich zu geben, starrte er sie an, so als wolle er sich erst von ihrer wirklichen Anwesenheit überzeugen. Schließlich schleppte er sich zwei Schritte vor und blieb stehen. »Guten Abend, liebliche Damson«, flüsterte er. Er warf einen kurzen Blick auf die Talbewohner, ohne sie zu begrüßen.

»Guten Abend, Maulwurf«, antwortete Damson Rhee. »Warum hast du dich versteckt?«

Der Maulwurf blinzelte. »Ich habe nachgedacht.«

Damson Rhee runzelte die Stirn. Sie schob die Fackel in eine Spalte im Fels hinter sich, wo das Licht ihren seltsamen Freund nicht stören würde. Dann kauerte sie vor ihm nieder. Die Talbewohner blieben stehen. »Was hast du herausgefunden, Maulwurf?» fragte sie leise.

Der Maulwurf verlagerte sein Gewicht. »Es gibt einen Weg in den Palast der Könige von Tyrsis und von dort in die Schlucht«, sagte er. »Und es gibt auch Schattenwesen.«

Damson Rhee nickte. »Können wir an ihnen vorbei?«

Der Maulwurf rieb sich die Nase. »Vielleicht«, sagte er schließlich. »Wollen wir's versuchen?«

Damson Rhee lächelte und nickte wieder. Der Maulwurf erhob sich. Er war winzig, eine haarige Kugel mit Armen und Beinen, die aussahen, als hätte man sie nachträglich angebracht. Was war er? fragte sich Par. Ein Zwerg? Ein Gnom?

»Hier entlang«, sagte der Maulwurf und gab ihnen ein Zeichen, ihm in den dunklen Gang zu folgen. »Nimm die Fackel mit, wenn du willst. Wir können sie eine Weile benutzen.« Er warf den Talbewohnern einen scharfen Blick zu. »Aber Reden ist verboten.«

Das war der Anfang. Er führte sie in die Eingeweide der Stadt hinunter, in ihre tiefsten Kanäle, in Gänge, die seit Jahrhunderten kein Mensch mehr betreten hatte. Die Gänge gruben sich in die Felsen, nach oben und nach unten, durch Räume, die den Verteidigern der Stadt einst als Vorrats- und Waffenlager, als Zufluchtsstätte für die gesamte Bevölkerung von Tyrsis gedient hatten. Hie und da stießen sie auf Türen, die von ihren verrosteten Scharnieren herunterhingen. Von Zeit zu Zeit liefen Ratten durch die Dunkelheit, die jedoch beim Anblick der Menschen und des Lichts flohen.

Die Zeit ging dahin. Par verlor jedes Gefühl dafür, wie lange sie sich schon in den unterirdischen Stollen aufhielten, während sie langsam, aber stetig der gedrungenen Gestalt des Maulwurfs folgten. Hin und wieder ließ er sie ausruhen, obwohl er selbst keine Rast zu brauchen schien. Als sie die wenigen Male anhielten, saßen sie in der fast vollständigen Dunkelheit jedesmal im Kreis, vier einsame Wesen, begraben unter riesigen Steinmassen.

Sie gingen, bis Pars Beine anfingen zu schmerzen. Dutzende von Stollen lagen hinter ihnen. Die Fackel, die sie mit sich führten, war zweimal heruntergebrannt und erneuert worden. Ihre Kleider und Stiefel waren mit Staub bedeckt, ihre Gesichter verschmiert.

Dann blieb der Maulwurf stehen. Sie befanden sich in einem trockenen Brunnen, der von einer Reihe von Gängen durchzogen wurde. Auf der gegenüberliegenden Seite war eine schwere Eisenleiter in den Felsen eingelassen. Sie ragte nach oben in die Dunkelheit, wo sie verschwand.

Der Maulwurf drehte sich um, deutete empor und legte einen schmutzigen Finger auf den Mund. Jeder wußte sofort, was die Geste zu bedeuten hatte.

Schweigend stiegen sie die Leiter hinauf, setzten einen Fuß vor den anderen, hörten, wie die Sprossen unter ihrem Gewicht krachten und ächzten. Das Licht der Fackel warf ihre Schatten in seltsamen Formen an die Wände des Brunnens. Die Gänge unter ihnen verloren sich in der Dunkelheit.

Am oberen Ende der Leiter stießen sie auf eine Luke. Der Maulwurf stemmte sich dagegen. Er öffnete die Luke einen Spaltbreit und spähte hinaus. Zufrieden stieß er die Luke auf, die mit einem dumpfen Schlag nach hinten fiel. Er kletterte hindurch, gefolgt von Damson Rhee und den Talbewohnern.

Sie standen in einem riesigen, leeren Keller, einem steinernen Verlies mit gewaltigen Fässern, mit Handfesseln und Ketten, die verstreut auf dem Boden lagen. Eine breite Treppe am anderen Ende des Kellers führte nach oben. Die Stille war erdrückend.

Der Maulwurf schob sich an Damson Rhee heran und flüsterte ihr etwas zu. Sie nickte, drehte sich zu den Talbewohnern um, deutete auf die Treppe, die nach oben führte, und formte mit ihren Lippen das Wort »Schattenwesen«.

Der Maulwurf führte sie geschwind durch den Keller zu einer winzigen Tür, die in die Wand zu ihrer Rechten eingelassen war, drückte geräuschlos die Klinke nach unten und schob sie hindurch, bevor er die Tür hinter ihnen wieder zuzog. Sie befanden sich in einem kurzen Gang, der in einen zweiten mündete. Der Maulwurf führte sie auch durch diese Tür und in den dahinterliegenden Raum.

Der Raum war leer, mit Ausnahme einiger Holzstücke, die von Kisten stammen mochten, einiger Blechplatten und einer Ratte, die eilig in einer Ritze zwischen den Steinquadern verschwand.

Der Maulwurf zog Damson Rhee am Ärmel, worauf sie sich zu ihm hinunterbeugte, um ihn anzuhören. Danach wandte sie sich den Talbewohnern zu. »Wir sind durch die Felsen am Westende des Volksparks gegangen und befinden uns jetzt unter dem

Palast. Wir sind dort, wo früher die Gefängnisse waren. Genau an dieser Stelle haben zur Zeit von Balinor Buckhannah, dem letzten König von Tyrsis, die Armeen des Dämonenlords einen Durchbruch versucht.«

Der Maulwurf redete weiter.

Damson Rhee runzelte die Stirn. »Der Maulwurf sagt, daß sich in den Räumen über uns möglicherweise Schattenwesen befinden – nicht die Schattenwesen aus der Schlucht, sondern andere. Er sagt, daß er spürt, daß sie da sind, obwohl er sie nicht sehen kann.«

»Was bedeutet das?« fragte Par.

»Das bedeutet, daß sein Gespür ihm genügt.« Damson Rhee wandte ihr Gesicht von der Fackel ab und betrachtete die Decke des Raumes. »Es bedeutet, daß, wenn er sich so weit heranwagt, daß er sie sehen kann, sie ihn zweifellos ebenfalls sehen können.«

Voll Unbehagen folgte Par ihrem Blick. Sie hatten sich zwar nur flüsternd unterhalten, aber konnte nicht selbst das gefährlich werden? »Können sie uns hören?« flüsterte er in ihr Ohr.

Sie schüttelte den Kopf. »Hier offenbar nicht.« Sie sah zu Coll hinüber. Er stand regungslos in der Dunkelheit. »Wir sind noch immer ziemlich weit weg von der Schlucht. Wir müssen durch die Katakomben unter dem Palast, um die Stelle zu erreichen, von wo aus wir hinuntersteigen können. Der Maulwurf kennt den Weg. Aber wir müssen äußerst vorsichtig sein. Gestern, als er den Stollen durchsucht hat, waren noch keine Schattenwesen da, aber das könnte sich geändert haben.«

Par warf einen Blick auf den Maulwurf. Er hockte an einer Wand und beobachtete sie mit funkelnden Augen. Eine Hand streichelte unablässig das Haar auf seinem Arm.

»Bist du sicher, daß wir ihm trauen können?« meinte Par zu Damson Rhee.

Der Ausdruck auf ihrem blassen Gesicht veränderte sich nicht, aber ihr Blick schien in weite Ferne gerichtet. »So sicher, wie man nur sein kann.« Sie hielt inne. »Glaubst du, daß wir eine Wahl haben?«

Langsam schüttelte Par den Kopf.

Damson Rhee lächelte ironisch. »Dann sollten wir uns darüber keine Sorgen machen, glaubst du nicht auch?«

Sie hatte recht, natürlich. Nichts konnte seinen Verdacht zerstreuen, solange er nicht gewillt war umzukehren, und er hatte bereits beschlossen, unter keinen Umständen umzukehren.

»Die werden wir jetzt nicht mehr brauchen«, sagte Damson Rhee und wies auf die Fackel. Sie reichte sie Par und kramte dann in ihren Taschen, bis sie ein Paar weiße Steine mit silbernen Streifen hervorholte. Sie behielt den einen und gab Par den anderen. »Lösch die Fackel«, wies sie ihn an. »Dann nimm den Stein in deine Hände und wärme ihn. Wenn du die Wärme spürst, öffne deine Hände.«

Par erstickte die Flamme der Fackel im Staub. Vollkommene Finsternis senkte sich über den Raum. Er hielt den seltsamen Stein in seinen Händen. Nach wenigen Sekunden spürte er, wie der Stein warm wurde. Als er eine Hand von ihm löste, strahlte der Stein ein schwaches silbernes Licht ab. Sobald sich Pars Augen an das Licht gewöhnt hatten, sah er, daß das Licht stark genug war, daß man die Gesichter seiner Gefährten und eine Fläche von mehreren Quadratmetern erkennen konnte.

»Wenn das Licht schwächer wird, wärmst du den Stein einfach wieder mit den Händen.«

Damson Rhee legte ihre Hand auf die seine, hielt sie fest und zog sie dann wieder weg. Das silberne Licht strahlte jetzt noch heller.

Unwillkürlich mußte Par lächeln. »Ganz guter Trick, Damson«, meinte er.

»Ein wenig von meiner eigenen Magie«, sagte sie, während ihre Augen ihn festhielten. »Straßenkunststücke eines Straßenmädchens. Nicht so wunderbar wie die echte Magie, aber zuverlässig. Kein Rauch, kein Geruch. Besser als das Licht einer Fakkel, wenn wir unsichtbar bleiben wollen.«

»Viel besser«, pflichtete er bei.

Dann führte der Maulwurf sie aus dem Raum hinaus und in die Dunkelheit hinein. Damson Rhee folgte mit ihrem Stein in der Hand, hinter ihr schritt Par mit seinem Stein, und Coll bildete wie immer die Nachhut. Sie traten durch eine zweite Tür in einen Stollen hinaus, der sich an mehreren Türen und Räumen vorbei erstreckte. Sie bewegten sich völlig geräuschlos.

Par grübelte wieder über den Maulwurf nach. War er vertrauenswürdig? War der kleine Kerl der, der er vorgab zu sein, oder ein anderer? Die Schattenwesen konnten jede Gestalt annehmen. Was war, wenn der Maulwurf ein Schattenwesen war? Wieder Fragen, auf die es keine Antworten gab. Es gab niemand, dem er vertrauen konnte, dachte er freudlos, niemand außer Coll. Und Damson Rhee. Er vertraute ihr.

Oder doch nicht?

Er wehrte sich gegen den plötzlichen Zweifel, der ihn zu verschlingen drohte. Er konnte es sich nicht leisten, in diesem Augenblick solche Fragen zu stellen.

Während er wieder über das Rätsel der Schattenwesen nachdachte, über das Geheimnis, wer und was sie waren und wie sie so viele Gestalten annehmen konnten, kam ihm plötzlich die Frage in den Sinn, ob es Schattenwesen im Lager der Geächteten gab, ob der Feind, vor dem sie sich so verzweifelt zu verstecken suchten, in Wirklichkeit bereits mitten unter ihnen war. Der Verräter, dem Padishar Creel auf der Spur war, konnte ein Schattenwesen sein, das menschlich aussah, das scheinbar einer von ihnen war. Wie sollten sie es wissen? Waren sie nur mit Hilfe der Magie zu entlarven? Sollte das etwa der Zweck des Schwertes von Shannara sein, die wahre Identität des Feindes, dem sie auf der Spur waren, zu enthüllen? Diese Frage hatte er sich seit dem Augenblick gestellt, in dem Allanon ihn auf die Suche nach dem

Schwert geschickt hatte. Aber wie unmöglich schien es doch, daß das magische Schwert diesen Zweck haben sollte. Es würde bis in alle Ewigkeit dauern, wollte er jeden, der möglicherweise ein Schattenwesen war, mit dem Schwert prüfen.

Plötzlich vernahm er die flüsternde Stimme Allanons: »Nur durch das Schwert kann sich die Wahrheit zeigen, und nur durch die Wahrheit können die Schattenwesen vernichtet werden.«

Wahrheit. Das Schwert von Shannara war ein magisches Symbol, das in der Lage war, Wahrheit zu enthüllen, Lügen zu zerstören und das Echte dem gegenüberzustellen, was nur den Anschein von Echtheit besaß. Diese Möglichkeiten hatte Shea Ohmsford ihm verliehen, als er den Dämonenlord vernichtet hatte.

Sie stiegen die lange, sich windende Treppe ganz nach oben. Eine geschlossene Tür in der Wand vor ihnen war verriegelt. Sie standen dicht beieinander auf dem Treppenabsatz, während sich der Maulwurf an den Riegeln zu schaffen machte. Unter leisem metallischen Kratzen öffnete er einen nach dem anderen; dann drückte er die Klinke behutsam nach unten. Par hörte, wie sein Herz in Antwort auf die Angst, die ihn durchströmte, wie wild hämmerte. Er fühlte, wie die in der Dunkelheit verborgenen Schattenwesen sie beobachteten. Er spürte ihre Gegenwart. Sein Gefühl war irrational und eingebildet, aber nichtsdestoweniger vorhanden.

Dann öffnete der Maulwurf die Tür, und sie schlüpften hastig hindurch.

Sie befanden sich in einem winzigen, fensterlosen Raum, von dessen Mitte aus sich eine Treppe nach unten in die Finsternis wand und auf dessen linker Seite eine Tür zu einem leeren Gang hinausführte. Lichtstrahlen drangen durch die Ritzen der Gangwand. Am anderen Ende des Ganges, vielleicht dreißig Meter von ihnen entfernt, bemerkten sie eine weitere verschlossene Tür.

Der Maulwurf winkte sie in den Gang hinein und machte die erste Tür hinter ihnen zu. Par ging zu einer der Ritzen in der Wand und spähte hinaus. Sie waren irgendwo im Palast, und zwar wieder über der Erde. Vor ihm erhoben sich Felsen, deren Abhänge mit Kiefern bedeckt waren. Am Himmel hingen dicke, finstere Wolken.

Par trat zurück. Es war beinahe Morgen. Sie waren die ganze Nacht hindurch gegangen.

»Liebliche Damson«, sagte der Maulwurf mit sanfter Stimme, als Par sich zu ihnen gesellte, »vor uns befindet sich eine Hängebrücke, die den Palasthof überquert. Wenn wir darüber gehen, sparen wir ziemlich viel Zeit. Wenn du und deine Freunde Wache halten wollt, werde ich mich vergewissern, daß die Schattenwesen uns nicht in die Quere kommen.«

Damson Rhee nickte. »Wo sollen wir auf dich warten?«

Sie kamen überein, daß Coll dort stehen bleiben sollte, wo er war. Par und Damson Rhee begaben sich mit dem Maulwurf zum anderen Ende des Ganges. Dort verließ sie der Maulwurf mit einem aufmunternden Lächeln, schlüpfte durch die Tür hindurch und war verschwunden.

Par und das Mädchen saßen nahe bei der Tür einander gegenüber. Er spähte durch den schwach erhellten Gang, um sich zu vergewissern, daß er Coll noch sehen konnte. Das rauhe Gesicht seines Bruders kam kurz in Sicht, und Par winkte ihm flüchtig zu. Coll winkte zurück.

Dann saßen sie in der Stille und warteten. Die Minuten gingen dahin, und der Maulwurf kehrte nicht zurück.

Par wurde langsam unbehaglich zumute. Er rückte näher an Damson Rhee heran. »Glaubst du, daß er in Ordnung ist?« fragte er flüsternd.

Sie nickte wortlos.

Par rutschte wieder weg. »Ich hasse dieses Warten.«

Sie gab keine Antwort. Sie hatte den Kopf an die Wand gelehnt und hielt die Augen geschlossen. Lange Zeit verharrte sie in dieser Stellung. Par hielt es für möglich, daß sie schlief. Als er noch einmal durch den Gang nach Coll sah, stellte er fest, daß Coll genau wie vorher dasaß, so daß er sich wieder Damson Rhee zuwandte. Ihre Augen waren jetzt offen und auf ihn gerichtet.

»Möchtest du, daß ich dir etwas aus meinem Leben erzähle, das sonst niemand weiß?« fragte sie leise.

Wortlos betrachtete er ihr Gesicht, ihre zarten, ebenmäßigen Züge, die jetzt so angespannt schienen, ihre smaragdfarbenen Augen und ihre blasse Haut, die teilweise von ihrem roten Haar verdeckt wurde. Sie kam ihm wunderschön und geheimnisvoll vor, und er wollte alles von ihr wissen. »Ja«, antwortete er.

Sie rutschte an ihn heran, bis sich ihre Schultern berührten. Sie warf ihm einen Blick zu und schaute dann weg. Er wartete.

»Wenn man jemand ein Geheimnis von sich selbst erzählt, ist es so, als gäbe man ihm damit einen Teil seiner selbst«, sagte sie. »Es ist ein Geschenk, aber es ist viel wertvoller als etwas, das man kaufen kann. Ich würde nicht sagen, daß ich vielen Menschen Dinge über mich erzähle. Ich nehme an, daß es daher kommt, daß ich nie viel mehr als mich selbst besessen habe, und deshalb möchte ich das wenige nicht auch noch weggeben.«

Sie neigte den Kopf. Ihr Haar fiel nach vorn und bedeckte ihr Gesicht gleich einem Schleier, weshalb er es nur undeutlich sehen konnte. »Aber dir möchte ich etwas geben. Du bist mir so vertraut. Von Anfang an, seit dem ersten Tag im Park. Vielleicht deshalb, weil wir beide über Magie verfügen – sie verbindet uns. Vielleicht habe ich deshalb das Gefühl, daß wir uns ähnlich sind. Ich weiß, daß deine Magie anders ist als meine, aber das macht nichts. Was zählt, ist, daß die Magie Teil unseres Lebens ist. Die Magie sind wir. Durch sie leben wir.«

Sie hielt inne, und weil er glaubte, sie erwarte eine Antwort, nickte er. Er konnte jedoch nicht erkennen, ob sie sein Nicken bemerkte.

Sie seufzte. »Weißt du, Elfenjunge, ich mag dich. Du bist entschlossen, ja stur, und manchmal siehst du die Dinge und die Menschen um dich herum überhaupt nicht – nur dich selbst. Aber da sind wir uns ähnlich. Vielleicht schaffen wir es dadurch, nicht so zu werden wie alle anderen. Und vielleicht gelingt es uns so zu überleben.« Wieder hielt sie inne und sah ihn an. »Ich habe darüber nachgedacht – wenn ich sterben müßte, möchte ich dir gern etwas von mir hinterlassen, etwas, das nur du hast. Etwas Besonderes.«

Par wollte protestieren, aber sie legte schnell ihre Finger auf seinen Mund. »Bitte laß mich ausreden. Ich will damit nicht sagen, daß ich sterben werde, aber es ist immerhin möglich. Und es könnte doch sein, daß ich dadurch, daß ich dir ein Geheimnis mitteile, davor geschützt werde, wie durch einen Talisman, und daß er alles Übel von mir fernhält. Verstehst du?« Sie nahm ihre Finger weg. »Erinnerst du dich, als ich dir das erstemal von mir erzählt habe, in der Nacht, in der du der Föderation entwischt bist, nachdem ihr alle gefangengenommen worden wart? Ich habe versucht, dich davon zu überzeugen, daß ich euch nicht verraten hatte. Jeder hat dem anderen Dinge von sich selbst erzählt. Du hast mir von deiner Magie erzählt, und wie sie funktioniert. Erinnerst du dich?«

Er nickte. »Du hast mir erzählt, daß du mit acht Jahren deine Eltern verloren hast und daß die Föderation daran schuld war.«

Sie zog die Knie an wie ein Kind. »Ich habe dir erzählt, daß meine Familie in einem Brand umgekommen ist, den die Föderationssucher gelegt haben, nachdem sie entdeckt hatten, daß mein Vater die Bewegung mit Waffen versorgt hat. Ich habe dir erzählt, daß mich ein Zauberer kurz danach als Lehrling bei sich aufgenommen hat und daß ich von ihm das Handwerk gelernt habe.« Sie holte tief Luft. »Was ich dir erzählt habe, entsprach nicht ganz der Wahrheit. Mein Vater ist nicht im Feuer umgekommen. Er konnte fliehen. Mit mir. Und es war mein Vater, der mich aufgezogen hat, nicht meine Tante, nicht ein Zauberer. Ich bin auf der Straße groß geworden und dort habe ich auch das Handwerk gelernt, aber es war mein Vater, der für mich gesorgt hat. Und mein Vater sorgt auch jetzt noch für mich.« Ihre Stimme zitterte. »Mein Vater ist Padishar Creel.«

Mit großen Augen starrte Par sie an. »Padishar Creel ist dein Vater?«

Ihre Augen hielten ihn fest. »Keiner außer dir weiß davon. Es ist sicherer so. Wenn die Föderation erfahren würde, wer ich bin, würde sie versuchen, über mich an ihn heranzukommen. Par, was du in jener Nacht, als ich dir von meiner Kindheit erzählt habe, wissen mußtest, war, daß ich niemals jemand verraten könnte, nachdem meine Familie an die Föderation verraten worden ist. So viel entsprach der Wahrheit. Mein Vater ist deswegen so zornig, weil möglicherweise einer seiner eigenen Männer der Verräter ist. Er kann nicht vergessen, was mit meiner Mutter, meinem Bruder und meiner Schwester geschehen ist. Die Vorstellung, noch einen Menschen, der ihm nahesteht, durch Verrat zu verlieren, bringt ihn beinahe um den Verstand.« Sie betrachtete ihn gespannt. »Ich habe versprochen, niemand zu erzählen, wer ich wirklich bin, aber für dich breche ich dieses Versprechen. Ich möchte, daß du es weißt. Auf diese Weise kann ich dir etwas schenken, das nur dir gehört.«

Dann lächelte sie, und ein Teil seiner Anspannung fiel von ihm ab. »Damson«, sagte er und lächelte, »ich will nicht, daß dir etwas geschieht. Und wenn dir doch etwas geschieht, ist es ganz allein meine Schuld, denn ich habe dich hierher gebracht. Wie könnte ich deinem Vater danach je wieder unter die Augen treten? Ich könnte nicht einmal mehr in seine Nähe kommen!«

Sie drückte sich an ihn. Einen Augenblick blieb er steif sitzen, und seine Augen wanderten in die Richtung, wo Coll saß, ein undeutlicher Schatten am anderen Ende des Ganges. Aber sein Bruder sah nicht zu ihnen her. Von Anfang an waren Freunde und

Verräter in dieses Unternehmen verwickelt gewesen, und es war nahezu unmöglich gewesen, die einen von den anderen zu unterscheiden. Mit Ausnahme von Coll. Und jetzt Damson Rhee. Er legte seine Arme um sie und drückte sie an sich.

Wenige Augenblicke später kehrte der Maulwurf zurück. Er schlich sich so leise an sie heran, daß sie ihn erst bemerkten, als sie von der Tür zur Seite geschoben wurden. Par ließ Damson Rhee los und sprang auf, die Klinge seines langen Messers blitzte auf. Der Maulwurf lugte durch die Tür, um sich ihren Blicken sogleich wieder zu entziehen.

Damson Rhee packte Par am Arm. »Maulwurf!« flüsterte sie. »Es ist alles in Ordnung!«

Das rundliche Gesicht des Maulwurfs kam wieder zum Vorschein. Als er sah, daß Par seine Waffe wieder eingesteckt hatte, schlüpfte er durch die Tür. Coll eilte durch den Gang auf sie zu.

Der Maulwurf sagte: »Niemand ist in der Nähe der Hängebrücke, und wenn wir uns beeilen, können wir ungehindert darübergehen. Aber ihr müßt ganz leise sein.«

Sie schlüpften durch die Tür und befanden sich auf einem Söller, der um eine riesige, leere Rotunde herumführte. Sie bewegten sich mit schnellen Schritten, vorbei an verschlossenen Türen und dunklen Alkoven. Auf halbem Weg führte der Maulwurf sie durch eine Halle ins Freie; von dort spannte sich eine Hängebrücke zu einer riesigen Mauer. Der Hof war einst eine Gartenlandschaft mit unzähligen Wegen gewesen; jetzt bedeckten Steinplatten die kahle Erde. Hinter der Brücke lag die Schlucht.

Der Maulwurf winkte ihnen ängstlich zu. Sie betraten die Hängebrücke, die unter ihrem Gewicht hin- und herschaukelte. Der Wind fegte in schnellen Stößen über sie hinweg, und sein Heulen, als er über die kahlen Steinmauern und den leeren Hof brauste, glich einem tiefen Wehklagen. Unter ihnen zitterten und wiegten sich die Grashalme. Die Dunkelheit war totenstill und kein Schattenwesen zu sehen.

Die Palastmauer kam immer näher. Als sie das andere Ende der Brücke erreicht hatten, traten sie schnell auf die Mauer, jeder streckte die Hand aus, um dem nächsten zu helfen; alle waren erleichtert.

Der Maulwurf führte sie zu einem Schacht, wo sie auf eine weitere Treppe stießen, die sich in die Finsternis hinunterwand. Während sie mit den Steinen leuchteten, die Damson Rhee ihnen gegeben hatte, stiegen sie in die Tiefe. Sie waren ihrem Ziel jetzt sehr nah; nur die steinerne Mauer trennte sie noch von der Schlucht. Die Aufregung ließ Par das Blut in den Ohren dröhnen und spannte seine Nerven zum Zerreißen an.

Nur noch wenige Minuten…

Unten angekommen, gewahrten sie einen Gang, der an einer verwitterten, eisenbeschlagenen Holztür endete. Der Maulwurf ging auf die Tür zu und blieb vor ihr stehen.

Als er sich zu ihnen umdrehte, wußte Par sofort, was dahinter lag. »Danke dir, Maulwurf«, sagte er.

»Ja, danke dir«, wiederholte Damson Rhee.

Der Maulwurf blinzelte verlegen. Dann sagte er: »Hier könnt ihr durchsehen.« Er faßte nach oben und zog vorsichtig eine winzige Klappe zurück, hinter der sich eine Ritze im Holz verbarg.

Par trat vor und spähte hinaus.

Vor seinen Augen erstreckte sich die Schlucht, eine nebelverhangene Wildnis mit Bäumen und Steinbrocken, ein Tal, das mit Buschwerk bedeckt war, eine Dunkelheit, in der sich Schatten bewegten. Auf der rechten Seite lagen die Überreste der Sendic-Brücke, die vom grauen Nebel fast verschluckt wurden.

Par sah keinen Kuppelbau, in dem sich das Schwert von Shannara befand. Dennoch hatte er ihn wahrgenommen, unmittelbar hinter der Mauer des Palastes. Die Magie des Wunschliedes hatte ihn zum Vorschein gebracht. Er war dort, dessen war er sich sicher. Er fühlte seine Gegenwart gleich der eines lebendigen Wesens.

Er ließ Damson Rhee durchschauen, dann Coll. Als Coll zurücktrat, standen sie einander schweigend gegenüber.

Par schlüpfte aus seinem Mantel. »Wartet hier auf mich. Und gebt acht auf die Schattenwesen.«

»Gib acht auf dich«, sagte Coll barsch, während er seinen eigenen Mantel abwarf. »Ich gehe mit dir.«

»Und ich auch«, sagte Damson Rhee.

Aber Coll versperrte ihr den Weg. »Nein, das tust du nicht. Nur einer kann Par begleiten. Sieh dich doch um, Damson! Siehst du nicht, wo wir sind? Wir sitzen in einer Falle. Aus der Grube führt kein anderer Weg hinaus als durch diese Tür und aus dem Palast nur die Hängebrücke. Der Maulwurf kann die Hängebrücke im Auge behalten, aber er kann nicht gleichzeitig diese Tür hier bewachen. Deshalb mußt du sie bewachen.«

Damson Rhee wollte Einspruch erheben, aber Coll ließ sie nicht zu Wort kommen. »Es hat keinen Sinn zu streiten, Damson. Du weißt, daß ich recht habe. Ich habe auf dich gehört, wenn es sein mußte; diesmal mußt du auf mich hören.«

»Es tut nichts zur Sache, wer hier auf wen hört. Ich möchte, daß keiner von euch beiden mitkommt«, sagte Par nachdrücklich.

Coll schenkte seinen Worten keine Beachtung. »Dir bleibt keine Wahl.«

»Warum darf ich nicht mitkommen?« wollte Damson Rhee ärgerlich wissen.

»Weil er mein Bruder ist!« Colls Stimme glich einem Peitschenschlag, und seine rauhen Züge wurden hart. Aber als er wieder zu sprechen anfing, war seine Stimme seltsam weich. »Es kann kein anderer sein als ich; aus diesem Grund bin ich mitgekommen. Aus diesem Grund bin ich überhaupt hier.«

Damson Rhee wurde bleich und verstummte. »Also gut«, stimmte sie zu, aber ihr Mund zuckte, als sie es sagte. Sie wandte sich ab. »Maulwurf, bewache die Hängebrücke.«

Der kleine Kerl ließ seinen Blick abwechselnd von einem zum anderen schweifen; in seinen leuchtenden Augen lag ein Ausdruck von Bestürzung. »Ja, liebliche Damson«, murmelte er und verschwand auf den Stufen.

Par wollte gerade das Wort ergreifen, als Coll ihn bei den Schultern packte und gegen die verwitterte Tür drückte. Ihre Blicke trafen sich und hielten einander fest.

»Wir sollten unsere Zeit nicht länger mit Streiten vergeuden«, sagte Coll. »Wir wollen's einfach hinter uns bringen. Du und ich.«

Par versuchte sich loszumachen, aber Colls große Hände hielten ihn fest wie Schraubstöcke, und er gab nach. Coll ließ ihn los. »Par«, sagte er, und seine Worte klangen fast wie ein Flehen, »ich habe die Wahrheit gesagt. Ich muß mit dir gehen.«

Schweigend sahen sie einander an.

Par mußte plötzlich an all das denken, was sie durchgemacht hatten, an die Mühsale, die sie auf sich genommen hatten. Er wollte Coll wissen lassen, daß ihm dies sehr viel bedeute, daß er ihn liebe, daß er sich um ihn sorge. Aber statt dessen sagte er einfach: »Ja, ich weiß.«

Dann ging er auf die schwere, verwitterte Tür zu, schob den Riegel zurück und drückte die abgenutzte Klinke nach unten. Die Tür flog auf, und der Nebel drang zu ihnen herein.

Par blickte sich nach Damson Rhee um. Sie nickte. Hieß das, daß sie warten würde? Daß sie ihn verstand? Er wußte es nicht.

Mit Coll an seiner Seite trat er in die Schlucht hinaus.

9

Wo war Teel? Morgan Leah kniete neben Steff nieder, berührte sein Gesicht und spürte dessen Kälte in seinen Fingern. Er packte Steff, aber dieser schien nicht einmal das zu spüren. Morgan löste seine Hände von ihm und setzte sich wieder auf die Fersen. Seine Augen durchbohrten die Dunkelheit um ihn herum.

Wo war Teel?

Die verschiedenen Möglichkeiten zogen an seinem geistigen Auge vorbei. War sie aufgestanden, um Steff etwas zu trinken, etwas Warmes zu essen, vielleicht eine wärmere Decke zu holen? Oder um nach dem Rechten zu sehen, weil sie durch eine Ahnung oder jenen sechsten Sinn aus dem Schlaf geschreckt worden war, der einem das Leben rettet, wenn man ständig auf der Flucht ist?

Nein. Er kannte die Antwort. Sie war zum Geheimgang gegangen, und zwar um die Soldaten der Föderation durch ihn zum Zeigefinger zu führen. Sie war im Begriff, sie ein letztes Mal zu verraten.

»Keiner außer Damson, Chandos und mir kennt den anderen Zugang – jetzt da Hirehone tot ist.«

Das waren Padishar Creels Worte gewesen, als er von dem geheimen Fluchtweg gesprochen hatte – Worte, die Morgan völlig entfallen waren. Die Klarheit der Erinnerung ließ ihn frösteln. Wenn seine Folgerungen stimmten, wenn es stimmte, daß der Verräter ein Schattenwesen war, das ihnen in Hirehones Gestalt nach Tyrsis gefolgt war, dann besaß es Hirehones Gedächtnis und kannte auch den Geheimgang.

Und wenn das Schattenwesen jetzt in Gestalt von Teel…

Morgan spürte, wie sich ihm die Nackenhaare sträubten. Die Föderation würde Monate brauchen, um den Zeigefinger durch

Belagerung einzunehmen. Aber was war, wenn die Belagerung nichts weiter als ein Ablenkungsmanöver war? Was war, wenn selbst der Kriecher, der freilich versagt hatte, nur zur Ablenkung gedient hatte? Was war, wenn es von Anfang an die Absicht der Föderation gewesen war, den Zeigefinger von innen einzunehmen, durch Verrat, durch den Gang, der den Geächteten als Fluchtweg hatte dienen sollen?

Morgan Leah war wie gelähmt. Er mußte Steff allein lassen und unverzüglich mit Padishar Creel sprechen. Wenn sein Verdacht in bezug auf Teel stimmte, mußte sie gefunden und aufgehalten werden.

Daß Teel möglicherweise der schlimmste ihrer Feinde war, der sie allesamt seit Culhaven verfolgt und so vollkommen getäuscht hatte, ganz besonders Steff, der davon überzeugt war, daß er ihr sein Leben verdankte, und der sie liebte – das Entsetzen, das von diesem Gedanken ausging, schnürte ihm die Kehle zu. Er wußte, daß dieses Entsetzen nicht von der bloßen Möglichkeit des Verrats herrührte, sondern von der Gewißheit.

Steff klammerte sich ängstlich an ihm fest. »Wo ist sie, Morgan? Du weißt es! Ich sehe es dir an!«

Morgan versuchte nicht sich loszumachen. Statt dessen sah er seinem Freund ins Gesicht und sagte: »Ich glaube, daß ich es weiß. Aber du mußt hier warten, Steff. Du mußt mich sie allein suchen lassen.«

»Nein.« Unwillig schüttelte Steff den Kopf. »Ich komme mit.«

»Das kannst du nicht. Du bist zu schwach...«

»Ich komme mit, Morgan! Sag mir, wo sie ist.«

Der Zwerg wurde immer wieder von Fieberanfällen geschüttelt, aber Morgan wußte, daß er sich nur mit Gewalt aus dem Griff seines Freundes befreien konnte. »Also gut«, stimmte er zu.

Er stützte seinen Freund, und gemeinsam stapften sie in die Dunkelheit hinein. Er konnte Steff nicht allein zurücklassen, obwohl er wußte, daß sich die Dinge in seiner Gegenwart sehr viel schwieriger gestalten würden. Er würde einfach das tun, was er tun mußte, und zwar ungeachtet des Freundes. Plötzlich stolperte er und Steff mit ihm, weil sie die Rolle Tauwerk nicht gesehen hatten, die am Boden lag. Morgan erkannte jetzt erst, daß er sich noch nicht einmal die Zeit genommen hatte, seine Mutmaßung zu Ende zu denken. Teel war die Verräterin. Er mußte es akzeptieren. Steff konnte es zwar nicht, aber er hatte keine andere Wahl. Teel war diejenige…

Er dachte nicht weiter.

Nein. Nicht Teel. Nenn dieses Ding nicht Teel. Teel ist tot. Also nicht Teel. Das Schattenwesen, das sich in Teel versteckt.

Sein Atem ging immer schneller, als er mit Steff, der sich an ihm festhielt, durch die Nacht eilte. Das Schattenwesen mußte ihren Körper verlassen und Hirehones Gestalt angenommen haben, um Padishar Creels kleiner Truppe zu folgen und sie an die Föderation zu verraten. Dann hatte es Hirehones Körper verlassen, war zum Lager zurückgekehrt, hatte die Wachen getötet, um unbemerkt zu bleiben, und erneut von Teel Besitz ergriffen. Steff hatte überhaupt nicht mitbekommen, was geschehen war. Er hatte geglaubt, Teel sei vergiftet worden. Das Schattenwesen ließ ihn in dem Glauben. Es hatte es sogar fertiggebracht, den Verdacht auf Hirehone zu lenken, indem es ihm erzählt hatte, daß es ihm vor der Bewußtlosigkeit zum Rand der Anhöhe gefolgt sei. Er fragte sich, wie lange Teel schon ein Schattenwesen war. Schon sehr lange, entschied er. Er stellte sich ihren Körper als eine leere Hülle vor, und er knirschte mit den Zähnen ob dieser Vorstellung. Er erinnerte sich an Pars Bericht davon, wie das Schattenwesen auf dem Tofferkamm in Gestalt eines kleinen Mädchens versucht hatte, von ihm Besitz zu ergreifen. Er erinnerte sich an das Entsetzen und den Ekel, von dem der Talbewohner gesprochen hatte.

Es blieb keine Zeit mehr, über die Angelegenheit weiter nachzugrübeln. Sie näherten sich der großen Höhle. Der Eingang war von Fackeln erleuchtet. Dort stand Padishar Creel. Der Anführer der Geächteten war wach, wie Morgan gehofft hatte, und unterhielt sich in seinem leuchtend roten Gewand mit den Männern, die die Kranken und Verwundeten betreuten.

»Was tust du?« schrie Steff zornig. »Das ist eine Sache nur zwischen uns beiden, Morgan!«

Aber Morgan überging seine Proteste und zog ihn ins Licht. Als die beiden Männer auf ihn zustolperten, drehte Padishar Creel sich um und packte sie an den Schultern. »Langsam, langsam! Was habt ihr denn für einen Grund, so durch die Dunkelheit zu stürmen? Eure Augen verraten mir allerdings, daß euch etwas einen Schrecken eingejagt hat. Was ist passiert?«

Steff versteifte sich vor Zorn, und seine Augen waren hart. Morgan zögerte. Die Männer, die um Padishar Creel herumstanden, warfen ihnen neugierige Blicke zu; sie standen außerdem nahe genug, um zu hören, was er, Morgan, zu sagen hatte. Er lächelte sein entwaffnendes Lächeln. »Ich glaube, ich weiß jetzt, wer die Person ist, hinter der du her bist«, sagte er zu dem großen Mann.

»Nun, wenn's weiter nichts ist.« Padishar Creels scherzhafte Worte waren ebenso an seine Männer gerichtet wie an Morgan und Steff. »Also dann, kommt kurz mit und erzählt mir davon.« Er legte den Arm um Steffs Schultern, als wäre alles in schönster Ordnung, und zog den Hochländer und den Zwerg in den Schatten. »Was hast du herausgefunden?« wollte er dort von Morgan wissen.

Morgan sah Steff an und schüttelte den Kopf. Sein Körper war unter seinen Kleidern jetzt schweißbedeckt, und sein Gesicht lief rot an. »Padishar«, sagte er, »Teel ist verschwunden. Steff weiß nicht, was mit ihr passiert ist. Ich glaube, daß sie möglicherweise in den Geheimgang gegangen ist.«

Er wartete, während seine Augen den großen Mann fixierten;

im stillen hoffte er, der andere möge keine weitere Erklärung fordern. Er war sich immer noch nicht sicher, nicht absolut sicher, und Steff würde ihm in keinem Fall glauben.

Padishar Creel verstand. »Wir wollen nachschauen. Du und ich, Hochländer.«

Steff hielt Morgan am Arm fest. »Ich komme mit.« Sein Gesicht war schweißüberströmt und seine Augen glasig, aber an seiner Entschlossenheit bestand kein Zweifel.

»Du bist noch immer viel zu schwach, mein Junge.«

»Das ist meine Sache!«

Mit einem Ruck wandte Padishar Creel sein Gesicht zum Licht. Es war über und über mit Striemen und Schnittwunden bedeckt, die vom Kampf der vergangenen Nacht zeugten. »Auf keinen Fall meine«, sagte er leise. »Nur damit wir uns verstehen.«

Sie gingen in das Krankenrevier, wo Padishar Creel einen der Geächteten beiseite nahm und leise mit ihm redete. Morgan konnte gerade noch verstehen, was er sagte.

»Weck Chandos«, befahl Padishar Creel. »Sag ihm, er soll das Lager mobilisieren. Bereitet alles zum Aufbruch vor. Dann soll er mir in den Geheimgang nachkommen. Aber nicht allein. Sag ihm, daß die Geheimnistuerei ein Ende hat und daß es ganz egal ist, ob die anderen wissen, was er vorhat.«

Der Mann eilte davon, und Padishar Creel bedeutete Morgan und Steff, ihm zu folgen. Er führte sie durch die Haupthöhle zu der abgeschiedenen Stelle, wo die Vorräte aufbewahrt wurden. Er zündete drei Fackeln an, von denen er eine selbst behielt und die anderen beiden an den Hochländer und den Zwerg weitergab. Dann ging er voraus zu dem Raum, wo die Kisten an der Felswand lagerten, übergab Morgan seine Fackel, ergriff die Kisten mit beiden Händen und zog. Die Geheimtür ging auf und gab den dahinterliegenden Gang frei. Nachdem sie durch die Öffnung geschlüpft waren, zog Padishar Creel die Kisten wieder davor. »Bleibt dicht bei mir«, mahnte er.

Mit rauchenden Fackeln eilten sie in die Dunkelheit hinein. In den Gang hineinragende Stalaktiten wie Stalagmiten, bösartige steinerne Eiszapfen, machten den Weg gefährlich. Das von der Decke tropfende Wasser sammelte sich in kleinen Seen im Fels. In den Höhlen war es kalt, und die Kälte drang innerhalb kürzester Zeit durch Morgans Kleider. Er zitterte, während er hinter Padishar herging. Steff bildete die Nachhut; er schleppte sich mit unsicheren Schritten und keuchend hinter ihnen her.

Morgan fragte sich plötzlich, was sie tun würden, wenn sie auf Teel stießen. Im Geist überprüfte er seine Waffen. Er trug sein neu erworbenes Breitschwert auf dem Rücken, einen Dolch an seinem Gürtel und einen zweiten im Stiefelschaft. Um seine Taille hing die gekürzte Scheide, in der das, was vom Schwert von Leah übriggeblieben war, steckte.

Keine große Hilfe im Kampf gegen ein Schattenwesen, dachte er voller Sorge. Und wieviel Hilfe konnte er von Steff erwarten, selbst wenn dieser die Wahrheit erkannte? Was würde er tun?

Wenn ich nur noch die Zauberkraft hätte... Er zwang sich, nicht mehr daran zu denken, wohl wissend, wohin ihn seine Gedanken führen würden, und fest entschlossen, nicht mehr zuzulassen, daß seine Unentschlossenheit ihn lähmte.

Sie durchschritten eine Reihe von unterirdischen Höhlen, in denen das Licht ihrer Fackeln die Schatten, die die gewölbten Decken umspielten, nicht im entferntesten zu durchdringen vermochte. Kurz danach stießen sie auf eine Anzahl von Spalten, von denen einige mehr als zwanzig Meter breit waren. Holzbrücken führten über sie.

Die ganze Zeit über hielten sie Ausschau nach Teel. Aber sie war nicht zu sehen.

Steff konnte nur mit Mühe mit ihnen Schritt halten. Er verfügte im gesunden Zustand über enorme Kräfte, aber welche Krankheit ihn auch befallen haben mochte – wenn es sich tatsächlich um eine Krankheit handelte und er nicht, wie Morgan allmählich vermutete, vergiftet worden war –, sie hatte ihn so ziemlich aller Kräfte beraubt. Padishar Creel ging schnell voran. Der große Mann hatte gemeint, was er gesagt hatte – Steff war für sich selbst verantwortlich. Der Zwerg hatte es aufgrund seiner Entschlossenheit bis hierher geschafft, aber Morgan erkannte, daß er dem Tempo, das der Anführer der Geächteten vorgab, nicht länger gewachsen war. Der Hochländer blickte sich zu seinem Freund um, aber dieser, der mit gehetztem Blick die Schatten jenseits des Lichts absuchte, sah ihn anscheinend nicht.

Sie waren bereits mehr als eine Meile in den Berg hinein vorgedrungen, als sie einen Lichtschein bemerkten. Padishar Creel verlangsamte sein Tempo nicht. Der Gang verbreiterte sich, und die vor ihnen liegende Öffnung glänzte im Licht der Fackeln. Morgan spürte, wie sein Herz anfing schneller zu schlagen.

Sie betraten eine gewaltige unterirdische Höhle, die in hellem Licht erstrahlte. Die in den Wänden steckenden Fackeln erfüllten die Luft mit Rauch und dem Geruch von verkohltem Holz und brennendem Pech. In der Mitte der Höhle teilte ein breiter Spalt den Boden in zwei Hälften. Wieder spannte sich eine Brücke über die schmalste Stelle der Spalte, diesmal jedoch aus Eisen bestehend. An ihren Seiten befanden sich Vorrichtungen zum Hochziehen und Niederlassen der Brücke. Jetzt war sie unten und verband die beiden Hälften des Höhlenbodens. Dahinter erstreckte sich der Fels in den Gang hinein, der wieder in der Dunkelheit verschwand.

Teel stand neben einer der Winden und hämmerte auf sie ein.

Padishar Creel blieb stehen, und Morgan und Steff eilten neben ihn. Teel hatte sie bisher weder gehört noch gesehen, da das Licht ihrer Fackeln sich in der Helligkeit der Höhle verlor.

Padishar Creel legte seine Fackel zu Boden. »Sie hat eine der Winden zertrümmert.« Seine Augen richteten sich auf Steff. »Wenn wir sie nicht aufhalten, wird sie die Föderation auf direktem Wege zu uns führen.«

Mit wildem Blick starrte Steff ihn an. »Nein«, stieß er ungläubig hervor.

Padishar Creel schenkte ihm keine Beachtung. Er zog sein Breitschwert aus der Scheide und lief auf Teel zu.

Steff streckte die Hand aus, um ihn zurückzuhalten, stolperte und fiel. Wie von Sinnen schrie er: »Teel!«

Teel wirbelte herum. In der Hand hielt sie eine Eisenstange, auf deren glatter Oberfläche, wo sie die Winde getroffen hatte, schimmernde Kerben zu sehen waren. Morgan konnte das Ausmaß des Schadens jetzt deutlich erkennen. Teels Haar schimmerte golden im Licht. Unter ihrer Maske starrte sie sie an, einem Stück Leder, in dem es nur zwei dunkle Löcher gab.

Mit seinen großen Händen umfaßte Padishar Creel sein Breitschwert und hob die Klinge ins Licht. »Das war's, Mädchen«, schrie er ihr entgegen.

Das Echo seiner Worte erfüllte die Höhle, und Steff kam torkelnd auf die Beine. »Padishar, warte!« heulte er auf.

Morgan warf sich ihm entgegen, bekam ihn am Arm zu fassen und riß ihn herum. »Nein, Steff, das ist nicht Teel! Nicht mehr!«

Steffs Augen glänzten vor Zorn und Angst.

Morgan sprach jetzt leise. »Hör mich an. Das ist ein Schattenwesen, Steff. Wie lange ist es her, seit du das Gesicht unter der Maske zum letzten Mal gesehen hast? Hast du es angeschaut? Es ist nicht mehr Teels Gesicht. Teel gibt es schon lange nicht mehr.«

Der Zorn und die Angst Steffs verwandelten sich in Entsetzen. »Morgan, nein! Ich würde es wissen! Ich würde es wissen, wenn es nicht mehr Teel wäre!«

»Steff, hör mir zu...«

Steff riß sich los, und Morgan packte ihn erneut. »Steff, schau dir an, was sie getan hat! Sie hat uns verraten!«

»Nein!« schrie der Zwerg und versetzte ihm einen Schlag.

Morgan sackte zusammen, die Härte des Schlages machte ihn

benommen. Seine erste Reaktion war Überraschung; er hatte es nicht für möglich gehalten, daß Steff immer noch solche Kräfte besaß. Er stützte sich auf Hände und Knie und beobachtete, wie der Zwerg Padishar Creel nachrannte, während er ihm etwas zurief, das der Hochländer nicht verstehen konnte.

Steff hatte den großen Mann eingeholt, als er nur noch ein paar Schritte von Teel entfernt war. Der Zwerg warf sich von hinten auf Padishar Creel, packte den Arm, mit dem er das Schwert hielt, und drückte ihn nach unten. Außer sich vor Zorn schrie Padishar Creel auf und versuchte sich zu befreien, ohne Erfolg.

In dieser Verwirrung schlug Teel zu. Mit erhobener Eisenstange sprang sie sie wie eine Katze an. Die Eisenstange sauste auf sie nieder, und in wenigen Sekunden lagen Padishar Creel und Steff blutend auf dem Boden der Höhle.

Morgan kam taumelnd auf die Beine.

Ohne Hast ging sie auf ihn zu, und während sie sich ihm näherte, drängten sich ihm plötzlich alle Erinnerungen an sie auf. Er sah sie als kleines, verwahrlostes Mädchen, das er in Culhaven in der Küche von Großmütterchen Elise und Tantchen Jilt kennengelernt hatte, ihr honigfarbenes Haar, das unter den Falten ihrer Kapuze kaum sichtbar war, und ihr Gesicht, das unter der ledernen Maske verborgen war. Er sah, wie sie am Lagerfeuer den Gesprächen der kleinen Gruppe lauschte, die durch das Wolfsktaaggebirge marschiert war. Er sah, wie sie sich am Fuß der Drachenzähne, bevor sie aufbrachen, um den Geist von Allanon zu finden, an Steff ankuschelte – mißtrauisch und scheu.

Er verscheuchte die Bilder, zwang sich, sie so zu sehen, wie sie jetzt war, ein Wesen, das Padishar Creel und Steff niedergestreckt hatte; sie war zu schnell und zu stark, als daß sie das hätte sein können, was sie vorgab zu sein. Trotzdem fiel es ihm schwer zu glauben, daß sie ein Schattenwesen war, und noch schwerer, die Tatsache hinzunehmen, daß sie alle vollkommen getäuscht worden waren.

Er riß das Breitschwert hoch und wartete. Er mußte schnell sein. Er erinnerte sich an die Bestien in der Schlucht. Eisen hatte nicht ausgereicht, sie zu töten.

Teel kauerte sich zusammen, als sie sich ihm näherte. Der Blick, mit dem sie ihn bedachte, war hart und unmißverständlich. Morgan täuschte einen Scheinangriff vor, um in der gleichen Sekunde einen Schlag gegen die Beine des Mädchens zu führen. Sie wich dem Schlag mühelos aus. Er ließ das Schwert erneut niedergehen – einmal, zweimal. Sie parierte die Hiebe, und der Aufprall des Schwertes auf die Eisenstange fuhr ihm durch Mark und Bein. Sie kauerten einander gegenüber, hieben in Scheinattacken aufeinander ein und warteten darauf, daß der andere sich zu einer Unvorsichtigkeit würde hinreißen lassen.

Dann ließ er das Breitschwert in einer Reihe von Hieben auf die Eisenstange niedersausen, und die Klinge zerbrach. Er stürmte mit dem Stumpf auf die Stange los, erwischte sie mit dem Schwertknauf und entriß sie ihr. Stange und Schwert flogen in hohem Bogen in die Dunkelheit.

Im gleichen Augenblick warf sich Teel auf Morgan, und ihre Hände griffen nach seiner Kehle. Sie war unglaublich stark. Es blieb ihm nur ein Augenblick zu handeln, während er nach hinten fiel. Seine Hand faßte nach dem Dolch an seinem Gürtel, riß ihn heraus und rammte ihn in ihre Brust. Überrascht wich sie zurück. Er stieß mit den Beinen nach ihr, zog den Dolch aus seinem Stiefel, stieß ihn ihr in die Seite und schlitzte ihr Fleisch auf.

Sie erwischte ihn mit einem Schlag ihres Handrückens und traf ihn so hart, daß er das Gleichgewicht verlor. Mit einem erstickten Schrei ging er zu Boden; der Schlag hatte ihn so hart getroffen, daß ihm die Luft wegblieb. Sterne tanzten vor seinen Augen, aber schließlich gelang es ihm, sich aufzuraffen.

Teel hatte sich nicht von der Stelle gerührt; die Dolche ragten immer noch aus ihrem Körper. Sie streckte die Hand nach ihnen aus, riß sie heraus und warf sie zur Seite.

Sie weiß, daß ich ihr nichts anhaben kann, dachte er voller Verzweiflung. Sie weiß, daß ich nichts besitze, womit ich ihr Einhalt gebieten könnte.

Sie schien vollkommen unverletzt, als sie auf ihn zukam. Er konnte keine Regung hinter ihrer dunklen Maske erkennen, nichts in ihren Augen; er sah nur eine Leere, die ihm das Blut in den Adern gefrieren ließ. Während er zur Seite wich, suchte er den Höhlenboden nach einer brauchbaren Waffe ab. Sein Blick fiel auf die Eisenstange, nach der er in seiner Verzweiflung sofort die Hand ausstreckte.

Teel schien das keineswegs zu stören. Durch ihren ganzen Körper schien eine Bewegung zu gehen, als ob das Wesen, das in ihr lebte, Kräfte sammelte.

Morgan wich zu der Erdspalte zurück. Konnte es ihm gelingen, das Wesen nahe genug zum Abgrund zu locken, um ihm dann einen Stoß zu versetzen? Konnte er es auf diese Weise töten? Er wußte es nicht. Alles, was er wußte, war, daß er der einzige war, der es aufhalten konnte, der verhindern konnte, daß es die Geächteten an die Föderation verriet. Wenn er versagte, würden sie alle sterben.

Aber ich bin nicht stark genug – nicht ohne die Zauberkraft!

Er war nur noch wenige Schritte vom Rand der Spalte entfernt. Teel verkürzte den Abstand zwischen ihnen mit schnellen Schritten. Er versuchte sie mit der Stange zu treffen, doch sie bekam sie zu fassen, entriß sie ihm und schleuderte sie weg.

Dann war sie auch schon auf ihm. Ihre Hände umklammerten seine Kehle, raubten ihm die Luft, erstickten ihn. Mit aller Kraft versuchte er sich loszureißen, aber sie war viel zu stark. Vor lauter Schmerz kniff er die Augen zusammen; gleichzeitig spürte er einen kupferartigen Geschmack im Mund. Plötzlich fiel etwas Schweres über ihn.

»Teel, nicht!« hörte er jemand schreien, mit einer fast unmenschlichen, von Schmerz gepeinigten Stimme.

Steff!

Die Hände gaben etwas nach, und er sah, daß Steff auf Teel lag, sie festhielt und nach hinten zerrte. Blut rann ihm über das Gesicht. Eine klaffende Schädelwunde entstellte ihn.

Morgans rechte Hand tastete nach seinem Gürtel und fand den Knauf des Schwertes von Leah.

Teel riß sich von Steff los. Zorn stach aus ihren Augen. Sie riß Steffs Dolch aus der Scheide und stieß ihn tief in seine Brust. Steff stürzte nach hinten.

Teel wandte sich um, um Morgan den Todesstoß zu versetzen, und während sie sich halb über ihn beugte, stieß er ihr die zerbrochene Schwertklinge in den Bauch.

Schreiend bäumte sie sich auf, so daß Morgan erschrak. Seine Hände hielten den Knauf des Schwertes fest umklammert. Dann geschah etwas sehr Seltsames. Das Schwert von Leah wurde warm und leuchtete. Er spürte, wie es sich regte und zum Leben erwachte.

Die Zauberkraft! Großer Gott, es war die Zauberkraft!

Eine Kraft wogte durch die Klinge, die Teel in einen roten Feuerball verwandelte. Ihre Hände rissen an der Klinge, an ihrem Gesicht, und die Maske fiel herab. Morgan sollte niemals vergessen, was sich darunter verbarg – ein Anlitz aus den schwärzesten Abgründen der Unterwelt, besessen von Dämonen, wie er sie sich in seinen schlimmsten Träumen nicht vorgestellt hatte.

Unsichtbare Hände wollten sich Morgans bemächtigen, wollten ihm Waffe und Seele entreißen.

»Leah! Leah!« Sein Schrei erinnerte an den Schlachtruf seiner Vorfahren, an die Könige, die sein Land tausend Jahre lang regiert hatten.

Das Schattenwesen stieß ein gellendes Kreischen aus. Während es zusammenbrach, zerfiel die Finsternis, die ihm seine Kraft gab, zu Staub. Teel kam wieder zum Vorschein, ein zerbrechliches, kraftloses Bündel. Sie fiel auf ihn nieder und war tot.

Es dauerte mehrere Minuten, bis Morgan genügend Kraft hatte, um Teel von sich wegzuschieben. Er lag in einer Pfütze von Blut und lauschte der plötzlichen Stille. Er konnte nur den einen Gedanken fassen, daß er überlebt hatte.

Langsam fing sein Herz an, wie wild zu schlagen. Es war die Zauberkraft, die ihn gerettet hatte, die Zauberkraft des Schwertes von Leah. Himmel, sie war also doch nicht ganz verloren gegangen! Wenigstens ein Teil von ihr war erhalten geblieben, und wenn ein Teil erhalten war, dann bestand die Möglichkeit, daß sie vollständig zurückkehrte…

Gierig atmete er die Luft ein und schob den leblosen Körper von sich weg. Er war überraschend leicht. Während er sich auf seine Hände und Knie erhob, sah er sie an. Ihr Gesicht war nach wie vor verzerrt und voller Narben, doch die Dämonen, die er in ihm gesehen hatte, waren verschwunden.

Dann hörte er, wie Steff nach Luft rang. Unfähig, vollends aufzustehen, kroch er auf Knien zu seinem Freund. Steff lag auf dem Rücken; der Dolch steckte immer noch in seiner Brust. Morgan streckte die Hand aus, um ihn herauszuziehen, hielt jedoch sofort wieder inne. Er hatte gesehen, daß er zu spät kam, daß er seinen Freund nicht mehr retten konnte. Behutsam legte er die Hand auf dessen Schulter.

Steff schlug die Augen auf, die umherirrten, bis sein Blick auf Morgan fiel. »Teel?« fragte er leise.

»Sie ist tot«, flüsterte Morgan.

Das Gesicht des Zwergs verkrampfte sich vor Schmerz. Er hustete Blut. »Es tut mir leid, Morgan. Entschuldige… ich war blind.«

»Nicht nur du.«

»Ich hätte es sehen müssen… die Wahrheit. Hätte sie erkennen müssen. Ich… wollte nicht, glaube ich.«

»Steff, du hast uns das Leben gerettet. Wenn du mich nicht geweckt hättest…«

»Hör mir zu. Du bist mein bester Freund. Ich möchte... du sollst etwas für mich tun.« Wieder mußte er husten. »Ich möchte, daß du nach Culhaven zurückgehst und sicherstellst, daß Großmütterchen Elise und Tantchen Jilt versorgt sind.« Seine Augen schlossen sich und öffneten sich wieder. »Du verstehst doch, Morgan? Sie sind in Gefahr, weil Teel...«

»Ich verstehe«, unterbrach ihn Morgan.

»Ich habe nur noch sie«, flüsterte Steff, während er seine Hand nach Morgan ausstreckte. »Du mußt es mir versprechen.« Ein Seufzer entrang sich seiner Kehle, und die folgenden Worte waren kaum mehr als ein Flüstern. »Ich habe Teel geliebt, Morgan.« Dann fiel seine Hand herunter, und er starb.

An alles, was danach passierte, erinnerte sich Morgan nur ganz schemenhaft. Eine Weile blieb er neben Steff sitzen, so benommen, daß er keinen klaren Gedanken fassen konnte. Dann erinnerte er sich an Padishar Creel. Er zwang sich, aufzustehen und nach dem großen Mann zu sehen. Padishar Creel lebte noch, war jedoch bewußtlos; sein linker Arm, mit dem er versucht hatte, die Hiebe mit der Eisenstange abzuwehren, war gebrochen, und aus der klaffenden Wunde an seinem Kopf sickerte Blut. Mit einem Druckverband versuchte Morgan die Blutung zu stillen, ließ jedoch den linken Arm, wie er war. Es blieb ihm keine Zeit, sich jetzt darum zu kümmern.

Die Brückenwinde war zerstört, und er sah keine Möglichkeit, sie zu reparieren. Falls die Föderation die Absicht hatte, einen Teil ihrer Armee noch heute nacht in den Geheimgang eindringen zu lassen, dann war es unmöglich, die Brücke hochzuziehen, um sie aufzuhalten. In wenigen Stunden war es Morgen. Das hieß, daß die Soldaten der Föderation höchstwahrscheinlich bereits losmarschiert waren. Selbst ohne ihre Führerin Teel würden sie keine Schwierigkeiten haben, dem Geheimgang bis zum Zeigefinger zu folgen.

Plötzlich wurde ihm bewußt, daß Chandos und die Männer, die er mitbringen sollte, immer noch nicht da waren. Sie hätten längst eintreffen müssen.

Er sagte sich, daß er es nicht riskieren konnte, auf sie zu warten. Er mußte diesen Ort verlassen. Er würde Padishar Creel tragen, da seine Bemühungen, ihn zu Bewußtsein zu bringen, gescheitert waren. Steff würde er zurücklassen müssen.

Als erstes rettete er das Schwert von Leah und steckte es vorsichtig in die provisorische Scheide. Dann trug er Teel und danach Steff zu der Spalte und warf sie hinunter.

Mittlerweile war er so schwach, daß er nicht mehr daran glaubte, den weiten Weg durch den Geheimgang zurücklegen zu können, ganz zu schweigen davon, daß er Padishar Creel tragen mußte. Aber es gelang ihm, ihn auf seine Schulter zu heben, und mit einer Fackel, die ihm den Weg wies, ging er los.

Es schien ihm, als wäre er bereits Stunden unterwegs, während er nichts hörte als die Geräusche seiner Stiefel auf dem Stein. Wo war Chandos? fragte er sich ein ums andere Mal. Warum war er nicht gekommen? Er stolperte und fiel fast unaufhörlich. Seine Knie und Hände bluteten. Plötzlich kamen ihm wunderliche Dinge in den Sinn, seine Jugendzeit und seine Familie, die Abenteuer, die er zusammen mit Par und Coll erlebt hatte, Steff und die Zwerge von Culhaven. Zeitweise mußte er weinen, als er daran dachte, was aus ihnen geworden war. Immer wenn er das Gefühl hatte, gleich zusammenzubrechen, redete er auf Padishar Creel ein, doch dieser schlief ruhig weiter. Und es schien, als nähme der Weg kein Ende.

Als Chandos schließlich in Begleitung einer Schar Geächteter sowie Axhinds und seiner Trolle doch noch auftauchte, hatte Morgan aufgegeben. Erschöpft war er zusammengebrochen.

Ebenso wie Padishar Creel wurde er den Rest des Weges getragen; dabei versuchte er zu berichten, was passiert war. Er wußte nicht wirklich, was er sagte. Er erinnerte sich später daran, daß

Chandos von einem erneuten Angriff der Föderation berichtete, der ihn daran gehindert hatte, so schnell zu kommen, wie er vorgehabt hatte.

Es war immer noch dunkel, als sie auf der Anhöhe ankamen, und Morgan mußte feststellen, daß der Zeigefinger tatsächlich angegriffen wurde, vielleicht zur Ablenkung von den Soldaten, die durch den Geheimgang heranschlichen. Die Vorbereitungen für die Flucht waren jedoch abgeschlossen. Die Verwundeten waren transportbereit. Morgan gehörte zu den letzteren. Chandos tauchte auf und unterhielt sich mit Morgan.

»Alles in Ordnung, Hochländer«, hörte Morgan ihn sagen. »Die Soldaten der Föderation befinden sich bereits im Geheimgang, aber die Taue der Brücken sind gekappt worden. Das wird sie für einige Zeit aufhalten – lang genug, damit wir uns sicher aus dem Staub machen können. Wir nehmen andere Stollen. Auch sie führen nach draußen, verstehst du? Der Weg wird etwas beschwerlicher durch die vielen Abzweigungen, die man nicht verfehlen darf. Aber Padishar Creel weiß, was er tut. Er überläßt nichts dem Zufall. Er ist wieder wach und kümmert sich darum, daß alle in Sicherheit kommen. Er ist zäh, der alte Padishar. Aber nicht zäher als du. Du hast ihm das Leben gerettet, jawohl. Du hast ihn in letzter Minute gerettet. Ruh dich jetzt aus. Es geht bald los.«

Morgan schloß die Augen und fiel in Schlaf. Er wurde durch das Rucken der Bahre, auf der er lag, sowie das Flüstern und die Schmerzensschreie der Männer, die ihn umgaben, mehr als einmal aus dem Schlaf gerissen.

Schließlich zwang er sich, wach zu bleiben, und versuchte den Kopf zu heben. Doch der Schmerz, der ihm wie ein Messer in den Nacken fuhr, ließ ihn sofort wieder niedersinken.

Padishar Creel trat zu ihm. Ein riesiger Verband zierte seinen Kopf, und sein Arm war geschient. »Nun, mein Junge, wie geht's?« fragte er.

Morgan nickte, schloß die Augen und öffnete sie wieder.

»Wir verlassen diesen Ort jetzt«, sagte Padishar Creel. »Daß wir es können, verdanken wir dir. Und Steff. Chandos hat mir alles erzählt. Er war sehr mutig, der Zwerg.« Er wandte sich ab. »Tja, der Zeigefinger ist verloren, aber das ist ein kleiner Preis für unser Leben.«

Morgan stellte fest, daß er keine Lust hatte, sich über den Preis des Lebens zu unterhalten. »Hilf mir auf, Padishar«, bat er. »Ich möchte diesen Ort auf meinen eigenen Füßen verlassen.«

Der Anführer der Geächteten lächelte. »Wollen wir das nicht alle, mein Junge?« fragte er. Dann streckte er seinen gesunden Arm aus und half Morgan in die Höhe.

10

Die Welt, in der sich Par und Coll Ohmsford befanden, war eine Welt der Alpträume. Die Stille war angespannt und endlos, eine gähnende Leere. Kein Laut, kein Vogelgezwitscher und kein Summen von Insekten, kein Plätschern oder Kratzen, nicht einmal das Rascheln des Windes in den Bäumen kündete von Leben. Die Bäume erhoben sich in den Himmel gleich steinernen Statuen.

Natürlich war auch der Nebel da. Der Nebel war zuerst, zuletzt und immer da, eine tiefe und allgegenwärtige graue See. Träge hing er in der Luft, unbeweglich bedeckte er Bäume und Sträucher; er glich einem Schleier, durch die das Licht und die Wärme der Sonne nicht durchdringen konnte. Er berührte die Haut mit einer kalten, feuchten Beharrlichkeit, die von toten Dingen kündete.

Par und Coll bewegten sich langsam, vorsichtig durch ihren Wachtraum, während sie gegen das Gefühl ankämpften, körperlose Wesen zu sein. Ihre Augen glitten von Schatten zu Schatten, suchten nach Spuren von Bewegung und fanden nur Bewegungslosigkeit. Die Welt, die sie betreten hatten, schien ohne Leben, als wären die Schattenwesen, die sie dort wußten, nicht vorhanden, sondern einfach eine Lüge ihres Traums, die sie mit ihren Sinnen nicht begreifen konnten.

Sie begaben sich schnell zu den Trümmern der Sendic-Brücke. Lautlos schritten sie durch das hohe Gras und über die feuchte Erde. Par warf einen Blick zu der Tür zurück, durch die sie gekommen waren. Sie war nirgendwo zu sehen.

In wenigen Sekunden war all das, was vom Palast der Könige von Tyrsis übriggeblieben war, ebenfalls verschwunden.

Als ob es nie da gewesen wäre, dachte Par düster. Ihm war kalt, aber auch wieder heiß. Den Gefühlen, die in seinem Inneren tobten, konnte er weder Beachtung schenken noch ihrer Herr werden; sie schrien mit Stimmen, die verwirrt klangen, jede verzweifelt darum bemüht, sich Gehör zu verschaffen. Er spürte, wie sein Herz in der Brust hämmerte, und fühlte das nahe Bevorstehen seines Todes bei jedem Schritt, den er tat. Er wünschte, er wäre in der Lage, die Magie kurz zu beschwören, um die Gewißheit zu haben, daß er ein gewisses Maß an Macht besaß, um sich zu verteidigen. Aber die Anwendung der Magie würde die Wesen, die in der Schlucht lebten, warnen, und er wollte glauben, daß dies bisher noch nicht geschehen war.

Coll berührte seinen Arm und deutete auf eine Stelle, wo sich eine Spalte vor ihnen auftat. Sie mußten sie umgehen. Par nickte und ging voran. Colls Anwesenheit gab ihm ein Gefühl der Sicherheit, so als könne seine bloße Gegenwart das Böse, das sie bedrohte, von ihnen abhalten. Seine Freude darüber, daß sein Bruder ihn begleitete, ließ sich nicht mit Worten beschreiben. Colls Mut in dieser Situation war zu einem großen Teil Quelle seines eigenen.

Sie umgingen die Falle und arbeiteten sich wieder zu den

Trümmern der Brücke zurück. Alles um sie herum war unverändert, still und bewegungslos, bar allen Lebens.

Aber dann schimmerte etwas dunkel im vor ihnen liegenden Nebel, eckige Umrisse, die sich aus den Trümmern erhoben.

Hastig eilten sie darauf zu, Par voraus, Coll nur einen Schritt hinter ihm. Steinerne Wände kamen plötzlich in Sicht. Pflanzen rankten sich daran hoch und über das schräge Dach. Der Kuppelbau war größer, als Par ihn sich vorgestellt hatte, gute fünfzehn Meter im Durchmesser und mindestens sechs Meter hoch. Er erinnerte an eine Krypta.

Die Talbewohner bogen vorsichtig um die Ecke. Sie stießen auf in den Stein gehauene Zeilen, uralt und durch Zeit und Wetter fast zerstört, so daß viele Worte fast schon unsichtbar waren. Atemlos hielten sie an und lasen: »Hier liegt Herz und Seele der Nationen, ihr Recht, freie Menschen zu sein, ihr Wunsch, in Frieden zu leben, ihr Mut, die Wahrheit zu suchen. Hier liegt das Schwert von Shannara.«

Dahinter war eine riesige Steintür, die nur angelehnt war. Die Brüder sahen einander an, bevor sie sich in Bewegung setzten. Als sie die Tür erreichten, spähten sie hinein. Sie erblickten eine Art Korridor, der in der Dunkelheit verschwand.

Par runzelte die Stirn. Er hatte nicht damit gerechnet, daß der Kuppelbau eine ganze Anlage war; er hatte geglaubt, nichts weiter als einen einzigen Raum vorzufinden, in dessen Mitte sich das Schwert von Shannara befand. Doch das, was er sah, ließ etwas anderes vermuten.

Er blickte Coll an. Sein Bruder war offensichtlich bestürzt; besorgt sah er sich um, ließ seinen Blick zuerst zum Eingang, dann zum dunklen Wald, der sie umgab, gleiten. Coll streckte die Hand aus und zog an der Tür. Sie ließ sich ohne große Mühe öffnen.

»Das sieht nach einer Falle aus«, flüsterte Coll so leise, daß Par ihn kaum hören konnte.

Par hatte soeben das Gleiche gedacht. Eine Tür zu einem Kuppelbau, der dreihundert Jahre alt war und der der Witterung in der Schlucht ausgesetzt war, hätte sich nicht so leicht öffnen lassen sollen. Es würde ein Leichtes sein, die Tür, sobald sie drinnen waren, von draußen zu verriegeln.

Und trotzdem wußte er, daß er hineingehen würde. Er hatte sich bereits dazu entschlossen. Er hatte zu viel auf sich genommen, als daß er jetzt umgekehrt wäre. Er zog die Augenbrauen in die Höhe und sah Coll fragend an. Was schlug Coll vor?

Coll sah, daß Par entschlossen war weiterzugehen, daß ihn das Risiko nicht abschreckte. »Also gut. Du suchst nach dem Schwert, ich halte hier draußen Wache. Aber beeil dich!«

Par nickte, lächelte und griff nach der Hand seines Bruders.

Dann war er auch schon drinnen und eilte schnell durch den Gang der Dunkelheit entgegen. Er wagte sich so weit vor, wie es angesichts des schwachen Lichts, das ihm von draußen den Weg wies, möglich war, aber bald umgab ihn nichts als Finsternis. Seine Hände tasteten an den Wänden entlang auf der Suche nach dem Ende des Korridors, aber er fand es nicht. Ihm fiel ein, daß er immer noch den Stein, den Damson Rhee ihm gegeben hatte, bei sich trug. Er griff in seine Tasche, nahm ihn heraus, umschloß ihn einen Augenblick mit den Händen, um ihn zu wärmen, und hielt ihn dann vor sich. Silbriges Licht durchflutete die Dunkelheit.

Er folgte dem Korridor, stieg eine Treppe hinunter und betrat einen zweiten Korridor. Der Weg schien länger, als er dies für möglich gehalten hätte, und zum erstenmal beschlich ihn ein Gefühl der Beunruhigung. Er befand sich längst nicht mehr im Kuppelbau, sondern tief darunter.

Dann hörte der Korridor auf. Er betrat einen Raum mit einer gewölbten Decke und Wänden mit Bildern und Runen. In der Mitte erblickte er mit der Klinge nach unten in einem Block aus rotem Marmor das Schwert von Shannara.

Er blinzelte, um sicherzugehen, daß er sich nicht täuschte, und trat dann darauf zu. Die Klinge war glatt und ohne Beschädigung, ein makelloses Stück Schmiedekunst. Den Griff zierte das Bild einer Hand, die eine Fackel gen Himmel hob. Der Talisman funkelte bläulich in dem weichen Licht.

Par spürte, wie sich seine Kehle verengte. Es war tatsächlich das Schwert.

Eine plötzliche Erregung bemächtigte sich seiner. Er konnte sich kaum enthalten, nach Coll zu rufen, seine Gefühle laut hinauszuschreien. Eine Welle der Erleichterung ging durch ihn hindurch. Nur aus einer Vorahnung hatte er alles gewagt – und diese Vorahnung hatte ihn nicht getrogen. Himmel, sie hatte ihn von Anfang an geleitet! Das Schwert von Shannara hatte sich wirklich in der Grube befunden, war lediglich verborgen gewesen durch die Bäume und das Gestrüpp, durch den Nebel und die Nacht, durch die Schattenwesen!

Der Gedanke an die Schattenwesen erinnerte ihn daran, in welcher Gefahr er sich befand. Er würde später noch Zeit genug finden, sich zu gratulieren, später, wenn Coll und er diesem Rattenloch entflohen waren.

In den steinernen Sockel des Marmorblocks, in dem das Schwert ruhte, waren Stufen eingelassen, und er machte sich daran hinaufzusteigen. Aber er hatte erst eine Stufe erklommen, als sich etwas aus der Wand hinter ihm löste. Er erstarrte.

Schattenwesen!

Aber er erkannte sofort, daß er sich getäuscht hatte. Es war kein Schattenwesen. Es war ein Mann, ganz in Schwarz gekleidet, in Mantel und Kapuze, die Abzeichen eines Wolfskopfes auf seiner Brust.

Pars Angst verringerte sich nicht, als er begriff, wen er vor sich hatte. Der Mann, der auf ihn zukam, war Felsen-Dall.

Am Eingang des Kuppelbaus wartete ein ungeduldiger Coll. Er stand mit dem Rücken zur Wand, unweit der Tür, und ließ seine Blicke durch den Nebel schweifen. Nichts bewegte sich. Kein Laut drang an sein Ohr. Er war allein, so schien es; und doch fühlte er sich nicht allein. Das Licht der Dämmerung drang schwach durch die Baumwipfel.

Par ist bereits zu lange weg, dachte er. So viel Zeit darf er nicht brauchen.

Er warf einen schnellen Blick auf die schwarze Öffnung des Kuppelbaus. Noch fünf Minuten wollte er warten; dann wollte er selbst hineingehen.

Felsen-Dall blieb ein Dutzend Schritte vor Par stehen, streckte wie beiläufig seine Hand aus und zog die Kapuze seines Mantels zurück. Sein Gesicht war unmaskiert, trotzdem warf das Halblicht des Kuppelbaus so viel Schatten darauf, daß es praktisch unkenntlich war. Aber Par hätte ihn jederzeit erkannt. Das eine und bisher einzige Zusammentreffen im »Blue Whisker« in jener Nacht vor vielen Wochen war nichts, was er jemals vergessen würde. Er hatte gehofft, daß sich diese Zusammenkunft nicht wiederholte; doch nun standen sie einander von Angesicht zu Angesicht gegenüber. Felsen-Dall, Erster Sucher der Föderation, der Mann, der ihn durch ganz Callahorn verfolgt und ihm viele Male dicht auf den Fersen gewesen war, hatte ihn schließlich eingeholt.

Die Tür, durch die Par eingetreten war, stand weiterhin offen. Er machte sich zur Flucht bereit.

»Bleib, Par Ohmsford«, sagte der andere, als hätte er seine Gedanken gelesen. »Gibst du so schnell auf? Läßt du dir so leicht Angst einjagen?«

Par zögerte.

Felsen-Dall war ein großer, hochgewachsener Mann; sein Gesicht, das von einem roten Bart gerahmt wurde, schien, als wäre es aus Stein gemeißelt, so hart und bedrohlich wirkte es. Doch seine Stimme – und Par hatte sie ebenfalls nicht vergessen – war weich und unwiderstehlich.

»Solltest du dir nicht zuerst anhören, was ich zu sagen habe?« fuhr der große Mann fort. »Was kann es schon schaden? Ich warte hier schon geraume Zeit auf dich.«

Par starrte ihn an. »Du hast gewartet?«

»Gewiß. Du mußtest früher oder später hierherkommen, nachdem du dich für das Schwert von Shannara entschieden hattest. Du bist sicher hier, um es zu holen. Dann habe ich also recht daran getan zu warten, nicht wahr? Wir haben viel zu bereden.«

»Das glaube ich nicht.« Pars Gedanken überschlugen sich. »Du hast versucht, mich und Coll in Varfleet festzunehmen. Du hast meine Eltern in Shady Vale eingesperrt. Du bist seit Wochen hinter mir und meinen Gefährten her.«

Felsen-Dall verschränkte die Arme. Par bemerkte wieder, daß der linke Arm bis zum Ellbogen behandschuht war. »Wie wär's, wenn ich hier stehe und du dort?« bot der große Mann an. »Auf diese Weise kannst du den Raum jederzeit verlassen. Ich werde dich nicht daran hindern.«

Par holte tief Luft und trat zurück. »Ich traue dir nicht.«

Der große Mann zuckte mit den Schultern. »Warum solltest du auch? Aber du willst doch das Schwert von Shannara, oder nicht? Wenn du es haben willst, mußt du zuvor mich anhören. Und danach kannst du es, wenn du willst, an dich nehmen. Ist das ein faires Angebot?«

Par spürte, wie sich seine Nackenhaare sträubten. »Warum solltest du mir solch einen Handel anbieten, nachdem du nichts unversucht gelassen hast, was mich davon abhalten konnte, das Schwert von Shannara in meinen Besitz zu bringen?«

»Dich davon abhalten?« Der andere lachte, ein tiefes, angenehmes Lachen. »Par Ohmsford, hast du auch nur einmal daran gedacht, mich um das Schwert von Shannara zu bitten? Hast du jemals die Möglichkeit in Betracht gezogen, daß ich es dir einfach geben könnte? Wäre das nicht einfacher gewesen, als sich durch die Stadt zu schleichen und zu versuchen, es wie ein ganz gemeiner Dieb zu stehlen?« Er schüttelte langsam den Kopf. »Es gibt so vieles, was du nicht weißt. Laß es mich dir erzählen.«

Par blickte sich unsicher um, überzeugt, daß dies ein Trick war, um ihn zur Unachtsamkeit zu verleiten. Der Kuppelbau war ein Irrgarten von Schatten. Par rieb heftig den Stein, den Damson Rhee ihm gegeben hatte, um seine Leuchtkraft zu vergrößern.

»Ah, glaubst du, daß ich jemand in der Dunkelheit verstecke, glaubst du das?« Felsen-Dall flüsterte. »Nun denn!« Er hob die behandschuhte Hand, machte eine schnelle Bewegung, und der Raum wurde von Licht durchflutet.

Par rang überrascht nach Luft und trat noch einen Schritt zurück.

»Glaubst du, Par Ohmsford, daß du der einzige bist, der über Magie gebietet?« fragte Felsen-Dall ruhig. »Du siehst, du bist nicht der einzige. Tatsache ist, daß ich über eine Magie verfüge, die viel größer ist als deine, größer vielleicht als die der alten Druiden. Außerdem gibt es noch andere wie mich. In den Vier Ländern gibt es viele, die die Magie der alten Welt besitzen, aus einer Welt vor den Vier Ländern und den Großen Kriegen und selbst vor den Menschen.«

Wortlos starrte Par ihn an.

»Willst du mir jetzt zuhören? Solange du noch kannst?«

Par schüttelte den Kopf, nicht als Antwort auf die Frage, die ihm gestellt worden war, sondern aus Unglauben. »Du bist ein Sucher«, sagte er schließlich. »Du verfolgst die, die Magie anwenden. Jede Anwendung, auch durch euch, ist verboten.«

Felsen-Dall lächelte. »So hat es die Föderation bestimmt. Aber hat dich das davon abgehalten, deine Magie zu benutzen, Par? Oder deinen Onkel, Walker Boh? Oder irgendeinen anderen, der über sie verfügt? Es ist in der Tat ein lächerlicher Erlaß. Die Föderation träumt von Eroberung und der Errichtung eines Reiches, von der Vereinigung der Länder und der Rassen unter ihrer Herrschaft. Der Koalitionsrat entwirft und plant und glaubt, er sei auserwählt zu regieren, weil es den Rat der Rassen und die Druiden nicht mehr gibt. Er hält das Verschwinden der Elfen für einen Segen. Er bemächtigt sich des Südlandes, bedroht Callahorn, bis Callahorn sich unterwirft, und vernichtet die eigensinnigen Zwerge. Er wertet all dies als Beweis für sein Recht auf die Herrschaft. Er hält sich selbst für allwissend. In einem letzten Akt der Arroganz ächtet er die Magie. Er macht sich nicht ein einziges Mal die Mühe zu fragen, welchen Zweck die Magie hat – er mißachtet sie einfach!... Tatsache ist, daß die Föderation aus Narren besteht, die nichts von der Bedeutung der Magie wissen. Es war die Magie, die unsere Welt erschaffen hat, die Welt, in der sich die Föderation allen anderen überlegen glaubt. Aus der Magie wird alles geboren, sie macht alles möglich. Und die Föderation sollte eine solche Macht behandeln, als wäre sie bedeutungslos?« Er richtete sich auf, reckte sich dem Licht, das er gerufen hatte, entgegen. »Sieh mich an, Par Ohmsford«, flüsterte er.

Sein Körper begann zu leuchten, um sich sodann aufzulösen. Par verfolgte das Schauspiel mit Entsetzen. Eine dunkle Gestalt erhob sich in das Halblicht, in ihren Augen loderte ein hochrotes Feuer. »Siehst du?« flüsterte Felsen-Dalls körperlose Stimme mit einer Spur von Genugtuung. »Ich bin genau das, was die Föderation vernichten würde, und sie hat nicht die geringste Ahnung davon!«

Par wich vor dem Mann, der sich Felsen-Dall nannte, zurück, vor der Kreatur, die in Wirklichkeit kein Mensch war, sondern ein Schattenwesen. Er wollte fliehen. Dann erinnerte er sich an das Schwert von Shannara, und tollkühn änderte er seinen Entschluß. Wenn er an das Schwert gelangte, dachte er grimmig, besaß er eine Waffe, mit der er Felsen-Dall vernichten konnte.

Aber das Schattenwesen schien sorglos. Langsam glitt die dunkle Gestalt wieder in Felsen-Dalls Körper hinein, und die Stimme des großen Mannes kehrte zurück. »Man hat dich belogen, Talbewohner. Wiederholt. Man hat dir erzählt, daß die Schattenwesen das Böse sind, daß sie Parasiten sind, die sich menschlicher Körper bemächtigen, um sie für ihre Zwecke zu gebrauchen... Nein, mach dir nicht die Mühe, es abzustreiten oder zu fragen, woher ich das weiß«, sagte er schnell und schnitt Par, der seiner Überraschung Ausdruck geben wollte, das Wort ab. »Ich weiß alles über dich, über deine Reise nach Culhaven, den Wildewald, das Hadeshorn und noch mehr. Ich weiß von deiner Zusammenkunft mit dem Geist Allanons. Ich kenne die Lügen, die er dir erzählt hat. Lügen, Par Ohmsford – und sie beginnen mit den Druiden! Sie erzählen dir, was zu tun ist, um die Schattenwesen zu vernichten, um die Welt wieder zu einem sicheren Ort zu machen. Du sollst das Schwert von Shannara suchen, Wren die Elfen und Walker Boh das entschwundene Paranor – ich weiß das alles.« Das schroffe Gesicht verzerrte sich vor Zorn. »Aber hör dir das an, was du noch nicht weißt! Die Schattenwesen sind keine Mißgeburt der Natur. Wir sind die Nachfolger der Druiden! Wir sind das, was nach ihrem Verschwinden aus der Magie entstanden ist! Wir sind keine Monster, die sich der Menschen bemächtigen – wir sind selbst Menschen.«

Par schüttelte den Kopf, so als wolle er leugnen, was er gehört hatte, aber Felsen-Dall erhob die behandschuhte Hand. »Die Menschen besitzen Magie genau, wie einstmals die Wesen aus dem Feenland sie besessen haben. Genau wie die Elfen, bevor sie sich zurückgezogen haben. Und später die Druiden.« Seine Stimme klang wieder weich. »Ich bin ein Mann wie jeder andere, ausgenommen daß ich Magie besitze. Wie du, Par Ohmsford. Irgendwie habe ich sie von meinen Vorfahren geerbt, die in einer Welt gelebt haben, in der Magie etwas Alltägliches war. Die Magie hat sich ausgebreitet und Wurzeln geschlagen – nicht in der

Erde, sondern in den Körpern der Männer und Frauen der Rassen. Jetzt besitzen wir die Macht, die einstmals das Vorrecht der Druiden war.« Er nickte und wartete auf Pars Antwort.

Aber Par gefror das Blut in den Adern vor dem, was er kommen fühlte.

»Ich sehe dir an, daß du mich verstehst«, sagte Felsen-Dall. »All das bedeutet, Par Ohmsford, daß auch du ein Schattenwesen bist.«

Coll zählte im Geist die Sekunden, zählte so langsam, wie er nur konnte, und dachte bei jeder Sekunde, die er zählte, daß Par in Kürze zurückkehren werde. Aber sein Bruder blieb verschwunden.

Als fünf Minuten um waren, wollte Coll nicht länger warten. Er mußte hinein. Er mußte herausfinden, was mit Par geschehen war.

Er holte tief Luft. Das war der Augenblick, als ihn von hinten die Hände umfaßten und zu Boden zwangen.

»Du lügst!« schrie Par Felsen-Dall entgegen und vergaß einen Augenblick seine Angst, während er drohend einen Schritt vortrat.

»Es ist nichts Schlechtes dabei, ein Schattenwesen zu sein«, antwortete der andere scharf. »Es ist nur ein Wort, das andere gebraucht haben, um etwas zu benennen, das sie nicht wirklich verstehen. Wenn du die Lügen, die man dir aufgetischt hat, vergessen kannst, wirst du eher in der Lage sein zu verstehen, was ich dir sagen werde. Nehmen wir einmal an, daß ich recht habe! Wenn die Schattenwesen Menschen sind, die zu Nachfolgern der Druiden bestimmt sind, dann haben sie nicht nur das Recht, die Magie anzuwenden, sondern sogar die Pflicht. Die Magie ist ein Vermächtnis – hat nicht Allanon, als er im Sterben gelegen und Brin Ohmsford mit seinem Blut gezeichnet hat, dies gesagt? Die

Magie ist ein Werkzeug, das zur Veredelung der Rassen und der Vier Länder benutzt werden muß. Warum ist es so schwer, das zu akzeptieren? Aber die Narren, die die Föderation beherrschen, glauben, daß alles, was sie nicht beherrschen können, unterdrückt werden muß. Jeder, der anders ist als sie selbst, ist ein Feind!« Das kantige Gesicht verhärtete sich. »Aber wer, glaubst du, strebt nach Vorherrschaft über die Vier Länder? Wer vertreibt die Elfen aus dem Westland, versklavt die Zwerge im Osten, belagert die Trolle im Norden und erhebt Anspruch auf den Besitz aller Vier Länder? Aus welchem Grund, glaubst du, fangen die Vier Länder an zu welken und zu sterben? Wer ist dafür verantwortlich? Du hast die armen Kreaturen gesehen, die in der Schlucht leben. Für Schattenwesen hältst du sie, oder etwa nicht? Ja, das sind sie – aber für ihren Zustand sind ihre Herren verantwortlich. Und das sind Menschen wie du und ich. Die Föderation sperrt sie ein, weil sie der Beweis für die Magie sind und man sie für gefährlich hält. Sie werden zu dem, wofür sie gehalten werden. Sie entbehren das Leben, das die Magie ihnen bieten könnte, und darüber werden sie wahnsinnig! Das Mädchen auf dem Tofferkamm – was ist ihr widerfahren, daß sie zu dem geworden ist, was sie ist? Sie verzehrte sich nach der Magie, die sie brauchte, nach der Anwendung der Magie und nach allem, was ihre geistige Gesundheit erhalten hätte. Sie wurde ins Exil getrieben... Es ist die Föderation, die mit ihren lächerlichen Erlassen und ihrer erdrückenden Herrschaft die Vernichtung der Vier Länder bewirkt! Es sind die Schattenwesen, die die Möglichkeit haben, die Dinge wieder ins rechte Lot zu bringen!... Was Allanon betrifft, so ist er in erster Linie und immer ein Druide. Wonach er strebt, weiß nur er selbst, und so wird es wahrscheinlich bleiben. Aber du tätest gut daran, das, was er dir erzählt, nicht allzu schnell zu glauben.«

Er sprach mit solcher Überzeugung, daß Par zum allerersten Mal zweifelte. Was war, wenn der Geist Allanons wirklich gelogen hatte? Stimmte es etwa nicht, daß die Druiden mit jenen schon immer ihr Spiel getrieben hatten, die ihnen zu Diensten waren? Walker Boh hatte behauptet, daß dem so sei, und davon gesprochen, daß es ein Fehler sei, Allanon zu glauben. Es war also möglich, dachte er verzweifelt, daß er vollkommen irregeleitet worden war.

»Du gehörst zu uns, Par Ohmsford«, sagte Felsen-Dall leise.

Par schüttelte schnell den Kopf. »Nein.«

»Du bist einer von uns. Du kannst es so lang und so laut leugnen, wie du willst, aber die Tatsache bleibt bestehen. Wir sind von der gleichen Sorte, du und ich – Besitzer der Magie, Nachfolger der Druiden, Bewahrer des Vermächtnisses.« Er hielt inne, überlegte. »Du hast immer noch Angst vor mir, stimmt's? Ein Schattenwesen. Schon der Name flößt dir Angst ein. Sie ist die unvermeidliche Folge davon, daß du die Lügen, die man dir erzählt hat, für die Wahrheit gehalten hast. Du hältst mich für einen Feind statt für einen Freund.«

Par schwieg.

»Wir wollen sehen, wer lügt und wer die Wahrheit spricht.« Felsen-Dall deutete unvermutet auf das Schwert. »Zieh es aus dem Stein, Par. Es gehört dir; es ist dein angestammtes Besitztum als Erbe des Elfenhauses von Shannara. Nimm es. Berühre mich damit. Sollte ich tatsächlich die schwarze Kreatur sein, vor der man dich gewarnt hat, wird mich das Schwert töten. Sollte ich das Böse sein, das sich hinter einer Lüge verbirgt, wird das Schwert es erweisen. Nimm es also in die Hand. Benutze es.«

Par verharrte eine Zeitlang regungslos, sprang dann die Stufen zu dem Block aus rotem Marmor hinauf und ergriff das Schwert von Shannara mit beiden Händen. Er konnte die glänzende Klinge widerstandslos herausziehen. Eilig drehte er sich um und blickte Felsen-Dall an.

»Komm näher, Par«, flüsterte der andere. »Berühre mich.«

Erinnerungen schwirrten wie wild durch Pars Gedanken, Fetzen und Stücke des Liedes, das er gesungen hatte, der Geschichten, die er erzählt hatte. Was er in Händen hielt, war das Schwert von Shannara, der Talisman der Wahrheit, gegen den keine Lüge bestehen konnte.

Er stieg die Stufen hinunter, das Heft fest in der Hand. Felsen-Dall wartete. Als Par ihm nahe genug war, streckte er die Hand aus und berührte mit der Klinge den Körper des anderen.

Nichts geschah.

»Jetzt weißt du es. Ich trage keine Lüge in mir«, sagte Felsen-Dall. »Die Lüge liegt in dem, was man dir erzählt hat.«

Par stellte fest, daß er zitterte. »Aber warum sollte Allanon lügen? Welchen Sinn könnte das haben?«

»Denk doch einfach daran, was man von dir verlangt hat.« Der große Mann schien entspannt. »Man hat von dir verlangt, daß du die Druiden zurückbringst, daß du ihnen ihren Talisman wiedergibst, daß du uns vernichtest. Die Druiden sollen das zurückgewinnen, was ihnen verloren gegangen ist, die Macht der Magie. Unterscheidet sich das in irgendeiner Weise von dem, Par, was der Dämonenlord vor zehn Jahrhunderten angestrebt hat?«

»Aber du hast uns verfolgt!«

»Um mit dir zu reden.«

»Du hast meine Eltern gefangengenommen!«

»Ich habe sie vor größerem Unglück bewahrt. Die Föderation wußte von dir und hätte sie benutzt, um dich zu finden, wenn ich ihr nicht zuvorgekommen wäre.«

All seiner Gegengründe beraubt, rang Par nach Luft. War das, was er hörte, wirklich wahr? War alles eine Lüge, wie Felsen-Dall behauptete? Er konnte es nicht glauben. »Ich muß nachdenken«, sagte er erschöpft.

»Dann komm mit mir und denke nach«, antwortete der andere sofort »Komm mit mir, und wir werden uns ausführlicher darüber unterhalten. Du hast viele Fragen, die einer Antwort bedürfen, und ich kann sie dir geben. Es gibt viel, was du über den Gebrauch der Magie wissen solltest. Komm, Par. Vergiß deine Ängste und Zweifel. Dir wird nichts geschehen – wie keinem, dessen Magie so vielversprechend ist.«

Seine Stimme klang unwiderstehlich, und Par schwankte. Es war so einfach, ja zu sagen. Er war müde, und es wäre tröstlich, mit jemand über die Enttäuschungen, die mit dem Besitz der Magie verbunden waren, zu reden. Felsen-Dall würde ihn sicherlich verstehen, nachdem er sie selbst erfahren hatte. Par fühlte sich von diesem Mann nicht mehr bedroht. Es schien keinen Grund zu geben, ihm seine Bitte abzuschlagen.

Er tat es trotzdem. Er tat es, ohne den Grund dafür nennen zu können. »Nein«, sagte er leise.

»Denk daran, was wir uns erzählen könnten, wenn du mitkämst«, beharrte der andere. »Wir haben so vieles gemeinsam! Sicherlich hast auch du dich danach gesehnt, über deine Magie zu sprechen, die Magie, die du verbergen mußt. Es gab niemanden vor mir, mit dem du das hättest tun können. Ich fühle, daß du es nötig hast, ich spüre es! Komm mit mir! Du hast...«

»Nein.« Par trat zurück. Etwas Häßliches flüsterte plötzlich in seinem Kopf, irgendeine Erinnerung, die noch kein Gesicht hatte, deren Stimme er jedoch klar erkannte.

Felsen-Dall beobachtete ihn, und seine schroffen Züge verhärteten sich. »Das ist töricht.«

»Ich gehe«, sagte Par leise. »Und ich nehme das Schwert mit.«

Felsen-Dall wurde zu einem Schatten. »Bleib, Par Ohmsford! Du kennst die schwarzen Geheimnisse nicht, Dinge, die du besser von mir erfährst. Bleib und höre!«

Par wandte sich dem Korridor zu, durch den er gekommen war.

»Die Tür ist hinter dir«, sagte Felsen-Dall plötzlich mit schneidender Stimme. »Es gibt keine Korridore, keine Stufen. Das war eine Illusion, die meine Magie heraufbeschworen hat, die dich hier festhalten sollte, damit ich mit dir reden konnte.

Aber wenn du jetzt gehst, wird etwas Wertvolles zerstört. Die Wahrheit wartet auf dich – und sie kündet von Entsetzen. Du kannst ihr nicht widerstehen. Bleib und hör mich an! Du brauchst mich!«

Par schüttelte den Kopf. »Felsen-Dall, du klangst einen Augenblick wie die anderen, jene Schattenwesen, die äußerlich nichts mit dir gemein haben, die jedoch mit dem gleichen Drängen sprechen. Genau wie sie, würdest auch du mich besitzen.«

Felsen-Dall szand schweigend vor ihm und beobachtete regungslos, wie er immer weiter zurückwich. Das Licht, das der Erste Sucher heraufbeschworen hatte, wurde schwächer, und Dunkelheit breitete sich aus.

Par Ohmsford ergriff das Schwert von Shannara mit beiden Händen und lief um sein Leben.

Felsen-Dall hatte recht gehabt; es gab keine Korridore und Stufen. Es war alles eine Illusion, eine Magie, die Par hätte erkennen müssen. Aus der Finsternis des Kuppelbaus stürzte er in das graue Licht der Schlucht. Augenblicklich umfingen ihn Feuchtigkeit und Nebel. Er blinzelte, fuhr herum und suchte.

Wo war Coll?

Er legte den Mantel ab und wickelte hastig das Schwert von Shannara darin ein. Allanon hatte gesagt, er werde es brauchen – wenn er Allanon überhaupt noch glauben konnte. In diesem Augenblick wußte er es nicht. Aber das Schwert mußte er bewahren; es hatte einen Zweck zu erfüllen. Es sei denn, es hatte seine Magie verloren.

»Par.«

Die Stimme ließ ihn zusammenfahren. Sie war hinter ihm, so nah, daß sie sehr wohl hätte ein Flüstern in seinem Ohr sein können, hätte sie nicht den rauhen Klang gehabt. Er drehte sich um.

Und da stand Coll.

Oder das, was einst Coll gewesen war.

Das Gesicht seines Bruders war kaum wiederzuerkennen, zerstört durch eine innere Qual, die die so bekannten Züge verzerrt hatte. Sein Körper war gekrümmt und gebeugt, als wären seine Knochen neu zusammengefügt worden. Er hatte Flecken auf der Haut, Risse und andere Verletzungen, und seine Augen brannten in einem Fieber, das Par augenblicklich erkannte.

»Sie haben mich genommen«, flüsterte Coll verzweifelt. »Bitte, Par, ich brauche dich. Drück mich. Bitte.«

Par schrie auf, wünschte das Ding vor sich weit weg, wollte, daß es ihm aus den Augen und aus dem Sinn ging. Schauer ließen ihn erzittern. »Coll!« schluchzte er.

Sein Bruder stolperte mit ausgestreckten Armen auf ihn zu. Er war ein Schattenwesen geworden, eine Kreatur wie die anderen in der Schlucht, die laut Felsen-Dall von der Föderation zerstört worden waren. Wie? Par hatte sich, wie es schien, nur auf Minuten entfernt. Was hatte man seinem Bruder angetan?

Er stand da, betäubt und zitternd, als das Ding vor ihm ihn berührte, ihn mit den Armen umschlang und fortwährend flüsterte: »Drück mich, drück mich«, als wäre diese Litanei dazu angetan, ihn zu befreien. Par wünschte, er wäre tot, wäre nie geboren worden, er wünschte sich etwas, das ihn retten konnte. Das Schwert von Shannara entfiel ihm.

Colls Hände fingen an, an ihm zu zerren.

»Coll, nein!« schrie Par. Dann geschah etwas ganz tief drinnen, etwas, wogegen er nur kurz ankämpfte, bevor es ihn überwältigte. Ein Brennen wogte durch seine Brust und durchströmte bald seinen ganzen Körper gleich einem Feuer. Es war die Magie – nicht die Magie des Wunschliedes, die Magie der harmlosen Bilder und vorgetäuschten Dinge, sondern die andere. Es war die Magie, die einst in den Elfensteinen gewohnt hatte, die Magie, die Shea Ohmsford vor vielen Jahren von Allanon erhalten hatte, die in Wil Ohmsford und den Gliedern seiner Familie nach ihm weitergelebt und sich verändert hatte und immer ein Geheimnis geblieben war. Jetzt war sie in ihm lebendig, eine Magie, größer als das Wunschlied, mächtig und unbeugsam.

Sie durchströmte ihn und drängte heraus. Er schrie Coll zu, von ihm abzulassen, aber sein Bruder konnte ihn scheinbar nicht hören. Coll, eine zerstörte Kreatur, eine Karikatur des Menschen aus Fleisch und Blut, den Par geliebt hatte, verzehrte sich in seinem Wahnsinn; der Körper diente lediglich dazu, das Schattenwesen, zu dem er geworden war, am Leben zu erhalten. Die Magie ergriff von ihm Besitz und verwandelte ihn in einem einzigen Augenblick in ein Häufchen Asche.

Par beobachtete voll Entsetzen, wie sich sein Bruder vor seinen Augen auflöste. Bestürzt fiel er auf die Knie und spürte, wie sein eigenes Leben mit dem von Coll entwich.

Dann streckten sich andere Hände nach ihm aus, klammerten sich an ihm fest und drückten ihn zu Boden. Eine Flut von verzerrten, zerstörten Gesichtern und Körpern preßte sich an ihn. Die Schattenwesen der Schlucht waren gekommen, um sich auch seiner zu bemächtigen. Sie kamen in großer Zahl, ihre Hände rissen und zerrten an ihm, als wollten sie ihn in Stücke reißen. Er spürte, wie er sich auflöste, wie er unter dem Gewicht ihrer Körper zusammenbrach.

Und dann kehrte die Magie zurück, strömte wieder aus ihm heraus und schleuderte die Kreaturen von ihm weg. Sie wuchs in seinen Händen zu einem Gebilde aus blauem Feuer, dessen Flammen so kalt und hart waren wie Eisen. Einen wilden Schrei des Zornes ausstoßend, schwang er die neugefundene Waffe in einem tödlichen Bogen und durchschnitt die Kreaturen um sich herum, als wären sie aus Papier. Er verlor sich im Taumel des Tötens, während er wie ein Besessener um sich schlug.

Die Schattenwesen wichen zurück, diejenigen, die er nicht getötet hatte, wankten wie Marionetten umher. Während er sie anbrüllte und das Gebilde aus magischem Feuer in der einen Hand hielt, bückte er sich und griff nach dem zu Boden gefallenen Schwert von Shannara. Er spürte, wie es seine Hand verbrannte, spürte einen rasenden, entsetzlichen Schmerz.

Im gleichen Augenblick loderte seine eigene Magie auf und erstarb. Überrascht wich er zurück, versuchte dann noch einmal, sie hervorzurufen, und stellte fest, daß es ihm nicht gelang. Die Schattenwesen kamen unverzüglich näher. Er zögerte kurz, dann lief er los, floh vor dem Entsetzen, das sich seiner bemächtigt hatte, ebenso wie vor den Schattenwesen, die ihn verfolgten.

Er war fast an der Wand der Schlucht angelangt, als er hörte, wie Damson Rhee nach ihm rief. Er eilte auf sie zu. Das Schwert von Shannara lag an seiner Brust, das Brennen hatte aufgehört, das Schwert war nichts weiter als eine einfache Klinge. Er warf sich zu Boden und schluchzte. Wieder vernahm er Damson Rhees Stimme, die ihn rief, und er antwortete ihr.

Dann ergriff sie ihn, zog ihn zu sich hoch und fragte: »Par, Par, was ist los mit dir? Par, was ist geschehen?«

Er antwortete schluchzend: »Er ist tot, Damson! Coll ist tot! Ich habe ihn getötet!«

Die Tür zur Felsenwand stand offen, und in dem schwarzen Spalt war eine kleine, behaarte, großäugige Kreatur zu erkennen. Mit Hilfe von Damson Rhee stolperte er durch die Öffnung und hörte, wie die Tür hinter ihnen zufiel.

Dann verschwand alles in seinem durchdringenden Schrei.

11

Es regnete in den Drachenzähnen. Das kalte Nieseln erstreckte sich von einem Ende des Horizonts zum anderen. Morgan Leah stand auf einem Pfad am Abgrund und lugte unter der Kapuze seines Mantels hervor.

Er blinzelte die Regentropfen fort, die der Wind ihm in die Augen blies. Sein rötliches Haar klebte an seiner Stirn, und sein Gesicht war kalt. Sein Körper unter der durchnäßten Kleidung schmerzte. Während er den Lauten um sich herum lauschte, zitterte er. Das Heulen des Windes, der über die Felsen und durch die Bäume fegte, erhob sich augenblicksweise über das Donnergrollen weit oben im Norden. Reißende Bäche stürzten durch die Felsen hinter ihm ins Tal.

Der Tag war wie geschaffen dafür, über das Leben an sich nachzudenken, dachte Morgan grimmig. Es war ein Tag für einen neuen Anfang.

Padishar Creel trat von hinten an ihn heran, eine verhüllte, massige Gestalt. Regen lief ihm übers Gesicht, und seine Kleidung war gleich der von Morgan vollkommen durchnäßt. »Können wir gehen?« fragte er leise.

Morgan nickte.

Padishar Creel sah in den Regen hinaus und seufzte: »Es ist nicht so gekommen, wie wir gehofft haben, nicht wahr?« sagte er. »Nicht im geringsten.«

Morgan dachte kurz nach und antwortete: »Ich weiß nicht, Padishar. Vielleicht doch.«

Unter Padishar Creels Führung hatten die Geächteten am frühen Morgen die Gänge unterhalb des Zeigefingers verlassen und sich auf den Weg zu den Bergen im Norden gemacht. Die Pfade, denen sie folgten, waren schmal und steil und infolge des Regens gefährlich rutschig, aber Padishar hatte gesagt, daß sie auf diesen Pfaden sicherer seien, als wenn sie über den Kennonpaß marschierten, der sicher bewacht wurde. Das Wetter, so schlimm es auch sein mochte, war eher eine Hilfe als eine Behinderung. Der Regen verwusch ihre Fußspuren und damit jeden Hinweis darauf, wo sie gewesen und wohin sie gegangen waren. Die Armee der Föderation hatten sie seit Beginn ihres Zuges nicht zu Gesicht bekommen. Ihre Verfolger waren entweder im Schlamm versunken oder vollkommen verwirrt. Der Zeigefinger war möglicherweise verloren, aber die Geächteten waren entkommen und konnten anderswo kämpfen.

Es war jetzt Nachmittag, und die arg mitgenommene Gruppe befand sich oberhalb der Gabelung des Mermidon, dort wo er sich nach Süden zum Regenbogensee und nach Osten in die Rabbebene ergoß. Auf einem Felsvorsprung, von dem aus sich die Bergpfade in alle Richtungen verzweigten, machten sie Halt, bevor sie sich trennten. Die Trolle würden nach Norden in das Charnalgebirge und ihre Heimat zurückkehren. Die Geächteten würden sich am Firerimstreif, wo eines ihrer anderen Verstecke lag, sammeln. Padishar Creel würde nach Tyrsis zurückkehren, um nach Damson Rhee und den beiden Talbewohnern zu suchen. Morgan würde ostwärts nach Culhaven gehen und das Versprechen einlösen, das er Steff gegeben hatte. In vier Wochen wollten sie sich alle am Jannissonpaß treffen. Bis dahin war hoffentlich die Armee der Trolle zusammengestellt, und die Bewegung hatte hoffentlich ihre Kräfte gesammelt. Dann war es an der Zeit, eine Strategie auszuarbeiten, mit der man den Kampf mit der Föderation gewinnen konnte.

Wenn dann überhaupt noch jemand von ihnen am Leben war, um die Strategie auszuarbeiten, dachte Morgan düster. Das, was mit Teel geschehen war, hatte Zweifel in ihm geweckt. Er wußte jetzt, wie leicht es für die Schattenwesen und ihre Föderationsverbündeten war, in die Reihen ihrer Gegner einzudringen. Jeder konnte ein Feind sein. Der Verrat lauerte überall. Was konnten sie tun, sich zu schützen, wenn sie niemand vertrauen durften?

Auch Padishar Creel litt unter dieser Situation – das wußte Morgan –, obwohl er es nie zugegeben hätte. Morgan hatte ihn seit ihrer Flucht ständig beobachtet, und der große Mann sah an jeder Biegung des Wegs Gespenster.

Aber Morgan ging es ebenso. »Ist es nicht gefährlich für dich, wenn du so bald nach Tyrsis zurückkehrst?« fragte er unvermittelt, nur um irgend etwas zu sagen und die Stimme des anderen zu hören.

Padishar Creel zuckte die Schultern. »Auch nicht gefährlicher als vorher. Ich werde mich auf jeden Fall verkleiden. Mach dir keine Sorgen, Hochländer. Par und Coll werden bald in Sicherheit sein. Dafür werde ich sorgen.«

»Es tut mir leid, daß ich nicht mit dir kommen kann.« Morgan konnte die Bitterkeit in seiner Stimme nicht verbergen. »Ich war schließlich derjenige, der sie überredet hat mitzukommen. Ich habe sie schon einmal im Stich gelassen, in Tyrsis, und jetzt lasse ich sie wieder im Stich.« Müde schüttelte er den Kopf. »Ich muß das tun, was Steff mir aufgetragen hat. Ich kann nicht einfach so tun, als...«

Das Ende des Satzes blieb ihm im Hals stecken, als ihm die Erinnerung an seinen sterbenden Freund kam und der Schmerz über den Verlust zurückkehrte. Einen Augenblick dachte er, er müsse weinen, aber es kamen keine Tränen. Vielleicht hatte er sie alle schon geweint.

Padishar Creel streckte die Hand aus und legte sie auf seine Schulter. »Hochländer, du mußt dein Versprechen halten. Das schuldest du ihm. Wenn du es eingelöst hast, kommst du zurück. Die Talbewohner und ich werden warten, und dann fangen wir wieder von vorne an.«

Immer noch unfähig zu sprechen, nickte Morgan bloß. Er spürte den Regen auf seinen Lippen und leckte ihn ab.

»Wir tun das, was wir in diesem Kampf tun müssen«, fuhr Padishar Creel fort. »Wir alle. Wir sind freie Menschen, wie man so schön sagt, und es ist unser gemeinsamer Krieg. Deshalb gehst du nach Culhaven und hilfst denen, die deine Hilfe brauchen, und ich gehe nach Tyrsis und tue das Gleiche. Aber wir werden einander nicht vergessen, oder?«

Morgan schüttelte den Kopf. »Nein, ganz bestimmt nicht, Padishar.«

Der große Mann trat einen Schritt zurück. »Nimm das.« Er gab Morgan seinen Ring mit dem Zeichen des Falken. »Wenn du mich wieder finden willst, zeig ihn Matty Roh in Varfleet. Ich sorge dafür, daß sie weiß, wo ich mich aufhalte. Mach dir keine Sorgen. Er hat dich schon einmal zu mir geführt; er wird es auch ein zweites Mal tun. Jetzt mach dich auf den Weg. Ich wünsche dir viel Glück.«

Er streckte die Hand aus, und Morgan hielt sie lange fest. »Auch ich wünsche dir Glück, Padishar.«

Padishar Creel lachte. »Immer und überall, mein Junge. Immer und überall.« Er ging zu dem Kiefernwäldchen zurück, wo die Geächteten und Trolle auf ihn warteten.

Jeder, der aufstehen konnte, stand auf. Abschiedsworte wurden gesprochen. Chandos umarmte Padishar Creel, andere klopften ihm auf die Schulter, einige streckten ihm von ihren Bahren die Hände entgegen.

Auch nach allem, was geschehen ist, ist er immer noch der einzige, den sie sich als Führer wünschen, dachte Morgan voller Bewunderung. Er sah, wie sich die Trolle nach Norden in Bewegung setzten und wie ihre plumpen Gestalten schon bald nicht mehr von der Landschaft, die sie durchwanderten, zu unterscheiden waren. Jetzt wandte sich Padishar Creel zu ihm um. Er hob den Arm und winkte ihm zum Abschied.

Morgan wandte sich nach Osten. Der Regen fiel, und er neigte den Kopf, um sein Gesicht zu schützen. Seine Augen waren auf den Pfad vor ihm geheftet.

Erst jetzt wurde ihm bewußt, daß er Padishar Creel nichts von der Zauberkraft erzählt hatte, die immer noch im zerbrochenen Schwert von Leah wohnte und ihnen beiden das Leben gerettet hatte. Er hatte dem anderen mit keinem Wort erzählt, wie er Teel überwältigt hatte, wie es ihm gelungen war, das Schattenwesen zu besiegen. Es war keine Zeit gewesen, darüber zu sprechen. Er wußte nicht, warum die Klinge immer noch Zauberkraft besaß und warum er in der Lage gewesen war, sie zu beschwören. War sie jetzt verbraucht? Oder war noch genügend übrig geblieben, daß sie ihn ein weiteres Mal rettete, sollte dies nötig sein?

Par Ohmsford trieb dahin.

Er wollte nicht schlafen, denn während des Schlafs würde er träumen, und seine Träume quälten ihn. Er war auch nicht wach, denn im wachen Zustand hätte er der Wirklichkeit ins Auge sehen müssen, der er so verzweifelt zu entfliehen suchte.

So trieb er einfach dahin, durch eine kaum erkennbare Existenz, umgeben von der grauen Welt zwischen dem, was war, und dem, was nicht war, worin sein Geist sich nicht konzentrieren mußte und seine Erinnerungen nur in Bruchstücken zu ihm drangen, worin er vor der Vergangenheit wie auch der Zukunft sicher war. Dieser Zustand bot ihm Schutz und hielt alles von ihm fern – und genau das brauchte er.

Dennoch hörte er die flüsternde Stimme des Lebens aus der Welt, vor der er sich zu verstecken suchte. Er spürte die Decken, die ihn umhüllten, und das Bett, auf dem er lag. Er sah die Kerzen, die ein weiches Licht aussandten. Seltsame Geschöpfe blickten von Schränken, Regalen und Kommoden auf ihn herab; ihre Gesichter waren aus Stoff und Pelz und hatten Knopfaugen, genähte Nasen und Hängeohren. Er lauschte auf die Worte, die gesprochen wurden.

»Es ist sehr krank, liebliche Damson«, hörte er eine Stimme sagen.

Jemand antwortete: »Er schützt sich dadurch, Maulwurf.«

Damson Rhee und der Maulwurf. Er wußte, wer sie waren, obwohl er sie nicht ganz einordnen konnte. Er wußte ebenfalls, daß sie über ihn sprachen. Es störte ihn nicht.

Manchmal sah er ihre Gesichter. Der Maulwurf war ein behaartes Geschöpf mit runden, fragenden Augen, die nachdenklich dreinblickten. Manchmal setzte er die seltsamen Kreaturen neben Par. Er sah ihnen ziemlich ähnlich, dachte Par. Er nannte sie beim Namen und sprach mit ihnen, aber sie gaben ihm nie eine Antwort.

Das Mädchen fütterte ihn zuweilen. Sie brachte ihm Suppe und ließ ihn trinken, und er folgte ihrer Aufforderung ohne Widerrede. Irgend etwas an ihr war verwirrend, faszinierte ihn, und er versuchte ein- oder zweimal mit ihr zu reden. Aber die Wörter flohen ihn und versteckten sich.

Damson Rhee kam immer wieder an sein Lager. Sie saß neben ihm und hielt seine Hand. Sie sprach leise, berührte sein Gesicht mit ihren Fingern, ließ ihn ihre Anwesenheit spüren, auch wenn sie nichts tat. Es war ihre Anwesenheit, die ihn davor bewahrte, ganz und gar wegzutreiben. Er hätte es vorgezogen, wenn sie ihn nicht daran gehindert hätte. Warum tat sie das alles? War sie darauf bedacht, ihn bei sich zu behalten, oder wollte sie einfach, daß er sie mitnahm?

Er fing an, ihren Worten aufmerksamer zu lauschen. »Es war nicht deine Schuld« – diesen Satz hörte er am häufigsten. »Diese Kreatur war nicht mehr Coll.« Auch das sagte sie. »Du mußtest sie töten.«

Sie sagte diese Dinge, und ab und zu glaubte er fast, daß er sie verstand. Aber dunkle Schatten bemächtigten sich dann seines Geistes, und er suchte sich vor ihnen zu verstecken.

Eines Tages sprach sie die Worte aus, und er verstand sie sofort. Da fing er an zu schreien und schien gar nicht mehr aufhören zu können. Die Erinnerungen kehrten zurück und fegten die Wände, die er so sorgfältig errichtet hatte, um sie fernzuhalten, beiseite, und seine Pein war grenzenlos. Er schrie, und der Maulwurf wich zurück, die seltsamen Geschöpfe fielen von seiner Bettkante, er konnte durch seine Tränen hindurch sehen, wie die Kerzen flackerten.

Das Mädchen hatte ihn gerettet. Sie überhörte seine Schreie und hielt ihn fest an sich gepreßt, als wäre er in Gefahr, vollständig abzutreiben, und als weigerte sie sich, ihn gehen zu lassen. Als seine Schreie endlich ein Ende nahmen, stellte er fest, daß auch er sie festhielt.

Dann fiel er in einen tiefen, traumlosen Schlaf, in dem er Ruhe fand. Als er erwachte, war der Wahnsinn zu Ende und der Halbschlaf hinweggespült. Er wußte wieder, wer er war; er erkannte seine Umgebung und die Gesichter Damson Rhees und des Maulwurfs. Sie badeten ihn und gaben ihm saubere Kleider, fütterten ihn und betteten ihn erneut zur Ruhe. Sie sprachen nicht mit ihm. Vielleicht begriffen sie, daß er noch nicht antworten konnte.

Als er wieder erwachte, drängten sich die Erinnerungen, vor denen er sich versteckt hatte, in seine Gedanken. Sie waren nicht mehr so abscheulich, obwohl sie ihn traurig machten. Er stellte sich einer nach der anderen und gestattete ihnen zu sprechen.

Das Schwert von Shannara lag auf dem Bett neben ihm. Er war sich nicht sicher, ob es von Anfang an dort gelegen oder ob Damson Rhee es dorthin gelegt hatte, nachdem er wieder zu Sinnen gekommen war. Alles, was er wußte, war, daß es wertlos war. Es hatte gegen Felsen-Dall vollkommen versagt. Er hatte alles aufs Spiel gesetzt, um das Schwert in seinen Besitz zu bringen, und es schien, als sei alles sinnlos gewesen. Er besaß den Talisman, der ihm versprochen worden war, immer noch nicht.

Lügen und Wahrheit gab es mehr als genug, und das eine ließ sich nur schwer vom anderen trennen. Felsen-Dall log ganz sicher; aber er hatte auch die Wahrheit gesprochen. Allanon hatte die Wahrheit gesprochen, aber er hatte ebenfalls gelogen. Keiner von beiden war ganz das, was er zu sein vorgab. Nichts war in jeder Hinsicht so, wie es der eine oder der andere dargestellt hatte. Möglicherweise war selbst er etwas anderes als das, wofür er sich hielt, und seine Magie das zweischneidige Schwert, vor dem ihn sein Onkel Walker Boh immer gewarnt hatte.

Aber die schlimmste und bitterste Erinnerung, mit der er fertig werden mußte, war die an den armen Coll. Sein Bruder war in ein Schattenwesen verwandelt worden, während er versucht hatte, ihn zu beschützen, war zu einer Kreatur der Schlucht gemacht worden, und Par hatte ihn deshalb getötet. Er hatte es nicht gewollt, aber die Magie war ungebeten aus ihm herausgebrochen und hatte Coll getötet. Dessen Tod war seine Schuld. Sein Bruder hatte die Reise seinetwegen mitgemacht. Er war seinetwegen in die Schlucht hinabgestiegen. Alles, was er getan hatte, hatte er für ihn getan.

Er dachte plötzlich an ihr Zusammentreffen mit dem Geist Allanons, wo jeder Ohmsford mit einer großen Aufgabe betraut worden war, außer Coll. Hatte Allanon gewußt, daß Coll sterben würde? Hatte Coll aus diesem Grund keine Aufgabe erhalten?

Par konnte Colls Stimme hören, den rauhen Tonfall, die ihr eigene Klangfarbe. Im Geist durchlebte er noch einmal die Abenteuer, die sie gemeinsam erlebt hatten, als sie Kinder waren, die Tage, an denen sie ohne die Erlaubnis ihrer Eltern fortgegangen waren, die Orte, die sie aufgesucht hatten, die Menschen, denen sie begegnet waren und mit denen sie gesprochen hatten. Er ging die Ereignisse der vergangenen Wochen seit ihrer Flucht aus Varfleet noch einmal durch. Er wollte sich daran erinnern, wie sein Bruder in dieser Zeit gewesen war.

Coll, der jetzt tot war.

So lag er stundenlang da und hing seinen Gedanken nach; er versuchte die Tatsachen zu begreifen und anzunehmen. Ein Teil seines Selbsts weigerte sich zuzugeben, daß Coll nicht mehr lebte, obwohl er wußte, daß er tot war.

Nur selten sprach er mit Damson Rhee. Er lag in der unterirdischen Behausung des Maulwurfs inmitten der Stofftiere, die über ihn wachten.

Gleichwohl arbeitete sein Geist fieberhaft. Irgendwann würde er wieder zu Kräften kommen, das nahm er sich vor. Und dann würde ihm irgend jemand Rede und Antwort stehen müssen über das, was Coll angetan worden war.

12

Der Gefangene erwachte langsam aus seinem von Drogen erzwungenen Schlaf, der ihn seit seiner Gefangennahme gelähmt hatte. Er lag auf einer Schlafmatte in einem verdunkelten Raum. Die Stricke, mit denen er an Händen und Füßen gefesselt gewesen war, waren abgenommen worden, und die Tücher, mit denen man ihn geknebelt und ihm die Augen verbunden hatte, waren verschwunden. Er konnte sich frei bewegen.

Er setzte sich langsam auf, wobei er gegen einen plötzlichen Anflug von Schwindel ankämpfen mußte. Seine Augen gewöhnten sich an die Dunkelheit. Sein Gefängnis maß zwanzig Quadratmeter. Man hatte eine Matte, eine Holzbank, einen kleinen Tisch und zwei Stühle hineingestellt. Er bemerkte ein Fenster mit Läden und eine Tür.

Er streckte die Hand aus und berührte die Wand. Sie war aus Steinblöcken und Mörtel errichtet worden. Er würde lange arbeiten müssen, um auf die andere Seite zu gelangen.

Der Schwindel ließ nach, und er stand auf. Auf dem Tisch stand ein Tablett mit Brot und Wasser, und er setzte sich und aß das Brot und trank das Wasser. Er sah keinen Grund, nicht zu essen und zu trinken; wenn die, die ihn hier eingesperrt hatten, seinen Tod wünschten, wäre er schon längst tot. Er erinnerte sich undeutlich an die Fahrt, die ihn hierher gebracht hatte, an die Geräusche des Wagens, auf dem er gelegen hatte, und der Pferde, die ihn zogen, an die leisen Stimmen der Männer, die unsanften Griffe der Hände, die ihn festhielten, wenn er gefüttert und wieder hingelegt wurde, und an den Schmerz, den er spürte, wenn er lang genug wach war, um überhaupt etwas zu spüren.

Er schmeckte immer noch die bitteren Drogen, die man ihm eingeflößt hatte, die wie Feuer in ihm gebrannt und ihn bewußtlos gemacht hatten, so daß er in einer Welt der Träume schwebte, die keine Ähnlichkeit mit der Wirklichkeit hatte.

Er beendete sein Mahl und erhob sich. Wohin haben sie mich gebracht? fragte er sich.

Langsam, denn er war immer noch sehr schwach, begab er sich zu dem Fenster. Die Läden schlossen nicht dicht. Er spähte hinaus.

Er befand sich hoch oben in dem Gebäude, das sein Gefängnis enthielt. Die Sommersonne schien auf eine Landschaft von Wäldern und grasbedeckten Hügeln, die sich bis zum Rand eines riesigen Sees, dessen Wasser wie flüssiges Silber glänzte, erstreckte. Vögel flogen über den See, schwangen sich in die Höhe und stürzten sich wieder hinunter, und ihre Schreie klangen laut in der Stille. Am Himmel spannte sich ein gewaltiger Regenbogen von einem Ufer des Sees zum anderen.

Dem Gefangenen verschlug es den Atem. Der See war der Regenbogensee.

Durch den Spalt zwischen den Fensterläden konnte der Gefangene die Außenmauer des Gebäudes erkennen. Sie bestand aus schwarzem Granit.

Diesmal war er von seiner Entdeckung wie betäubt. Er konnte es nicht glauben: Er befand sich im Inneren der Südwache.

Aber wer hielt ihn gefangen? Die Föderation, die Schattenwesen oder jemand anderes? Und warum in der Südwache? Warum war er hier? Warum war er überhaupt noch am Leben?

Er schloß die Augen. Wieder einmal nur Fragen. Es schien, als würden die Fragen nie ein Ende nehmen.

Was war mit Par geschehen?

Coll Ohmsford öffnete die Augen. Er preßte das Gesicht gegen die Läden, spähte in die Landschaft hinaus und fragte sich, welches Schicksal seine Fänger ihm wohl zugedacht hatten.

Es war Nacht, und Cogline träumte. Er lag im Schutz der Bäume des Waldes, der die öden Höhen umgab, auf denen einst Paranor gestanden hatte, und warf sich hin und her, verfolgt von Visionen. Zitternd vor Angst schreckte er aus dem Schlaf auf.

Er hatte geträumt, daß die Kinder von Shannara alle tot seien.

Einen Augenblick war er davon überzeugt, daß dem wirklich so war. Dann verwandelte sich seine Furcht in Zorn. Er begriff, daß das, was er geträumt hatte, eher die Vorahnung einer Möglichkeit war als Wirklichkeit.

Nachdem er sich beruhigt hatte, entfachte er ein kleines Feuer, an dem er sich eine Zeitlang wärmte, bevor er eine Prise eines silbrigen Pulvers aus einem Beutel an seinem Gürtel nahm und sie in die Flammen warf. Rauch stieg auf und erfüllte die Luft vor ihm mit farbigen Bildern. Er betrachtete sie aufmerksam, bis sie wieder verschwanden.

Dann brummte er zufrieden, trat das Feuer aus und legte sich wieder hin. Die Bilder hatten ihm nur wenig enthüllt, aber das Wenige genügte ihm. Die Kinder von Shannara lebten. Es gab zwar Gefahren, von denen sie bedroht wurden, aber was geschehen mußte, geschah.

Der alte Mann schloß die Augen. Es gab nichts, was in dieser Nacht hätte getan werden müssen. Alles war, wie es sein mußte.

Dann schlief er ein.

Die Fortsetzung dieser Geschichte folgt in »Die Schatten von Shannara« (Goldmann-Taschenbuch 11584, Dezember 1991).